ESPAGNE POÉTIQUE,

CHOIX

DE POÉSIES CASTILLANES,

DEPUIS CHARLES-QUINT JUSQU'A NOS JOURS,

MISES EN VERS FRANÇAIS,

AVEC UNE DISSERTATION COMPARÉE, DES ARTICLES
BIOGRAPHIQUES, ETC.;

PAR DON JUAN MARIA MAURY.

(Ouvrage orné de plusieurs portraits*.)

EXTRAITS DE DIVERS JOURNAUX.

« L'ouvrage que nous annonçons trouve un vide
dans les bibliothéques, et il nous paraît difficile de le
mieux remplir. Amusant non moins qu'instructif, riche
de faits et de pensées, sans rien de trop, il va au-delà
de ce que notre curiosité pouvait attendre. Celle
qu'inspirent les poésies castillanes y prend le caractère
d'un intérêt personnel, grâce au talent qui a présidé

(*) Deux forts volumes in-8°., 15 fr., et 18 fr. par la poste;
chez Mongie aîné, libraire, boulevart des Italiens, n°. 10.

aux notices sur les auteurs..... Les biographies de
Lope de Véga et de Cervantes attachent comme des
nouvelles, assaisonnées encore par quelques paradoxes
littéraires assez piquans. On voit que l'auteur de
l'*Espagne poétique* a voulu se ménager des lecteurs
parmi ceux-là même pour qui la poésie a peu de
charmes [1]. »

« Le choix de poésies espagnoles, traduites en vers
français par M. Maury, est très-propre à accroître
le goût pour la langue et la littérature d'un peuple
ingénieux, spirituel, et original dans ses conceptions....
Si Don Juan Maury est Espagnol par la naissance, on
le prendrait pour un Français par le talent avec lequel
il écrit en français, soit en prose, soit en vers ; et pour
un cosmopolite, par la manière dont il connaît et
apprécie toutes les langues de l'Europe [2]. »

« Ouvrage à la fois neuf et nouveau. L'idée en est
heureuse et grande. L'auteur offre un hommage à ses
deux patries. Le but de son travail est utile ; l'enga-
gement qu'il prend est courageux [3]. »

« L'habile traducteur des Poésies castillanes conserve
aux poëtes leur couleur nationale et leur caractère
individuel ; il approche, autant que possible, de leurs
beautés originales ; il les met en évidence, et souvent
il en éclaircit les obscurités. Des faits curieux, extraits
de la double histoire de la Péninsule, sous la croix et
sous le croissant ; de nombreux aperçus neufs, ingénieux ou savans, formant une espèce de poétique ; une
suite de tableaux biographiques, dessinés avec beaucoup de grâce ; tels sont les divers genres de mérite qui
recommandent l'ouvrage dont nous nous occupons [4]. »

« L'expression de Don Juan Maury, toujours élégante, annonce une étude approfondie de notre Racine et de notre Boileau...... Il a joint à ses traductions et à ses notices des portraits qui ne gâtent rien. Les regards se porteront volontiers sur ces belles figures espagnoles [5]. »

« Notre langue est celle de la littérature générale ; il y avait force et sagesse à Don Juan Maury à se présenter devant l'aréopage européen, pour obtenir droit de bourgeoisie à ses écrivains espagnols. La prose de M. Maury est spirituelle et facile, nourrie d'idées, quelquefois incorrecte dans sa concision. Ses vers prêteront à la censure par des accidens moins excusables. Des licences sans utilité, des chutes inusitées, sont chez lui, à en juger par ses théories, non pas des négligences, mais des aberrations volontaires et systématiques. Heureusement ces taches sont en petit nombre [6]. »

« On trouvera dans l'*Espagne poétique*, outre l'avantage du fond, un mérite assez rare chez un étranger, celui de la forme [7]. »

« La partie poétique de cet ouvrage offre de belles compositions dans tous les genres, depuis le plus élevé et le plus grave, jusqu'au plus simple et au plus léger. Quelques négligences, parfois des tours singuliers, pourraient passer presque inaperçus parmi les beautés nombreuses de la versification de M. Maury. La prose porte le cachet des pensées et de la manière d'un compatriote de Cervantes ; elle abonde en saillies rendues par des tournures qui, sans être incorrectes, ont quelque chose qui surprend [8]. »

« Le plan de l'*Espagne poétique* laisse voir, dans la variété qui en distingue l'exécution, un système d'instruction critique très-étendu. Des traits et des morceaux, bornés en apparence à un intérêt accidentel, finissent par former des faisceaux de lumière qui éclairent sur tous les points de vue l'Espagne de l'auteur. L'ouvrage de Don Maury manquait à nos besoins [9]. »

« Le choix des morceaux, dans les auteurs qu'il passe en revue; la manière élégante ou nerveuse avec laquelle, poëte espagnol, il les traduit en poëte français; la distribution de l'ouvrage, les faits curieux qui y abondent; tout recommande le travail de Don Juan Maury à la curiosité des lecteurs. L'*Espagne poétique* est un livre au-dessus de l'importance ordinaire, et ne doit pas être reçu légèrement. Personne ne l'ouvrira sans y trouver quelque plaisir; personne ne le fermera sans en avoir retiré quelque fruit [10]. »

RENVOIS.

[1] *Moniteur*, 12 septembre 1826.
[2] *Journal des Débats*, 16 juillet 1827.
[3] *France Chrétienne*, 5 août 1826.
[4] *Revue Encyclopédique*, novembre 1827.
[5] *Etoile*, 10 septembre 1827.
[6] *Mercure*, 16 septembre 1826, et 2 juin 1827.
[7] *Journal de Paris*, 27 août 1826.
[8] *Constitutionnel*, 15 octobre 1827.
[9] *L'Opinion*, 12 août 1826, et 26 mai 1827.
[10] *Courrier Français*, 15 novembre 1826, et 14 août 1827.

PARIS. — IMPRIMERIE ET FONDERIE DE FAIN, RUE RACINE, N°. 4.

Espagne Poétique.

CHOIX DE

POÉSIES CASTILLANES

MISES EN VERS FRANÇAIS.

On trouvera cet ouvrage,

CHEZ {
Bussange père, rue Richelieu ;
Ladvocat,
Ponthieu,   } Palais-Royal ;
Delaunay,
Baudouin frères, rue de Vaugirard.

PARIS. — IMPRIMERIE DE FAIN,
Rue Racine, n°. 4, place de l'Odéon.

GARCILASO.

LOPE
DE VEGA.

MELENDEZ.

Lith. de Engelmann.

À

Mes Anciens Amis

Don Manuel Josef Quintana,

Don Juan Bautista Arriaza.

———❦———

A vous, à qui l'Espagne a fait un nom célèbre,
Dès long-temps répété loin des rives de l'Ebre ;
Rivaux à plus d'un titre, opposés trop souvent,
Mais de notre amitié tous les deux recevant

Un sentiment commun qui domina les autres,
Je vous offre un travail où mes vœux sont les vôtres.
Vous eûmes le désir qu'au Parnasse français
La Muse castillane essayât quelque accès :
Elle nous captivait, besoin de nos pensées,
Intéressant débris de grandeurs terrassées.

Notre Patrie était : mais ce débile corps
Attendait le trépas dans le sommeil des morts ;
Nous pleurâmes sur elle avant l'heure fatale.
L'un de vous s'écriait : " O Reine occidentale,
,, Espagne, la Fortune à ta mâle vigueur
,, N'imposa pas toujours cette indigne langueur.
,, Il fut des jours de gloire où l'Afrique inhumaine
,, Frémissait à vos noms, noble époux de Chimène,
,, Vaillant fils de l'Infante, Alphonses couronnés ;
,, Pourquoi de votre temps, hélas ! n'être pas nés ! ,,

• Tiré de l'Ode à Gusman-le-Brave, par Don Manuel Quintana.

Mais, que n'accueille point une souffrance extrême !
Vous la sûtes charmer par les désastres même :
Sur nos sanglans vaisseaux vous fixez le regard,
Et vos chants de Tyrtée acceptent Trafalgar.
Vous honorez l'effort [1], commandez la constance [2].
Et qu'y devait gagner notre frêle existence !
Ce même effort trompé qu'aurait-il fait vainqueur !
On ne peut que mourir quand la plaie est au cœur.

L'ambition puissante a vu notre faiblesse :
Croyant ne rien oser, téméraire elle blesse,
Elle excite, elle aigrit, par d'aveugles excès,
Un dépit, qui changea le destin des Français.
" L'Espagne est de l'Empire une utile province ;
,, Que veut Napoléon ! Ses peuples et leur prince,
,, Aux bords du précipice, étaient à ses genoux :
,, Il nous y pousse ! eh bien, qu'il y tombe avec nous ! ,,

[1] Ode au combat de Trafalgar, par Don Juan B. Arriaza.
[2] Ode au même combat, par Don Manuel Quintana.

Il tombe : et, noble ami, toi qui donnais le gage

De tes hardis projets, dans cet ardent langage,

Quel fut, quel est ton sort ! Les fers, l'exil : deux fois

Tu subis les rigueurs d'inexorables lois.

Ah ! ne pourrai-je point consoler tes disgrâces !

L'aquilon trop long-temps a rugi sur nos traces :

Viens sous un ciel serein, sur des bords généreux,

Illustrer les abris de mes Lares heureux.

Sans doute, Emmanuel, aux champs de la Tamise

Triomphe une vertu qu'ailleurs tu crus permise,

Et qui là, fier Génie a ravi le trident.

Jeune j'y respirai l'orgueil indépendant ;

Là, j'admirai l'accord, merveille alors unique,

Qui règle et garantit, sur le sol britannique,

Au trône ses splendeurs, aux grands l'autorité,

Aux citoyens leurs droits, qu'on nomma liberté ;

Et le Temps destructeur y consacre, y conserve

Le plus beau monument élevé par Minerve.

N'importe : cette France, où t'appellent mes vœux,
T'offre, pleine d'attraits, tous les biens que tu veux.
Les dieux l'aiment. Aux jours du plus terrible orage,
Grandit victorieux le laurier qui l'ombrage ;
Et lorsque les revers étonnent ses drapeaux,
Le vaste ébranlement a fondé son repos.
Telle tonne la nue en fécondant la terre,
Et dans l'onde orageuse amortit son tonnerre.

Toutefois, plus d'alarme : en sa belle saison,
Sur l'État rajeuni plane au loin la Raison.
L'Industrie, apprêtant ses élémens informes,
Pactole à mille bras, Protée à mille formes,
Enchanteresse, court jusqu'aux pôles séduits
S'enrichir de besoins que son charme a produits.
La science à l'étude en riant se découvre ;
Couronnés à leur tour, les Arts régnent au Louvre.
Le goût naquit Français : doucement attirés,
Les sens prennent de lui des désirs éclairés ;

L'esprit n'en connait point que Paris ne contente.

Poursuis, peuple élégant, ta gloire est éclatante;

Ton caractère est doux, intrépide, loyal,

Aujourd'hui révéré dans son type royal.

Sur les jeux du Destin que de fois on s'abuse!

Que de fois il nous sert quand la plainte l'accuse!

Il ménageait pour moi, par d'utiles revers,

Une part dans ces biens qui m'inspirent ces vers.

Toi, chantre des beaux-arts [1], au fort de nos tourmentes,

Cher aux Muses, espoir de tes doctes amantes,

Tu savais, sans effort, seconder leur appui;

Un guide inné t'a fait tes loisirs d'aujourd'hui:

Il te dit l'avenir, nul torrent ne t'entraine.

Quand ta voix anima le géant de Pyrène [2],

Ses fatidiques chants détrônaient le vainqueur;

Et bientôt, dans Cadix, d'un ascendant moqueur,

[1] Las Artes, premier chant du Poème intitulé Emilia, par Don Juan Bautista Arriaza.

[2] Profecia del Pireneo, Ode du même auteur.

Bravant les factions, ta mordante logique

Dépeçait, en jouant, l'œuvre démagogique.

Tu m'as fait entrevoir l'approche d'un beau jour :

Les rives que j'habite espèrent ton séjour.

Que de bons entretiens, que d'heures fortunées

A puiser de nouveau dans nos jeunes années !

Ah ! venez donc tous deux rajeunir de vingt ans !

Imposez-moi des soins, mais de vous j'en attends :

Si jamais dans vos vers, livrés à mes censures,

Je blâmai, j'effaçai, des critiques plus sûres

Vous peuvent acquitter, lorsque, trop attendu,

Au goût qui nous unit le repos m'a rendu.

Glorieux, mais jaloux de votre renommée,

Rempli de vos accords, dans notre langue aimée,

Aux succès que l'on rêve aspirant à mon tour,

J'ai chanté l'amitié, la vaillance et l'amour [1].

[1] Espero y Almedora, Poème inédit en douze chants.

Mes tons pour s'épurer demandent votre oreille.

Puissent, d'une indulgence à mes craintes pareille,

Mes juges d'à présent ne pas trop exiger,

Et pardonner parfois au poète étranger.

AVANT-PROPOS.

Avantages raisonnés de la Langue castillane. —
Versification comparée. —Aperçus sur la Poésie
espagnole. — Système du présent ouvrage.

PARMI les langues latines modernes, la castillane doit, à notre avis, tenir la première
place. Ce que la française et l'anglaise ont
tiré du langage des Romains se trouve, comme on sait, fondu dans des élémens indi-
gènes et septentrionaux, qui en ont considérablement altéré le caractère. L'italien et l'espagnol ont profité davantage de la source
commune, avec peu de différence respective.
Il reste en faveur du dernier ce qu'il a reçu
encore d'un autre idiome, langue mère,
éminemment harmonieuse; et de là, une physionomie piquante, un mélange oriental de

douceur et de pompe, une mélodie particulière , inhérente aux mots. L'excellence de
la langue castillane est assez généralement
reconnue , mais vaguement : quelques détails comparatifs pourront, quoique restreints
aux élémens, la faire apprécier en deçà de
la Péninsule, avec plus de connaissance de
cause, et nous semblent en rapport avec l'essai
poétique que nous soumettons au public
français.

S'il était question des qualités morales , on
relèverait, comme des supériorités, l'élégante
clarté du français , et la mâle énergie de la
langue anglaise [1] ; mais, s'agissant du matériel ,
c'est plutôt par des défectuosités que nous
frappent ces idiomes.

L'uniformité dans le mouvement des mots
est un désavantage particulier à la langue

[1] Percival Stockdale, dans ses *Recherches sur la
nature et les véritables lois de la poésie*, dit que la
langue anglaise par sa variété infinie, sa force sans
égale et la vivacité qu'elle donne à l'imagination , est
supérieure à toutes les autres langues du monde pour

française : tandis que l'italien, l'espagnol et l'anglais abondent en dactyles[1], et peuvent encore soutenir la voix sur une syllabe avant l'antépénultième[2], le français appuie constamment sur les finales, sans autre distinction que celle qu'y apporte l'*e* muet[3]. Cet *e* est demeuré le seul moyen pour représenter les désinences latines ; mais, tout faible qu'en est le secours, on pense qu'il aurait fait quelque bien, employé plus souvent, comme dans *docte*, *probe*, *cygne*. Il eût été à désirer que, diminuant la quantité de ses monosyllabes, la langue française eût opéré moins de contractions de mots latins, telles que *loin*, *grand*, *seing* ; enfin, l'on n'aime pas le son nasal de cet *n*.

la poésie ; il refuse au français l'audace et l'énergie indispensables pour arriver au sublime ; il ajoute, finissant par un sarcasme, que la langue allemande est emblématique de la lourdeur du peuple qui la parle.

[1] *Pòvero : pìcara : fàmily.*
[2] *Dìttecilo : bùscoscla : cèremony.*
[3] *Cérémonìe : bannì : méchànte : aimèrent.*

Mais ce qui distingue d'ailleurs les consonnes du français nous paraît plutôt à son
avantage : son *s* et son *g* ou *j* pénètrent la
voyelle avec beaucoup de douceur, et, dans
l'élégance de la prononciation parisienne, ces
consonnes effleurent les *ee* faibles avec une
délicatesse qui nous charme long-temps avant
que nous puissions en approcher. Les terminaisons, par exemple, telles que *rose*, *âge*,
ont, pour ainsi dire, quelque chose d'aérien.

L'*u* français, mélange du nôtre, prononcé
ou, et de l'*i* commun, semble aussi une acqui-
sition heureuse. Malheureusement ce n'est pas
le seul son mixte que fasse entendre la langue
française : l'*a*, l'*o* et surtout l'*e* y souffrent de
nombreuses modifications ; l'on peut distinguer
jusqu'à seize voyelles françaises; on en a même
compté trente-deux : abondance fâcheuse,
cause probable de la fatigue qu'éprouve quelquefois l'étranger méridional au milieu d'ex-
cellens morceaux de poésie française.

La masse du son, comme celle de la cou-

leur, est déterminée ; il faut un certain nombre de divisions pour que chacune conserve
un caractère assez prononcé ; les subdivisions
donneront des nuances d'autant plus décolo-
rées qu'il y en aura davantage : quand nos langues méridionales fournissent des sons pleins,
le français n'a que des fractions ; d'où il résulte que les mots , avec une apparence de
variété , peuvent rouler long-temps sur le
même son primitif. La famille seule des *ee*
forme un essaim monotone qui vient sans
cesse bourdonner dans le langage , et rend
de mauvais services si le versificateur n'a pu
s'en garantir. L'*e* muet surtout est perfide ,
car il n'est pas muet : le grand nombre de
monosyllabes qui n'ont pas d'autre appui a
obligé la prononciation française à accorder
à ce signe une quantité de résonnance qui
en dément le nom : la versification a dû lui
reconnaître une valeur qui , d'après notre
système moderne de mesurer par syllabes ,
n'a pu être moindre que l'unité. De façon que

l'*e* muet compte , dans les vers , à l'égal de
la voyelle la plus sonore ; il fait parfois beaucoup de tort : Voltaire , dans un moment
d'oubli , a laissé dire à Mahomet :

« Demain j'ordonnerai *ce que je te* demande. »

Cependant , employé avec art , cet élément
peut être utile , et dédommager par la légè-
reté de ce qu'il fait perdre au nombre.

L'anglais partage avec le français le malheur de ces fractions de voyelles qui ne rendent que des sons mixtes et étouffés. Le
défaut y est encore plus commun et plus
sensible ; seulement la diminution des sons
n'est pas arrivée jusqu'à l'exiguïté de l'*e* muet.
Ce signe se retrouve bien dans l'orthographe ;
mais , d'accord avec la prononciation , la poétique l'a tenu dans une nullité absolue. Nous
pouvons prendre en considération dans cette
langue, d'un côté les deux grasseyemens de son
th qui sont extrêmement gracieux ; de l'autre,
le redoublement trop fréquent des consonnes ;

effet assez déplaisant : il y a des mots qui chargeront de six consonnes une seule voyelle : *scorch'd , scratch'd*. Ajoutons encore la multiplicité des monosyllabes , bien plus disproportionnée que dans le français. Les Anglais en tirent grand parti pour entasser du sens dans un vers ; succès que les Français semblent rechercher aussi. On pourrait, à la rigueur, n'y voir qu'une économie de rimes et de papier : l'essentiel n'est pas l'espace que tient chaque mot, pourvu qu'il soit à sa place. Pope , le poëte de la raison , également l'ami de l'oreille, a fait justice de ces lignes à monosyllabes dans son vers imitatif :

Then ten rough words oft creep in one dull line ,

que l'on peut rendre par cet autre :

Puis dix durs mots leur font un vers bien lourd.

Le versificateur anglais, qui penche pour la mélodie , cherche , à l'exemple de Pope, à employer des mots de différentes proportions, pour

balancer l'affluence des monosyllabes ; il se tient
en garde précisément contre ceux qui , par leur
valeur grammaticale , doivent arrêter la voix.

La langue anglaise a encore contre elle le
sifflement des *ss* : ils ne sont pas , comme dans
le français , dispensés de se faire entendre aux
terminaisons plurielles ; et ils ont l'inconvénient, qu'ils auraient eu en français , de résonner trop souvent après une consonne.

Nous voyons la langue italienne caractérisée
principalement par la suppression de ces *ss*.
Serait-ce le cas du *culpæ fuga* d'Horace ? Nous
le croyons : nous trouvons cette langue généralement affaiblie par trop de prédilection pour
les voyelles : elle a été sacrifiée aux conve-
nances du chant, sa force tient de l'effort, et
ne roule que sur les *rr :* pour elle point de

Luctantes ventos tempestatesque sonoras.

Le son du *c* italien devant l'*e* et devant l'*i* n'est
pas assez agréable pour que son retour extrêmement fréquent fasse un bon effet ; la langue

française ignore ce son et n'y a rien perdu. Et, si le redoublement des consonnes nuit à l'anglais, on peut trouver jusqu'à de la dureté dans la multiplicité des voyelles, traitées comme on le voit dans les vers italiens :

Non *fia* che in *tua* diffesa *io* mi risparmi.

Que l'on donne aux mots *fia*, *tua*, *io* les deux syllabes qui leur appartiennent, et dont ils rentreraient en possession s'ils formaient des finales, et cet *endécasyllabe* du Tasse aurait quatorze syllabes ; leur réduction au nombre de onze n'a rien de coulant : le système opposé, celui des diérèses prescrites par la versification française, est bien plus conforme aux lois de la mélodie.

L'avantage que l'on ne saurait disputer à la langue italienne c'est d'avoir admis d'utiles facultés de la langue grecque, que n'eut point la latine, et d'être devenue, par-là, l'instrument sans comparaison le plus facile de la versification moderne : aussi est-ce en Italie

que l'on a vu de tout temps des improvisa-
teurs. C'est un bien grand avantage, entre autres, que d'avoir dans le même mot, coupé à
volonté, quatre terminaisons et trois dimen-
sions différentes : que pour dire, par exemple,
ils aimèrent, le versificateur ait le choix entre
amàrono, *amàron*, *amàro* et *amàr* : la faculté
de retrancher à plusieurs mots une syllabe
intérieure, commune encore dans l'italien,
est aussi un privilége de la langue anglaise.

Le versificateur, bien moins heureux avec
le français, l'est encore moins avec l'espagnol :
toutes les condescendances du français se bor-
nent, comme on sait, au sacrifice, s'il y a urgence, de quelques *ss*, à supprimer les *e* muets
intérieurs dans quelques mots, tels que *gaieté,*
ingénuement, *avouera*, et à abandonner souvent l'*e* final d'*encore* : l'espagnol n'en a aucune ; pas la moindre souplesse ; le caractère
national est aussi dans la langue ; vers ou prose
il lui faut ses mots tels qu'ils sont.

La langue castillane en souffre ; quelque fa-

cilité de syncoper cût été désirable ; nous
manquons de mots d'une et de deux syllabes,
et surtout de ces derniers accentués sur la
deuxième. Du reste c'est l'affaire du poëte : le
vers en coûte davantage ; mais, une fois fait,
il a beaucoup de chances pour être bon.

Nous possédons , grâce aux *ss* conservés,
ces belles terminaisons qui avaient frappé
Voltaire; nous avons les mêmes mouvemens ,
la même variété que l'italien dans l'accentua-
tion rhythmique ; nos mots, généralement bien
faits , offrent une proportion convenable entre
les consonnes et les voyelles ; enfin , avec les
mêmes voyelles que l'italien , nous avons des
consonnes préférables.

Notre *c* devant l'*e* et devant l'*i*, et le *z* en
toute position , donnent les deux *th* anglais ,
aussi goûtés que difficiles à rendre sur le reste
du Continent. Nous avons un *b* d'une délicatesse qui permet à peine aux lèvres de se toucher : la prononciation forte en fait une autre
consonne qui, chez les Arabes, rendait le *p* sep=

tentrional. Le *d* a encore, dans notre articula-
tion castillane, une douceur inconnue ailleurs,
et elle se répand sur toute la langue ; car il s'y
montre sans cesse, ayant remplacé le *t* dans
une infinité de dérivés du latin [1]. On a vu
chez nous cette consonne trahir l'étranger,
après vingt ans de naturalisation, et malgré
une prononciation du reste irréprochable ; il
faut une différence très-sensible entre le *d* et
le *t*, que d'autres idiomes confondent dans
plusieurs occasions ; souvent, de peur, dirait-
on, de prononcer le *d* trop fort, notre peuple
ne le prononce pas du tout.

L'étranger semble s'effaroucher des aspira-
tions que nous légua l'Arabe. S'il est vrai de
dire que, comme tous les effets marquans,
celui-là pourra déplaire quand il sera prodigué, on peut affirmer de même qu'il est plein
d'agrément quand il se fait entendre à propos :
plusieurs mots en tirent beaucoup de convenance : le mot *Ojalà*, par exemple, pris tout

[1] *Piedades ; mudas ; perdido ; amada.*

entier à nos anciens dominateurs, l'emporte, par la faveur de son aspiration, sur l'*utinam* latin dont il rend le sens. Quelque mérite qu'ait le *g* français, nous osons dire que notre *g* aspiré dans *gémir* gémit avec plus de vérité et de douceur.

Tels sont les élémens matériels de la supériorité de la langue espagnole : passons à quelques renseignemens sur notre versification, en poursuivant le plan des aperçus qui précèdent.

——

Comme nos rhythmes vulgaires proviennent tous de la même source ainsi que nos idiomes, il n'y a guère entre les modernes que de légères nuances ; mais encore quelque chose d'original distinguera l'espagnol.

Les anciens vers héroïques castillans appartiennent au système définitivement adopté par les Français : ils balancent deux hémistiches pareils ; dans le principe, l'équilibre s'est établi tant bien que mal ; les rimes ont manqué de justesse , mais on rimait avec profusion.

Nous ignorons si , après le pentamètre classique , l'Italie a cadencé des hémistiches encore en langue vulgaire : quoi qu'il en soit, ce
fut le rhythme des bardes du Nord : l'Anglais
l'emploie dans les ballades et souvent aussi
dans les poésies d'un genre plus élevé ; et l'on
a reconnu également que le grand vers arabe
était le composé de deux de nos vers moyens.
Les différences consistent dans le nombre de
syllabes de chacun des deux vers pareils dont
le grand se compose : les Arabes les formèrent
constamment de sept syllabes , les Anglais
et les Espagnols ont été jusqu'à ce nombre ;
les Français s'en sont tenus à six ; les Anglais
préfèrent maintenant , et nous avons adopté
en dernier lieu la réduction à cinq , toujours
sans compter la désinente :

Asi lamenta*ba* | la pia matro*na*

A beautiful crea*ture* | was making her mour*ning*.

On pourra voir, par la suite, cet alexandrin diminué, employé dans un certain nom-

bre de traductions françaises de notre poésie antique, et notamment dans les imitations de strophes composées par Alphonse X, d'où nous tirerons l'exemple suivant :

Il est délaissé, | manquant d'un asile,
Ce roi castillan, | naguère empereur.

Ce fut précisément ce roi de Castille qui, réformateur en tout, modifia chez nous le grand vers en usage alors, et lui ôta un caractère qui, n'étant pas encore de la noblesse, était de la lourdeur. Les vers d'Alphonse X suivirent une mesure plus régulière que ceux de ses devanciers ; le luxe des rimes fut employé avec discernement dans des strophes que leur combinaison compliquée a fait appeler couplets d'ART MAJEUR.

L'alexandrin réduit n'a pas manqué d'une certaine grâce : il est chantant ; le rhythme s'y fait bien sentir ; mais il y a de l'excès : il fatigue nécessairement à la longue, aussi la haute poésie ne l'a pas conservé : il a cédé la place à l'*endécasyllabe* italien, introduit par Boscan, poëte du seizième siècle.

L'endécasyllabe italien, qui a envahi la poésie héroïque anglaise ainsi que l'espagnole, n'a point de symétrie d'hémistiches; il n'exige les césures françaises nulle part; tout son mécanisme constitutif consiste dans l'appui de la voix à des places déterminées.

Ce rhythme a admis deux modes : de là son grand avantage pour les compositions de quelque étendue : le premier mode porte l'appui de la voix sur la sixième syllabe; l'autre sur la quatrième et sur la huitième :

PREMIER MODE.

6
Canto l'arme pietose e il Capitano.

DEUXIÈME MODE.

4   8
Che il gran sepolcro liberò di Cristo.

PREMIER MODE.

6
Riberas del humilde Manzanares

DEUXIÈME MODE.

4   8
Apacentaba una pastora hermosa.

PREMIER MODE.

6
J'm weary of conjectures this must end'em.

DEUXIÈME MODE.

4 5
Whether'tis better for the mind to suffer [1].

On peut se représenter une image maté-
rielle de cette disposition rhythmique par des
barres horizontales que soutiendraient en équilibre , soit un appui au point du milieu , soit
deux appuis à distance égale des extrémités.

[1] D'après l'extrait suivant du Prospectus imprimé à
Londres pour le cours de M. Smart en 1814, cette dé-
monstration aurait été introduite à cette époque dans
la littérature anglaise par l'auteur du présent ouvrage :

Nature of Rhythmus ,

Mechanism of English verse ,

Heroic verse :

6
Of man's first disobedience and the fruit.

4 8
A youth to Fortune and to Fame unknown.

For the doctrine of *constructive accents* the lecturer
is indebted to John Maury, esq.[r], a Spaniard ; and the
discovery he proves to be equally valid in the heroic
verse of the french, the italian and the spanish lan-
guages.

Les Français ont notre endécasyllabe dans leurs vers dissyllabiques ; si nous disons *onze* quand les Français disent *dix*, c'est parce que nous faisons entrer en compte la syllabe désinente que les Français ne comptent pas, et que nous regardons comme syncopées les finales que les Français appellent masculines :

Donnez le prix que ce trépas mérite,

Quand sa moitié ne se console pas.

De tels vers répondent parfaitement au deuxième mode de notre endécasyllabe ; mais le premier mode ne fera pas toujours un dissyllabique français moderne ; il a fallu, peut-être . quelque réminiscence de l'Arioste, pour que l'auteur de Nanine nous en offrît des exemples tels que les suivans :

Quoi ! vous obscure ! vous ! quoi que je fasse ,

Elle vous traite mal ; mais la nature... .

On doit remonter à des temps plus anciens, pour voir ce vers employé couramment :

6
Douce dame , je viens de vous apprendre
6
Se science est toujours en bel habit.

EUSTACHE DESCHAMPS.

Mais , au moyen de dispositions qui , sans
être nécessaires , ne gâtent rien , nos endéca-
syllabes du premier mode deviennent des vers
modernes français du meilleur genre :

4   6
J'ai vu Coigny , Bellone et la Victoire.

4   6
Voy a cantar sus quexas imitando.

Avec la césure française, ce vers porte un
appui de plus que n'exige à la rigueur notre
loi , et il se rapproche du deuxième mode, qui
est le plus gracieux. Voilà de quelle manière
aux conditions obligées du rhythme héroïque
dont il s'agit le goût ajoute des effets facul-
tatifs , qui nuancent les modes radicaux , et ,
multipliant les différences , rendent cette versification susceptible d'une grande variété.

2.

On a prétendu , à une certaine époque , re-
produire les rhythmes antiques dans la versification castillane ; et, chez nous comme ailleurs,
les versificateurs métriques en langue vulgaire
ont été crus sur parole ; mais l'examen ne saurait reconnaître dans leurs compositions autre
chose que du vague et de l'arbitraire.

Chaque nation moderne prononçant et ca-
dençant les vers latins à sa manière , établit
un mètre et un rhythme particuliers, ou plutôt
n'y laisse plus de rhythme ni de mètre : aucune
ne peut baser sur sa manière un système applicable à trois vers , pris au hasard.

Qu'arriverait - il si un Anglais prononçait
le deuxième vers de notre exemple italien,
page 16 , en donnant au mot *sepòlcro* l'in-
flexion (*stress*) , que le mot *sèpulchre* a dans la
langue anglaise ; que dans le premier des
deux vers anglais , que nous avons cités ensuite , un Français portât l'appui de la voix
sur l'*u* du mot *conjèctures* , comme il le fait
en parlant sa langue ; ou bien qu'il pro-

nonçât à la manière française le *Manzanares*
du vers espagnol; enfin, si un Espagnol, accoutumé à appuyer la première syllabe du mot
hèroe, en faisait autant sur le *héros* du premier
vers de la Henriade, laissant tomber la syllabe
de l'hémistiche? Français, Italiens, Anglais et
Espagnols ne retrouveraient plus leur vers.

Croyons qu'en suivant nos habitudes nationales et divergentes, tous, à peu près également, nous dénaturons aussi, et à chaque pas,
les cadences antiques que nous disons tous
admirer. Que deviennent alors les imitations ?
On s'est occupé de rechercher si la langue
française en était susceptible : ce fut même
une question agitée solennellement devant
l'Académie française; par malheur le pro-
gramme, proposé hors de son sein, avait omis
la question principale : EN QUOI CONSISTE LE
RHYTHME DES ANCIENS?

« En effet, pour examiner si on peut intro-
» duire le système de versification des Grecs
» ou des Latins dans notre langue, il faudrait

» commencer par se mettre d'accord sur tout
» ce qui constitue ce système ; et le concours,
» auquel ce problème a donné lieu, prouve
» que tout le monde n'explique pas de la même
» manière ce que les anciens entendaient par
» les mots rhythme, mètre, quantité, proso-
» die, accent [1]. »

Le développement de nos idées sur tous ces
points ne serait pas de nature à avoir lieu acci-
dentellement, et il n'entre point dans notre
sujet ; nous en dirons seulement quelque chose
de plus à l'article relatif à celui de nos poëtes
qui passe pour avoir cultivé avec le plus de
succès la versification métrique [2].

Après le vers héroïque emprunté aux Ita-

---

[1] RAPPORT FAIT A LA CLASSE DE LA LANGUE ET DE LA LIT-
TÉRATURE FRANÇAISES, PAR MONSIEUR LE COMTE DARU,
SUR LES OUVRAGES ENVOYÉS AU CONCOURS, OUVERT PAR
LE DÉCRET DE 1813. Quiconque suivrait avec attention
la discussion dont il s'agit sentirait que le prix, qu'il
fallut adjuger à un des concurrens, appartenait
éminemment au rapporteur.

[2] Notice sur Villegas.

liens, la poétique espagnole donne, pour ainsi dire, carte blanche au versificateur : elle admettra toutes les mesures dont il saura tirer parti [1].

Mais le vers que, par le grand usage que nous en faisons, nous pourrions appeler national, quoiqu'il soit de toutes les langues, c'est le vers moyen octosyllabe, qui répond au français de sept syllabes, plus la désinente féminine.

> Ainsi de pleurs et d'alarmes
> Mon mal semblait se nourrir.

> Ciego Amor, en tus cadenas
> Nunca mas me quiero ver.

Disons ici que la loi française d'alterner n'est qu'une manière facultative chez nous ; la

---

[1] C'est une faculté que paraît s'être attaché à mettre à profit l'élégant auteur de nos fables littéraires, Don Thomas de Yriarte : il a joint à la différence des mesures différentes symétries entre elles et les rimes, et il fait remarquer quarante combinaisons.

rime que les Français appellent masculine y
est même bannie de la haute versification.

Revenant au grand usage que les Espagnols font du vers moyen, considérons d'a-
bord qu'il règne à peu près exclusivement
sur la scène comique, et l'on connaît la fécondité de notre Thalie, ou plutôt on ne
la connaît pas : un érudit pourrait sans honte
se tromper de moitié.

Le vers moyen exploite de plus le vaste
domaine du *romance* national ; nous demandons la permission de conserver à ce mot
le genre qu'il a dans l'espagnol, pour mieux
distinguer de la romance française une composition qui lui ressemble très-rarement. Ici
la qualification de national est parfaitement
juste; en y joignant les *létrilles* et la *canti-
lène*, qui en émanent, mais affectent des rhythmes plus courts, c'est dans notre romance qu'il
faut chercher le goût du terroir : on y trouve
tout ce que notre poésie a de plus caracté-
risé : nous en traiterons dans un second volume.

Nous en tenant encore ici à la partie méca-
nique de l'art, arrivons à une spécialité très-
importante de la versification péninsulaire.

L'espagnol a une rime à lui, une demi-
rime distinguée par le nom d'*assonante*; celui
de *consonante* est donné à la rime complète.
Comme nous avons vu les étrangers avoir
quelque difficulté à concevoir l'effet harmonique dont il s'agit, ou en parlera ici plus
particulièrement.

La rime assonante consiste dans l'accord
entre voyelles, abstraction faite des consonnes,
et elle ne porte que sur les vers pairs :

    Sale la estrella de Venus
2 Al tiempo que el sol se pòne, (o — e)
    Y la enemiga del dia
4 Su negro manto descòge.   (o — e)

On peut retrouver la même disposition dans
un couplet français dont la célébrité a vraisem-
blablement surpassé l'espoir de son auteur :

    Si le roi m'avait donné

2   Paris sa grand'ville,   (i — e)

      Et qu'il m'eût fallut quitter

4   L'amour de ma mie.   (i — e)

Il est certain qu'il manque quelque chose pour que les mots *ville* et *mie* riment bien ensemble; mais il n'est pas moins vrai qu'il y a entre eux un certain rapport, une affinité qui a suffi pour faire illusion à l'auteur du couplet, et pour recommander ses vers à la mémoire.

Néanmoins, dans cette rime imparfaite on ne verra probablement d'abord que son imperfection, et les premières idées ne seront pas favorables à notre assonante. On trouvera que c'est bien peu de chose pour un artifice harmonique; disons jusqu'à quel point on supplée par la quantité à ce qui manque à la qualité : l'usage, dès que l'on emploie l'assonante, veut des monorimes. Maintenant, quelqu'un trouvera peut-être que c'est trop; nous pouvons assurer que ce n'est ni trop ni trop peu; il n'en résulte point de monotonie, et le rapport harmonique a assez de caractère pour être saisi, en même temps qu'il est tout ce qu'il faut pour les genres qui l'ont adopté.

La rime assonante est consacrée aux chansons populaires, et aux romances de tous les tons; le genre pastoral et l'érotique s'en sont emparés; et, comme elle convient davantage quand l'artifice de la versification a moins besoin de se montrer, le théâtre n'en veut plus d'autre; mais, quelque faible que paraisse l'accord, la plus petite négligence du poëte n'en serait pas moins remarquée par tout l'auditoire.

Quant à la rime parfaite, que notre poésie cultive également, on l'y voit traitée avec une grande recherche, d'autant plus méritoire que l'espagnol est la langue qui présente le plus de difficultés au rimeur un peu difficile : nulle n'offre, à beaucoup près, autant de divergences dans les terminaisons [1].

---

[1] D'après le relevé que paraît en avoir fait

Le luxe des rimes de la versification ancienne, modéré dans le couplet *d'art majeur*,
obligeait encore la deuxième partie à répéter
deux fois les sons du début et du quatrième
vers de la première. Dans les vers moyens rimés, on a toujours aimé les combinaisons où
une rime se trouvait répétée : la petite stance
encore en usage, appelée *décima*, du nombre
des vers, ou *espinela*, du nom de son inventeur,
dans laquelle se renouvelle deux fois cet agrément, a obtenu des éloges tout particuliers de
Lope de Vega.

Avec le vers endécasyllabique, nous prîmes des
Italiens l'exigeant *sonnet*, qui paraît avoir dé-
goûté les versificateurs, dont, d'après Boileau,
il aurait eu mission de tenter la patience. Nous
adoptâmes son diminutif l'*octave*, instrument
harmonieux du Tasse et de l'Arioste : nous avons
aussi les *tercets* employés par le Dante, en-

Don Thomas de Yriarte, et qu'il a consigné dans une
note à la suite de son poëme de la Musique, la langue
espagnole aurait près de 3,900 désinences.

châssement laborieux qui ne finit jamais, et
donne au poëte la fatigue de Sisyphe, difficile
à ne pas transmettre au lecteur ; enfin, nos versificateurs ont combiné, d'après Pétrarque, les
longues strophes coupées de vers courts ,
rhythme d'une composition lyrique appelée
Cancion, laquelle devient une ode quand on
s'affranchit de l'usage d'une espèce de couplet
d'envoi , qui détruit l'ordonnance et le prestige.

A l'instar de même de la poésie italienne et
comme l'a fait la poésie anglaise, la castillane
s'est exercée, mais moins que les deux autres,
sur les vers sans rime. Cette versification n'est
pas à la portée de tout le monde ; il faut en avoir
la clef, non-seulement pour y réussir, mais pour
y prendre goût. Elle est demeurée étrangère au
système français, et nos lecteurs en trouveront
la cause dans les conditions qu'elle exige.

La différence entre les vers rimés et les autres
vers, que les Anglais appellent *blancs*, et que
les Italiens et les Espagnols ont nommés vers
libres, ne consiste pas seulement dans l'accident

de la finale. On dirait que, par égard pour
la seconde de ces deux versifications, et pour
la dédommager de la privation d'un agrément
très-réel, la première s'abstient, jusqu'à un
certain point, de quelques ressources de l'art
dont l'autre use largement. Les vers rimés, par
exemple, de Pope ou de Métastase se rappro-
chent assez de la manière française, tandis que
la versification non rimée du même Métastase
dans des récitatifs, ou celle de Cesaroti dans la
même traduction que l'Homère de Pope, ou
bien celle de Milton, ou de Thompson, ou de
nos espagnols Moratin et Quintana, recherche
précisément les manières proscrites par la
poétique et par la syntaxe des Français. Ce
sont les *inversions* et les *enjambemens*, qui,
avec des *coupes* multipliées, varieront le plus
possible et la phrase poétique, et la période
rhythmique, et les repos, et les sons, et le langage en général. La poésie française ne saurait
abroger aujourd'hui les lois prohibitives, sous
l'empire desquelles sont nés pour elle tant de

chefs - d'œuvre : dès lors , il y aurait un trop grand désavantage pour les vers français non rimés en rhythme vulgaire ou métrique.

Quoi qu'il en soit, on peut relever, comme un rapprochement du français avec nos méthodes, des exemples où la versification française est sortie de ses modes accoutumés.

Dès sa traduction des Géorgiques, aspirant à rendre un effet marquant de son modèle, Delille suspendit et fit enjamber son vers imitateur :

L'univers ébranlé s'épouvante : le Dieu
De Rhodope ou d'Athos réduit la cime en feu.

Per gentes humilis stravit pavor : ille flagranti
Aut Atho, aut Rhodopen, aut alta Ceraunia telo
Dejicit.

Depuis, dans ses poésies originales, le même poëte, et il n'a pas été le seul, a reproduit des mouvemens semblables , sans but d'imitation :

Des torrens écumeux battent tes flancs ; l'éclair
Sort de tes yeux.

ô Virgile, ô mon maître,
Quand je voulus chanter la nature champêtre,
Je l'observai : j'errais avec des yeux ravis
Dans les champs, dans les prés ; je te lus, et je vis
Que la nature et toi n'étaient qu'un.

Ces dispositions, dont il se peut que le goût français recommande d'être économe, sont néanmoins très-efficaces pour amortir le martellement des rimes consécutives, et pour que les alexandrins interrompent la marche côte à côte qu'à ridiculisée Voltaire ; elles se montrent très-fréquemment dans la versification héroïque castillane rimée ou libre.

La partie morale de la poésie, étant celle que la traduction aspire à faire connaître, appartient particulièrement au fond de notre travail. Nous nous bornerons à tracer ici une esquisse sommaire dont les pièces détachées, qui seront produites, et les notices relatives aux auteurs ne fourniraient pas tout-à-fait les élémens.

L'enfance de la poésie fut chez nous, ainsi que partout, ce qu'est toujours l'enfance : naïve et faible ; ces temps, avec quelque extension, forment le sujet de l'introduction qui fait partie de cet ouvrage.

Notre poésie eut une époque de supériorité, aux mêmes jours que l'empire espagnol. Des essais bucoliques, on arriva aux chants harmonieux de l'ode avec beaucoup d'éclat ; on réussit dans les tons intermédiaires ; le sel ni la verve n'ont pas manqué à nos satires, ni l'intérêt à nos pièces de théâtre, dépôt immense d'esprit et d'imagination. L'épopée seule a résisté à de nombreuses tentatives ; le génie de nos grands poëtes n'a pu s'y conformer : ils ne savaient marcher que par élans.

Nous avons essuyé, sous le troisième et le quatrième Philippe, un débordement du plus mauvais goût, et de là une dégradation épouvantable, opérée par des poëtes qui n'étaient rien moins que médiocres ; quand quelque heureux oubli de leurs systèmes bizarres a laissé agir la nature, on trouve chez eux des morceaux dignes des meilleurs talens.

La régénération commencée sous Ferdinand VI fut l'œuvre d'écrivains plus judicieux que poëtes : leurs productions, comme celles qu'ils inspirèrent à leurs successeurs immédiats, ne se font guère remarquer que par un caractère opposé aux travers de leurs extravagans prédécesseurs.

Mais notre littérature se trouva de tous côtés remise sur la bonne voie, et l'époque actuelle a vu d'utiles efforts pour ramener à notre Parnasse tout ce qu'il eut anciennement de poétique, sans le laisser étranger aux acquisitions des temps plus éclairés qui ont brillé depuis.

On fait honneur de notre belle époque ancienne au jeune GARCILASO, décoré par ses contemporains du titre de prince des poëtes espagnols ; l'andaloux Gòngora a la triste gloire d'être reconnu pour chef de la révolution cor-

ruptrice qui a gâté le siècle de LOPE DE VEGA ;
le retour aux bons principes est dû aux soins
de Luzan, auteur d'une excellente poétique,
et de quelques poëmes estimables ; le nom de
MELENDEZ a droit aux premiers hommages de
quiconque cultive ou apprécie la poésie espagnole moderne.

Un écrivain, que nous aimerons à citer, a
fait les réflexions suivantes : « Il a manqué à
» la poésie espagnole une cour comme celles
» d'Auguste, de Léon X, des ducs de Ferrare
» et de Louis XIV. Ambulante avec Charles-
» Quint, sévère et mélancolique sous Phi-
» lippe II, la cour de Castille n'a commencé
» que sous Philippe III à porter vers la poé-
» sie cette attention qui la perfectionne ; et
» déjà alors, et surtout pendant le règne sui-
» vant, époque où le goût se corrompit, la
» coopération des grands ne pouvait qu'auto-
» riser la corruption. » « Une nouvelle ère, »
ajoute-t-il plus loin, « a commencé pour la
» poésie castillane, avec un autre caractère,

3.

» un autre fond, d'autres principes, et l'on
» peut dire d'autres modèles [1]. »

Le nombre de nos poëtes célèbres, la plupart très-féconds, est fort considérable ; les
bornes que nous nous sommes prescrites pour
ce premier essai laissent en dehors plusieurs
noms et beaucoup d'ouvrages estimés ; nous ne
demandons pas mieux que d'être encouragés à
des supplémens.

Il y a néanmoins à faire observer que, lorsqu'il s'agit d'offrir nos productions à l'étranger,
comme le mérite de la nouveauté ne saurait être
remplacé par aucun autre , notre littérature
long-temps imitée , et depuis imitatrice, présente , dans ces deux circonstances opposées,
des motifs pareils de circonscrire les choix.

Nous ne manquerions pas de bonne volonté
pour chercher plus tard à puiser dans la poésie épique, d'où il nous semble qu'il y a beaucoup à tirer, à travers les imperfections dont

[1] Introduction à une collection de poésies castillanes
en 3 volumes, par Don Manuel Quintana.

abonde l'ensemble des poëmes ; quant à la poésie dramatique, son immense richesse épouvante : l'entreprise de la faire connaître demanderait une grande association.

Il nous reste à exposer quelques considé-
rations dans l'intérêt de notre travail.

———

Les avantages particuliers à la langue castillane ont environné la poésie espagnole
d'un prestige, et produit une foule d'agrémens
qu'elle doit se résigner à perdre dans les traductions. Ce n'est pas tout : soit qu'une grande
richesse fasse toujours négliger d'autres moyens
de réussir, soit qu'ayant à leur disposition un
aussi bon instrument, nos poëtes n'aient voulu
rien perdre du parti qu'ils en pouvaient tirer,
ils se relâchent parfois du coté de la pensée,
et ne cultivent toujours avec soin que ce qui a
rapport à la langue. Ils brillent par les combinaisons rhythmiques, par le piquant des
tournures, par la hardiesse des locutions : ils

excellent surtout dans les effets harmoniques,
pour lesquels ils se sont trouvés si merveilleu-
sement secondés par les mots mêmes. Nous
autres méridionaux, nous nous délectons, de
bonne foi, avec des passages dont tout le charme
est dans les sons : c'est ainsi que, sans rien
exprimer, un motif musical peut produire des
sensations très-agréables. Jusque-là , puisque
le mérite du poëte consiste à plaire, les nôtres
auront pu recevoir de justes éloges, même pour
cette partie de leurs compositions peu nourrie
de sens. Mais, il faut encore en convenir,
notre littérature, surtout l'ancienne, n'est pas
exempte de prolixité.

Par ces raisons nos poëtes originaux présen-
teront souvent au traducteur une question délicate à résoudre : faut-il modifier ou tout rendre ?
Leur doit-on plus d'égards qu'aux lecteurs ?
Nous nous sommes décidés pour ceux-ci : nous
avons en général abrégé. Il y a des pièces traitées sous ce rapport assez librement, et nous
en demandons pardon à qui cette liberté pour-

rait déplaire ; mais avec l'impossibilité d'offrir
les beautés de détail , il y avait trop de danger
à risquer des longueurs sans compensation.
A cela près nous nous sommes appliqués , de
notre mieux , à rendre les copies ressemblantes,
tâchant de conserver les traits et même l'allure,
si nous pouvons nous exprimer ainsi ; les
pièces originales, produites à la suite, mettront
les amateurs de la langue espagnole à même
d'en juger.

Nous avons pris pour nous un conseil adressé
aux poëtes paysagistes par leur illustre maître :
il les détourne de faire comme ces peintres
sans goût,

dont le soin ridicule ,

En peignant une femme , imite avec scrupule
Ses ongles , ses cheveux , les taches de son teint.

DELILLE , l'Homme des champs.

Ajoutons, toutefois, que, sans trop s'attacher
aux détails, il faudra que l'artiste laisse souvent
dans ses portraits des accidens qui ne s'y trou-
veraient point s'il eût peint d'imagination.

Nous avons mis du prix à imiter les rhyth-

mes de nos modèles , surtout des lyriques :
nous regardons ces formes extérieures comme
un auxiliaire pour la ressemblance, utile et
en quelque sorte obligé.

Une poésie étrangère, l'expression naïve dans
tous les tons , une empreinte de ce caractère
oriental qui alliait la simplicité des sentimens
au luxe des métaphores , enfin des combinaisons rhythmiques nouvelles, pourront parfois étonner le lecteur français ; nous lui de-
manderions de vouloir bien, alors , appeler
de ses premières impressions à un jugement
indépendant des habitudes ; et nous tenons pour
un présage favorable à notre poésie nationale
le succès qu'après avoir paru bizarre a obtenu
en France la musique espagnole. Quoi qu'il
en soit, on ne doit voir dans nos innovations
aucune prétention d'avoir des imitateurs , et
nous finirons en priant encore nos lecteurs
de ne jamais perdre de vue que ce sont des
copies et non des modèles que nous avons voulu
offrir.

INTRODUCTION.

TEMPS ANCIENS.

PREMIÈRE ÉPOQUE:

POEME DU CID. — ARABES ESPAGNOLS.
LE DOCTEUR GONZALVE DE BERCEO. — JEAN LORENZO.
— ALPHONSE X DE CASTILLE.

DEUXIEME ÉPOQUE:

L'ARCHIPRÊTRE DE HITA. — JEAN DE MENA,
VILLENA. — LE MARQUIS DE SANTILLANE. — BOSCAN.
— HURTADO DE MENDOZA.

Le portrait d'Alphonse X est tiré d'une gravure qui se trouve dans la collection du cabinet du Roi.

L'original du portrait de Mendoza fait partie de la galerie du duc de l'Infantado.

INTRODUCTION.

TEMPS ANCIENS.

PREMIÈRE ÉPOQUE.

Poëme du Cid. — Arabes espagnols.
Le docteur Gonzalve de Berceo. — Jean Lorenzo.
— Alphonse X de Castille.

QUEL poëte espagnol ouvrira notre scène ?
Demandons-nous Ronsard aux muses de la Seine ?
« Enfin Malherbe vint. » Celui que nous citons
Pour nous avoir donné la cadence et les tons,
Merveille de ses jours, l'illustre Garcilasse,
Premier peut-être encor, veut la première place.
De l'astre inspirateur, toutefois avant lui,
Sur notre heureux climat quelques feux avaient lui
Disons à l'étranger notre muse en bas âge,
Et ses jeunes élans vers son noble partage.
    Bien faudra-t-il parler de ces guerriers fameux
Dont le goût poétique a dominé comme eux ;

De ces Maures, que tout rattache à l'Ibérie,
Barbares, si brillans quand ce fut leur patrie.
  Un poëme ingénu perce un temps reculé :
Nul écrit plus ancien ne nous fut révélé.
Cinq siècles séparaient de l'aîné des Corneilles
L'homme qui, le premier, au labeur de ses veilles
Associa du Cid et la gloire et le nom :
Héros vraiment épique : ardent, terrible et bon ;
Loyal, persécuté : par-dessus la tempête
Élevant les lauriers assemblés sur sa tête.
On l'aime en ses revers comme aux jours triomphans,
Aux pieds de sa Chimène, auprès de ses enfans.
Une gloire, si riche en grandeurs véritables,
L'imagination l'agrandit de ses fables :
Elle frappe l'esprit, elle entraîne, attachant,
Même à ces fictions, âme de notre chant,
Et d'un type idéal consacre la chimère.
L'Achille castillan fait honte à son Homère ;
Mais que pouvait offrir à son siècle d'airain,
Dans une langue informe, un chant contemporain ?
C'est assez qu'à travers son écorce rustique,
Ce fruit ait la saveur de notre Espagne antique.
  Le poëte oublia le héros dans sa fleur,
Pour montrer le grand homme assailli du malheur (1) :
Calomnié, banni, les murs, à son passage,

Craignent de l'abriter ; rien n'atteint son courage.
Sur ses tendres enfans, toutefois, les adieux (2)
Ont arraché des pleurs de ses stoïques yeux :
Il s'éloigna, long-temps regardant en arrière.
  L'épopée a suivi sa féconde carrière :
Elle dit ses travaux ; ses traités, ses exploits,
Son roi désabusé, Valence sous ses lois.
  A côté, cependant, et depuis bien des lustres,
L'autre Espagne abondait en poëtes illustres,
Aux sommets où du Pinde on retrouve les fruits,
Profusément offerts, mais rarement produits :
Rois [1], princes et visirs donnent partout l'exemple.
Des ministres du fisc [2], des orateurs du temple [3],
Alimes [4], ulemas [5], alcaides [6], alfakis [7],
Trouvent dans l'art des vers nouveaux titres acquis.
C'est peu que la bonté s'unisse à la vaillance,
Et l'adresse à la force, et l'épée à la lance,

---

[1] Le recueil des vers faits par les princes de la maison régnante forma déjà un grand ouvrage sous le troisième Ommiade espagnol.

[2] Amer-ben-Ali, sous le deuxième roi musulman, poëte célèbre, et *Cadim-al-Maül*, c'est-à-dire intendant des héritages du fisc ; le souverain, comme père de tous, était l'héritier de ceux qui n'en laissaient point d'immédiats.

[3] Abul-Kasim, poëte et prédicateur renommé sous Almou-Hondir.

[4] Savans. [5] Prêtres. [6] Commandans. [7] Docteurs.

On voit la poésie érigée en devoir,
Parmi les qualités qu'un grand promet d'avoir [1].

Sur nos rives, d'abord, dans ses mœurs africaines,
Le Maure n'avait su que nous forger des chaînes,
Et l'horizon n'y prit un aspect si riant
Qu'en recevant de près les clartés d'Orient.

Un Ommiade échappe au banquet homicide (3)
Où tombent tous les siens sous la rage abasside ;
Il règne au champ bétique, au nord ibérien,
Et distrait leurs croissans du sceptre syrien,
Calife aussi. Le sort prolongea peu la trame
Des jours victorieux du premier Abderrhame ;
Pourtant son œuvre reste (4), et son empire encor
Laisse à celui des arts ce brillant siècle d'or,
Dont l'Europe a fait gloire à l'Espagne arabique.

Et souvent, aux accords d'une molle musique,
Des jardins Merüan [2] les heureux possesseurs,
Entourés de leur ombre, en chantant les douceurs :

---

[1] Elles étaient au nombre de dix : Bonté, Courage, Courtoisie, Dignité, Poésie, Bien parler, Force, Lance ferme, bonne Épée, Arc adroit.

[2] Merüan : nom donné aux jardins du palais du Guadalquivir, d'après le dernier Ommiade, calife d'Orient, ou, d'après un premier Merüan, quatrième ancêtre de celui-ci. Ce nom s'étendit à tous les membres de la famille régnante en Ibérie.

« [1] Qui parfume les vents de l'essence musquée

» Dont l'ambre et l'aloës emplissent la mosquée ?

» Le jasmin a blanchi mes berceaux printaniers ;

» Et la fleur est éclose aux pompeux citronniers.

» Bocage du harem , un nuage se joue

» Sur les hauts minarets de la belle Cordoue ;

» Qu'il t'abreuve à longs traits, comme à larges bouillons

» Du sang des ennemis j'abreuvai les sillons. »

Le prince ailleurs appelle au combat d'harmonie

Son poëte Abdalâ, wali [2] de Sidonie :

Tous deux exalteront l'enfance et la beauté ;

Préféreront tous deux à l'éclat apprêté

D'un collier , riche don (5) du grand Abderrhamide ,

Le sourire ingénu d'une bouche timide ;

Et le wali poëte a pu , de bonne foi ,

Se déclarer vaincu par le poëte roi.

Ce seront des combats et des armes rebelles

Que chantera Saïd [3] : « Ces esclaves si belles,

» Ces superbes palais, ces ombrages si doux ,

» Cédez-les , Merüans , à plus dignes que vous :

[1] Tiré du poëme des Jardins et d'une autre pièce de vers
du roi Muhamad , petit-fils d'Abderrhame II : son oncle Jacub
avait aussi chanté les Jardins.

[2] Wali : chef, gouverneur, général, préfet.

[3] Un des principaux révoltés montagnards des Alpuxarres
contre le septième Ommiade espagnol.

» Vos chevaux sont meilleurs aux courses qu'aux batailles. »

Ensuite de son chef pleurant les funérailles ,

« Du moins , s'écria-t-il , son sang ne revient pas [1] :

» Mille têtes des leurs ont payé son trépas. »

Mais Saïd , à la fin , cède au sort qui l'accable ;

Il implore son prince : à ce guerrier coupable

La révolte , le sang , les excès sont remis ;

Il mourut poignardé pour ses vers ennemis.

Les vers sont tout : déjà c'est en vers que s'explique (6)

Manifeste ou conseil , plainte , excuse ou supplique ;

L'histoire parle en vers ainsi que le Koran (7) ,

Et le dogme produit cent kasides [2] par an (8).

La langue modulait : lentement enhardies ,

Nos muses ont bien tard conquis ses mélodies :

Il fut aux Castillans plus aisé d'asservir

Le Guadalaviar et le Guadalquivir

Qu'à leurs durs mots romans [3] de prendre à ceux du More

La voyelle allongeante et la rime sonore.

---

[1] Une croyance arabe attribuait au sang , versé par la violence et non vengé , la vertu de revenir toujours sur la terre , formant une tache fraîche , comme au moment où il avait coulé.

[2] Kaside : poëme d'une certaine étendue.

[3] Roman : nom qui distingua l'idiome vulgaire de la langue latine.

Sur notre âpre terrain voici deux concurrens (9),
Qui, d'un pénible effort, enfin sortent des rangs.
Gonzalve de Bercée, en ses quadruples rimes,
Croit pouvoir aborder des sujets trop sublimes,
A la mère d'un Dieu vouant sa docte voix ;
Déjà de l'harmonie il conçut quelques lois,
Que, rimeur plus poëte, a paru mieux comprendre
Lorenze, alors qu'à l'Èbre il parlait d'Alexandre ;
Du nom de son héros son vers s'est ennobli (10) ;
L'alexandrin français le sauve de l'oubli.

Un génie apparaît sur ce Pinde sauvage (11) ;
Notre langue aussitôt de l'antique servage
S'affranchit, et cadence un rhythme ingénieux ;
Alphonse reconstruit les rouages des cieux (12),
Donne aux hommes des lois, et cède aux lois qu'il donne,
L'auguste front orné d'une triple couronne ;
Pour celle du poëte il se plaît à lutter :
C'est la seule qu'en lui le sort doit respecter.

Ses grands sont mutinés ; un frère les imite (13),
Dans Grenade aiguisant le fer de l'Islamite ;
D'une épreuve lointaine augmentent les hasards :
Prince espagnol, renonce au bandeau des Césars (14).
Eh quoi ! désespéré des lenteurs de la Parque,
Sanche, héritier farouche.... O malheureux monarque !
Le ciel à tes vertus, à tes travaux brillans

Devait un autre fils et d'autres Castillans.

Telle éclate Phébé, de l'orage entourée ;

Telle au désert jaillit une onde inespérée :

Mais l'Africain tressaille à la voir s'épancher,

Et le phare céleste est béni du nocher.

Le sage couronné cultivait une terre

Qui, rebelle, frémit sous le soc salutaire,

Et de feux créateurs le sillon échauffé,

Se referme cent fois sur un germe étouffé.

Alphonse avait offert des chants à Polymnie (15),

De la science occulte, avec art rajeunie (16),

Versifié le rêve ; aujourd'hui les revers

A la triste élégie abandonnent ses vers.

Quand du cygne royal les cadences plaintives,

Pieux Guadalquivir, affligèrent tes rives,

Par un bienfait nouveau, son reproche touchant

Au temps qu'il accusait portait le prix du chant.

NOTES

DE LA PREMIÈRE ÉPOQUE.

(1) Le poëte oublia le héros dans sa fleur,
 Pour montrer le grand homme assailli du malheur :
 Calomnié, banni.

L'injustice d'Alphonse VI envers le Cid prit sa source dans les circonstances orageuses de l'avénement de ce prince.

La restauration du sceptre des Goths entre les mains de Pélage, long-temps aussi pénible que circonscrite, nous mène, malgré les Ramires et les premiers Alphonses, à travers une route obscure et toujours ébranlée, jusqu'à l'époque illustrée par le fameux Rodrigue de Vivar ; et il s'en faut de beaucoup qu'à cette époque les trônes de l'Espagne chrétienne aient été exempts de secousses.

Ferdinand Ier. morcelle les états, dont la réunion avait fait sa gloire : il laisse la Castille à Don Sanche ; le royaume de Léon à Don Alonso ;

4.

la Galice à Don Garcie ; la ville de Zamora à
Donna Urraca , et celle de Toro à Donna Elvire.

Sanche aussitôt attaque Alphonse , le défait
et le force à se réfugier chez le roi maure de
Tolède ; il fond de suite sur Garcie, le dépouille
et l'enferme ; court enlever Zamora à sa sœur, et
tombe, arrêté par le poignard d'un assassin.

Alphonse revient donc ; toutefois le fratricide
n'étant pas assez rare autour du trône , les *riches
hommes* [1] de Castille estiment utile au respect ,
qui doit honorer le prince , que le serment
d'obéissance soit précédé d'un autre serment :
Alphonse doit jurer sur les autels qu'il n'a eu
aucune part à la mort de Don Sanche. Mais
qui portera la parole pour une demande si épi-
neuse ? Tous craignent les effets du ressenti-
ment du roi. Rodrigue de Vivar seul consent à s'y
exposer. Le serment exigé à Sainte Gadea de
Burgos engendra dans l'âme d'Alphonse un dépit
amer contre le Cid. La malveillance et l'envie
eurent peu de peine à noircir le héros auprès du
souverain : de nouveaux services, qui méritaient

---

[1] *Ricos homes :* premier nom donné à nos grands.

d'honorables récompenses , donnent lieu à une accusation que suit un décret d'exil, avec intimation d'obéir dans les neuf jours. Le Cid, long-temps éloigné de sa patrie, s'en fit une nouvelle avec son épée. C'est la plus belle époque de sa gloire, qui a prêté éminemment à tout ce que l'enthousiasme populaire y a ajouté de merveilleux.

---

(2) . . . . Les adieux
  Ont arraché des pleurs de ses stoïques yeux.

Le héros, avant son départ, assiste avec tous les siens au service divin, dans le monastère de Saint-Pierre de Cardègne, à qui sa dépouille mortelle était promise; Chimène, à genoux devant le maître-autel, prie avec ferveur. Montrons comment se terminent la prière et la scène également naïves : nous nous sommes raprochés , le plus que nous l'avons pu, du caractère et du langage ancien de l'original espagnol :

« *Señor Rey de los Reyes e de todo el mundo Padre,*
» *A ti adoro e creo de toda voluntade :*

» *E rogo a San Peydro que me ayude a rogar*
» *Por mio Cid el campeador que Dios le curie de mal :*
» *Quando hoy nos partimos en vida nos faz yuntar.*»
La oracion fecha la misa acabada la han :
Salieron de la eglesie , ya quieren cavalgar.
El Cid a Doña Ximena ibala a abrazar,
Doña Ximena al Cid la manol' va a besar.
Llorando de los ojos que non sabe que se far.

El a las niñas tornólas a catar :
« *A Dios vos acomiendo fijas,*
» *E a la mugier , e al Padre spiritual.* »
Llorando de los ojos que non viestes a tal.
Asis parten unos d'otros como la uña de la carne.

Mio Cid la cabeza sempre tornando va.
A tan grand sabor fabló Minaya Alvar Fañes :
« *Cid dó son vuestros esfuerzos ?* » etc.

« Seigneur , roi des rois et père de tous,
» En toi, qu'adorons, ai foi toute entière ;
» Pour m'aider encore , ai prié Saint-Pierre :
» Vous protégerez le Cid mon époux.
» Faites-nous bientôt nous revoir en vie. »
Finit l'oraison la messe finie :
Tous sortent : on va se mettre en chemin :
Tant pleurent ses yeux qu'elle est à la gêne :

Alors veut le Cid embrasser Chimène :
Chimène plus tôt lui baise la main.

    Après, regardant ses filles chéries :
« Je les recommande à Dieu le premier,
» Puis à toi, ma femme, » a dit le guerrier,
« Puis à l'homme saint avec qui tu pries »
Les trois ne sont pas les plus attendries.
Il part là-dessus : c'était détacher
Véritablement l'ongle de la chair.

    Il marche toujours retournant la tête :
« Cid, » lui crie Alvar, qui marche après lui ;
« Où votre courage est-il aujourd'hui ? » etc.

Il y a loin sans doute de là aux adieux d'Hector et d'Andromaque ; mais on y trouve avec plaisir une vérité égale de temps et de lieux, et l'on aime à voir l'aimable faiblesse d'un héros gourmandée par un élève en bravoure.

Le nom du poëte qui fit faire ce premier pas à la muse castillane n'est point connu. On ignore sur quelle présomption un écrivain moderne a pu attribuer cette composition à Gonzalve de Bercée.

(3) Un Ommiade échappe au banquet homicide
    Où tombent tous les siens sous la rage abasside,
    Il règne au champ bétique, au nord ibérien,
    Et distrait leurs croissans du sceptre syrien.

La révolution sanguinaire qui, vers le milieu
du huitième siècle, livra le califat aux Abassides,
produisit nécessairement l'indépendance des provinces lointaines, où vint triompher un rejeton
de la dynastie détrônée. L'Espagne, conquise au
nom du souverain de la Syrie, avait été gouver-
née quarante années par des lieutenans. Mais
déjà, à l'époque de la révolution de Bagdad, le
gouverneur de l'Espagne, Jusuf-el-Fehri, devait
son élévation à une élection locale, à peine con-
firmée par le calife ; et il exerça, il faut le dire,
une autorité si indépendante qu'elle rendit assez
facile l'affranchissement total de ces royaumes, proclamé par le prince Ommiade, qui le déposséda.

———

(4) . . . . . Son œuvre reste. . . . . .

Nous voyons la dynastie de ce grand fondateur
conquérant se soutenir sur le trône par une suc-

cession régulière, durant deux siècles et demi ; mais elle fut surtout assez heureuse pour n'éprouver qu'à la fin la dégénération qui perdit le dernier successeur.

Après Hixem Ier., digne fils du premier calife espagnol, le second et le troisième Abderrhame portent dignement ce nom de bon augure, et, comme eux, trois princes[1], qui remplissent l'intervalle qui les sépare, concourent à l'envi à accroître la splendeur du califat d'Occident. Ils rétablissent la considération et l'affection attachées au sang ommiade, qu'avaient affaiblies la cruauté du petit-fils du fondateur, l'irascible Alhakem, du reste chef plein de vaillance. L'absence de l'esprit guerrier dans le deuxième Alhakem, prince aussi doux que le premier s'était montré terrible, n'influa pas sur l'éclat de l'empire. Il s'écroula pour ainsi dire tout à coup, sous son faible héritier, le malheureux Hixem II, dont la minorité fut encore brillante, grâce au zèle toujours victorieux de l'infatigable Almanzor.

[1] Muhamad ; Almohondir ; Abdala.

(5) Un collier, riche don. . . . . . .

Notre historien de la domination des Arabes en Espagne, Don Antonio Conde, rapporte, d'après Ibrahim-al-Catib, qu'Abderrhame II avait donné à une jeune esclave très-belle, en présence de plusieurs de ses grands-officiers, un collier de perles et de pierres précieuses dont la valeur était excessive; comme ceux-ci se récrièrent sur une magnificence qui enlevait à l'écrin royal son plus riche joyau, susceptible de subvenir à quelque urgence imprévue de l'état : « Vous êtes éblouis, » leur répondit Abderrhame, « par un éclat emprunté, » par une valeur imaginaire que les hommes ont » attachée à des objets très-inférieurs. Que sont » ces pierres et ces perles auprès de la perle humaine que Dieu embellit? Il a mis entre mes » mains ces bagatelles afin que je leur donne leur » véritable destination : mon collier n'était nulle » part aussi bien qu'autour du cou de cette jolie » enfant. » Tout le monde, continue l'historien, parut convaincu; les jeunes gens naturellement, et les hommes âgés par déférence. Mais le prince

ne s'en tint pas là : le poëte Abdala-ben-Xamir,
à qui il avait donné le gouvernement de Sidonie,
étant survenu, Abderrhame l'excite à exercer son
talent sur l'objet de la précédente discussion dont
il lui rend compte. Les vers d'Abdala ne furent
guère qu'une paraphrase des paradoxes du prince,
qui, dans d'autres vers, improvisés en réponse,
trouva encore moyen de renchérir sur ses premières exagérations.

---

(6) . . . . . C'est en vers que s'explique
Manifeste ou conseil, plainte , excuse ou supplique.

Les exemples de ces cas en général furent très-
communs dans tous les temps; mais la première in-
dication ci-dessus a trait en particulier à un acte
postérieur à la chute de l'empire ommiade espagnol : c'est la déclaration de guerre que fit à Alphonse VI le roi de Séville, Aben-Abed. Deux princes, le père et le fils, ont été signalés par le même
nom, le dernier est celui qu'un goût remarquable
pour l'art des vers a offert à notre souvenir
dans cette esquisse : toutefois l'ensemble de l'exis-

tence de tous deux mérite de nous arrêter un instant.

Almotedid-Aben-Abed, prince doué de rares talens politiques et militaires, mais ne connaissant de juste que son agrandissement, long-temps secondé par un ministre digne de lui, roi de Séville, usurpateur de Cordoue, qu'il surprend après l'avoir défendue, conçoit des projets plus hardis, et meurt de douleur de la perte d'une fille chérie, sensibilité bien étonnante dans une âme aussi ambitieuse.

Son fils Almutamad, appelé aussi Aben-Abed, hérite des desseins, ainsi que des qualités et du pouvoir de son père; mais il expie sa fortune. Perdant et reprenant ses capitales, tantôt allié intime d'Alphonse, tantôt chef de la confédération islamite contre le roi chrétien, secouru et dépossédé à son tour par son auxiliaire, il va mourir dans une forteresse africaine, long-temps prisonnier du chef d'une nouvelle dynastie impériale.

Les deux Aben-Abed se détachent du groupe des petits princes qui se partagèrent en Espagne les débris du premier califat d'Occident; ils aspirèrent eux-mêmes à l'empire, et leur règne se présente comme un intermédiaire historique assez marquant entre la chute des Ommiades et la domination des Almoravides.

---

(7) L'histoire parle en vers ainsi que le Koran.

Le vers koranique est distingué par le nom d'*aleya*. Le *Koran*, le livre par excellence, appelé aussi le *Tanzil*, le descendu du ciel, se divise en cent quatorze chapitres (*Suras*), chaque *sura* en différentes sections (*Hizbes*), et chaque *hizbe* en certain nombre de divisions ou couplets de dix vers, nommés *Axaras*.

---

(8) Et le dogme produit cent kasides par an.

On se réunissait, dans les soirées d'hiver, autour de grands brasiers placés au centre du salon : la richesse du métal des bassins destinés à contenir les braises indiquait celle du maître du logis : le meuble et l'usage nous sont restés. On

servait des dattes et d'autres fruits secs. Les
habitués littérateurs apportaient régulièrement
leur tribut poétique, qui consistait presque toujours dans une paraphrase de quelque strophe
du livre saint, choisie par le poëte ou indiquée
par le sort.

La langue aidait beaucoup, le Koran n'aida guère.
Le dieu des vers était le dieu de la lumière :
Tout ce qu'en de beaux jours l'Arabe en vit percer
Dans le dogme tendit toujours à s'éclipser ;
L'espace fut cerné par une étroite enceinte,
Et bientôt chaque pas dut fouler une empreinte.

Ces vers, qui ont été retranchés de notre nar-
ration pour ne pas en arrêter la marche, semblent indiquer la cause la plus naturelle de la
stagnation où tombèrent bientôt la poésie et la
littérature d'un peuple si célèbre.

Déjà, sous le fils du deuxième Abderrhame, le
souverain eut à intervenir dans une dispute théologique, où il y avait mille trois cents docteurs
d'un côté et deux cent quatre-vingt-quatre de
l'autre. Malgré une aussi grande majorité, il

trouva moyen de l'accorder avec la minorité, et arrêta les foudres du collége de Cordoue, qui, plus tard, devaient causer la chute d'une autre maison régnante.

———

(9)   Sur notre âpre terrein voici deux concurrens,
      Qui, d'un pénible effort, enfin sortent des rangs.

Environ un siècle après le poëme du Cid, ont mérité l'attention de la postérité le docteur Gonzalve de Berceo et Jean Lorenzo, dont l'auteur a fait Bercée et Lorenze, comme Garcilasse de Garcilaso, d'après le même principe qui a changé Pétrarca, Ariosto et Tasso, en Tasse, Arioste et Petrarque. Les progrès de la langue et de la versification sont assez sensibles dans les poésies sacrées de Bercée et dans l'*Alexandre* de Lorenze, malgré une diction encore embarrassée et dure. Les rimes très-souvent imparfaites que les compositions plus anciennes répétaient à satiété, devinrent régulières et furent modérées au nombre de quatre, mais toujours consécutives. Le rhythme se montra aussi assez arrêté.

Les poëmes de Bercée, soit par la nature de son talent, soit par celle des sujets qu'il traite, offrent peu d'imagination et de poésie. Ils montrent même moins d'érudition qu'il n'était permis d'en espérer d'une plume doctorale.

Jean Lorenze, au contraire, s'aida assez bien de la philosophie du temps ainsi que de la mythologie et de l'histoire. Il possède un certain coloris et s'élève parfois au niveau de son sujet; il a fait de son poëme un ouvrage marquant qui, néanmoins, n'est qualifié que de roman par quelques écrivains.

Voici des passages de ces deux auteurs qui prêtent à un rapprochement entre leur manière :

Yo maestro Gonzalo de Berceo nomnado ,
Yendo en romeria , caeci en un prado ,
Verde è ben sencido , de flores bien poblado ,
Logar cobdiciadvero para un home cansado.

Daban olor sobeio las flores bien olientes ,
Refrescaban en home las caras é las mientes ,
Manaban cada canto fuentes claras corrientes ,
En verano bien frias , en ivierno calientes.

BERCEO.

Moi, le maître-ès-arts Gonsalve Bercé,
Ai, pèlerinant, un champ traversé ;
Verdant et fourni, de fleurs tapissé,
A point pour quelqu'un de marche lassé.

Venaient, par le vent, suaves haleines
Qui rafraîchissaient l'esprit et les veines ;
Sortaient des cailloux bruyantes fontaines ;
Fraîchettes l'été, l'automne plus saines.

BERCÉE.

El mes era de Mayo, un tiempo glorïoso,
Quando facen las aves un solaz deleytoso,
Son vestidos los prados de vestido fermoso,
Da suspiros la duenna la que non ha esposo.

Tiempo dolce é sabroso por bastir casamientos,
Ca lo tempran las flores é los sabrosos vientos,
Cantan las doncelletas, son muchas a convientos,
Facen unas à otras buenos pronunçiamientos.

Andan mozas é viejas cobiertas en amores,
Van coger por la siesta a los prados las flores,
Dicen unas a otras : « bonos son los amores,
« Y aquellos plus tiernos tienense por meyores. »

LORENZO.

C'était la saison agréable à tous ,
Où semblent les champs s'habiller pour nous ;
Où font les oiseaux ménages si doux ,
Et dame soupire en faute d'époux ;

   Où charme le nœud qui fait les familles ;
Où sentent les fleurs et chantent les filles ;
Aucunes aussi , derrière les grilles ,
Entre elles contant histoires gentilles.

   Jeunette et pas jeune écoute son cœur ;
On sent du malaise : on cueille une fleur ;
« Amour , dit aucune , est bon guérisseur :
» Le veux le plus tendre , il est le meilleur. »

LORENZE.

(10) **Du nom de son héros son vers s'est ennobli.**

Nous prétendons en Espagne que c'est de notre *Alexandre*, écrit en grand rhythme à hémistiches égaux, qu'a pris son nom le vers dont la Muse française a fait depuis la fortune. D'un autre côté, cet honneur est revendiqué, on dirait même à double titre, pour le français Alexandre Pâris, poëte du douzième siècle, collaborateur d'une histoire en vers du même Alexandre le Grand.

(11) Un génie apparaît sur ce Pinde sauvage ;
Notre langue aussitôt de l'antique servage
S'affranchit, et cadence un rhythme ingénieux.

Le monde civilisé honorera toujours l'homme
extraordinaire qui, dans un siècle de ténèbres,
sut réunir en lui le législateur, le mathématicien,
l'historien et l'astronome, et orner des lauriers
du poëte les couronnes de Léon et de Castille.
Alphonse X fit faire un pas immense à la langue et
à la poésie, comme écrivain et comme roi. La langue castillane n'eut, en quelque sorte, d'existence
réelle qu'à dater du décret de ce prince qui la
mit en possession des actes publics, jusqu'alors
rédigés en latin : d'un autre côté, il y a tant de
distance entre les vers d'Alphonse et ceux de ses
devanciers, que quelques critiques ont révoqué
en doute qu'il en fût l'auteur. Mais comme il n'y
a pas moins de différence entre la rédaction du
code dit des *Sept Parties*, bien connue pour lui
appartenir, et le langage de la même époque que
l'on trouve ailleurs, la supériorité des poésies
attribuées au royal écrivain cesse de fournir un

5

argument pour les lui contester. Un écrit pé-
riodique espagnol [1] , que nos malheurs politiques font publier à Londres , travail plein d'u-
tiles recherches, a indiqué dernièrement quelques
ouvrages de plus que ceux que l'on connaissait
d'Alphonse X.

L'échantillon que nous donnerons des vers du
fils de saint Ferdinand montrera dans le poëte
le prince malheureux. C'est le début du poëme
des *Complaintes* (*las Querellas*). Il paraîtrait écrit
à l'époque où Alphonse abandonnait la Castille
à un fils rebelle , et il parle avec Diègue Perez de
Sarmiento , qu'il avait employé dans différentes
ambassades. Sarmiento se trouvait alors auprès du Saint-Siége , où son roi pouvait avoir
plus que jamais besoin d'un affidé , étant sur le
point d'employer le secours des armes musul-
manes :

A ti, Diego Perez Sarmiento , leal ,
Cormano é amigo é firme vasallo ,
Lo que à mios homes por cuita les callo
Entiendo decir plañendo mi mal :

[1] *Ocios de Españoles emigrados.*

A ti que quistate la tierra é cabdal ,
Por las mias faciendas en Roma é allende ,
Mi péndola vuela , escúchala dende ,
Ca grita doliente con fabla mortal.

; Como yace solo el rey de Castilla ,
Emperador de Alemaña que foé ;
Aquel que los reyes besaban el pié ,
E reynas pedian limosna é mancilla !
El que de hüeste mantuvo en Sevilla
Diez mil de á caballo é tres dobles peones ;
El que acatado en lejanas naciones
Föé por sus tablas , é por su su cochilla.

Toi , Diègue Perez , mon noble vassal ,
Te cherche dans Rome avecque mystère :
Les choses qu'aux miens par force dois taire
A toi veux écrire , ami tant loyal ,
Qui laissas tes biens et le sol natal,
Pour le mien service au lointain rivage ;
T'entretient ma plume en triste langage ,
Plaintive t'appelle à plaindre mon mal.

Il est délaissé , manquant d'un asile ,
Ce roi castillan!, naguère empereur ,

Dont reines cherchaient mercis et faveur ,
Dout baisa les pieds plus d'un roi docile ;
Qui soutint armés cavaliers dix mille ,
Et de fantassins trois fois les chevaux ;
Pour tranchante épée et savans travaux
Fameux hors d'Espagne autant qu'à Séville.

Plus loin seront indiquées les autres compositions poétiques de ce prince.

———

(12) Alphonse reconstruit les rouages des cieux.

On connaît la saillie originale par laquelle Alphonse le Sage montra combien il était supérieur
au système astronomique de son temps : « La ma-
» chine n'eût pas été si compliquée, si j'avais
» assisté au conseil de la création. »

———

(13) Ses grands sont mutinés ; un frère les imite ,
Dans Grenade aiguisant le fer de l'Islamite.

Déjà Henri, frère puîné d'Alphonse, s'était
déclaré contre son frère en faveur de la révolte

ALPHONSUS X SAPIENS.

de Don Lope de Haro; mais, échouant dans ses tentatives pour susciter des ennemis au roi parmi les princes maures, il s'était vu obligé de se réfugier en Afrique. Le soulèvement de 1272, conduit par Nuño Gonzalès de Lara, aidé de Philippe, second frère du roi, eut plus de succès. Ils furent rejoints à Grenade par Fernandez de Castro, Lope de Mendoza, Gil de Roa, Rodrigue de Saldagne, et les deux Haro, Nuño et Lope; ils décidèrent le roi maure à marcher contre la Castille.

———

(14) Prince espagnol, renonce au bandeau des Césars.

Alphonse X, petit-fils par sa mère de l'empereur Philippe, avait été élu au trône impérial en 1256 par l'intérêt de l'archevêque de Trèves et du duc de Saxe. L'élection fut contestée, et les difficultés de sa position intérieure avaient empêché le roi de Castille de faire valoir ses droits : la dernière traverse dont il vient d'être fait mention le décida à y renoncer. Alphonse accepta l'offre du souverain pontife, qui payait son désistement par la cession du dixième des rentes ecclésiastiques, pour subvenir aux frais de cette guerre de Grenade.

Quelques années après éclata la révolte du prince Don Sanche, fait historique suffisamment connu.

———

(15) Alphonse avait offert des chants à Polymnie.

C'est en dialecte gallicien, plus naïf que le castillan, que composa ses vers à chanter notre roi poëte. Il existe un livre de ces petits poëmes lyriques nommés *cantigas*, dont quelques exemples sont rapportés dans les *Annales de Séville*, d'Ortiz de Zúñiga.

———

(16) De la science occulte, avec art rajeunie,
    Versifié le rêve.

L'ouvrage le plus considérable en vers que nous ayons d'Alphonse est un poëme didactique de chimie, intitulé *le Trésor*. Il y est dit expressément qu'un chimiste égyptien, attiré par le roi

à sa cour, savait faire la pierre philosophale;
qu'il en montra la manière à ce prince; qu'ils la
firent ensemble, et ensuite le roi la fit tout seul.
Mais on dirait que le poëte a voulu s'amuser aux
dépens de l'avidité et de la curiosité humaines.
Après qu'on a été engagé dans une lecture intéressante par un certain nombre de strophes claires
et bien faites, on rencontre des paragraphes de
neuf à dix lignes écrits en chiffres, et dans un chif-
fre tel qu'on n'a jamais pu en trouver la clef.

FIN DES NOTES DE LA PREMIÈRE ÉPOQUE.

INTRODUCTION.

TEMPS ANCIENS.

DEUXIÈME EPOQUE.

L'archiprêtre de Hita. — Jean de Mena.
Villena. — Le marquis de Santillane. — Boscan.
— Hurtado de Mendoza.

Vingt lustres, vingt encore, aux champs de notre Espagne
Apporteront la guerre, et la mort sa compagne,
Sans que l'art qui nous charme ait, par d'autres succès,
De l'auguste écrivain poursuivi les essais.
Des temps dignes du roi, fratricide barbare,
Que par un fratricide a puni Trastamare,
Quelques noms sont restés pour des vers peu connus (1).
    Seul, un prélat galant, accueilli par Vénus (2),
L'archiprêtre d'Hita, Ruiz, méchant aimable,
Enclin à marier la légende à la fable,
Sur ses contemporains d'assez haut domina
Pour servir de jalon entre Alphonse et Mena.

Quand, habile à suspendre un avenir sinistre,
Prisonnier de ses grands, ou sujet d'un ministre (3),
Jean second, échappant aux troubles par les jeux,
Donne un air pittoresque à son règne orageux,
Qu'entre vingt chansonniers lui-même il versifie (4),
Un poëte au talent joint la philosophie (5) ;
Son œuvre a fait époque et l'honore aujourd'hui.

Enlevé dans l'espace, il regarde sous lui
Les cercles du Destin, qu'il appelle Fortune :
Ils sont trois, et chacun, dans la sphère commune,
Tourne, à la fois atteint des sept astres errans,
Qui font et nos succès et nos goûts différens.
Par degrés autour d'eux se déroulent les âges,
Tandis qu'un seul avance au travers des nuages :
C'est celui du présent, toujours près de finir,
Qui grossit le passé, dégageant l'avenir.

Éclairé par lui-même, ou par son divin guide,
Le poëte redit, dans un ordre lucide,
Les hommes et les faits, notre monde et ses lois,
Instruit les nations et conseille les rois.
Merveilleux, si déjà n'avait tracé la route
Un autre voyageur, sous l'infernale voûte
Inspirant à la terre un puissant intérêt ;
Mena fut moins heureux aux lieux qu'il parcourait :

Il n'y rencontra point la naïve Francesque [1];
Il n'a pas approché du talent gigantesque,
Peintre du mets horrible où, d'un repas sans fin,
La vengeance assouvit une éternelle faim.

Au-dessous de Mena la Muse castillane
Plaçait, dit-on, Villene auprès de Santillane (6);
Pour éclairer ses droits à ce poste assez beau
Les flammes d'un bûcher sont un triste flambeau.
D'un jugement absurde, épargné par l'histoire,
Mena, tes nobles vers ont vengé sa mémoire :
Il te doit nos respects. Plus heureux, plus fécond (7),
Santillane portait au fils de Jean second
Les accords du poëte et les pensers du sage;
De ses doctes leçons, hélas! quel fut l'usage?
Jamais prince indocile, au trône destiné,
N'apprêta plus d'ennuis à son front couronné (8) :
Henri de sa faiblesse a lassé l'anarchie.

Son inflexible sœur refait la monarchie :
Aragon et Castille, unis par son hymen,
Redemandent Grenade aux fils de l'Yémen,
Qui vont d'adieux plaintifs saluer notre terre.
Ils n'étaient plus ces jours où l'ardent cimeterre
Semblait frapper les coups d'un peuple de géans :

---

[1] *Francesca di Rimini*, épisode aussi intéressant qu'extraordinaire du chant de l'Enfer.

Du prince qui l'aimait il y soutint les armes :
O souvenir rempli de regrets et de larmes!
Mars jaloux a brisé l'espoir d'un dieu rival;
Ses grâces, ses destins, son courage fatal,
Aussi bien qu'à sa muse, attachent au poëte,
Et d'un double devoir chargent son interprète.

~~~~~~~~~

L'aimable Garcilasse, à la cour attiré,
Y jouissait heureux d'un talent admiré;
Mais son nom, mais un sang fidèle à se répandre (15)
Demandent d'autres lieux; il brûle de s'y rendre,
Et, dans Vienne assaillie, oppose à Soliman
Un chevalier de Charle, issu d'une Guzman.

Triomphant sur les mers, Charle, à qui tout prospère,
D'un pirate insolent poursuivra le repaire :
Les champs où fut Carthage ont vu ses Castillans;
Garcilasse à Tunis conduit les assaillans,
Frappé deux fois : depuis, sur son noble visage
Le sceau du fer tranchant publiait son courage.

Sous les yeux de son prince il s'était signalé :
Il doit croire aux faveurs..... Quel est donc l'exilé,
Qui, tourné vers des bords où vainquit son épée,
Du Danube germain charme une île escarpée?

D'une ingrate punie il redit les tourmens [1],
Les soucis, les regrets, le bonheur des amans [2].
Il a, comme **Tibulle**, à la tendre élégie
Des sons mélodieux prodigué la magie,
Guerrier ainsi que lui; faut-il que les destins
Renouvellent Ovide aux rivages lointains!

Le poëte guerrier sur les humides plaines
A vogué, couronné des palmes africaines;
Mais Carybde et Scylla n'offraient pas un écueil
Pareil, ô **Parthénope**, à ton riant accueil.

Cependant, la rigueur cède à la bienveillance
Qu'inspirent ses talens ainsi que sa vaillance :
Son empereur va rendre aux aigles consolés
L'intéressant banni : quels tributs cumulés
Promet à son espoir cette belle Italie,
De sa muse, de lui, d'enchantemens remplie!

Infortuné! L'hiver a fait place aux beaux jours;
Le chantre du printemps au bois de ses amours
Vole heureux, et rencontre une flèche rapide.
C'en est fait, chantre pur de la rose de Gnide :
Six lustres fermeront le cercle de tes ans :
Quitte le tendre objet de tes soins caressans,
Par qui de tes leçons, hélas! la mieux suivie
Doit être un beau trépas au printemps de la vie;

[1] Épisode d'ANAXARÈTE dans l'Ode à la *Fleur de Gnide*.
[2] Sonnets, Élégies, Chants divers.

Amour, louange, honneurs, tout ce qui t'a flatté,
Tu perds tout ce qui fut ; l'avenir t'est resté.

Charle alors pénétrait aux champs de la Provence ;
Devant douze drapeaux son digne preux s'avance,
Mesurant l'allégresse aux récens déplaisirs.

Proche de ce Fréjus, fécond en souvenirs ,
Dans une tour antique, en nos camps enfermée,
Un gros d'arquebusiers résistait à l'armée :
A peine étaient-ils cent, mais tous de ces Français
Que façonne l'honneur à ne fléchir jamais.
Ils attendent l'assaut ; il a sonné : l'audace
Offre à leurs premiers coups le bouillant Garcilasse ;
Il tombe : avant le temps par la Parque vaincu ,
Quel héros s'arrêta ! quel poëte eût vécu !

Sa perte douloureuse a navré le monarque ;
Il veut de ses regrets consacrer une marque,
Une marque terrible ! Il commande, et le fort
Voit flotter sur ses murs l'étendard de la mort :
Ses nobles défenseurs, hécatombe muette,
Tombent tous, immolés aux mânes du poëte.

Non, tu n'acceptas point cet hommage de sang,
Ame pleine d'amour ; mais plutôt, gémissant,
Mais, retrouvant plutôt des larmes légitimes,
L'idole cette fois pleura sur les victimes.

———

NOTES

DE LA DEUXIÈME ÉPOQUE.

(¹) Des temps dignes du roi, fratricide barbare ,
Que par un fratricide a puni Trastamare ,
Peu de noms sont restés. . . .

Les déchiremens qui suivirent le règne d'Alphonse X , l'horreur portée au comble par la vie
et par la mort de Pierre le Cruel, fils du onzième
Alphonse , n'étaient guère propres à favoriser les
concerts des muses. « On dirait » s'écrie M. Quintana « qu'à cette époque malheureuse, *les hom-*
» *mes de Castille* n'avaient d'âme que pour haïr ,
» et des bras que pour exterminer. » Nous n'y trouvons dans la carrière poétique que l'archiprêtre
Ruiz, dont il sera parlé spécialement ; l'historien
Ayala, qui fit aussi des vers ; le juif Don Santo ,
un nommé Pero Gomez , et l'infant Don Manuel [1],
petit-fils du roi saint Ferdinand. Ce prince est auteur d'un ouvrage intitulé *Le comte Lucanor* , qui

(¹) Mort en 1347.

6.

se compose d'une cinquantaine de nouvelles, ter-
minées chacune par une pièce de vers. On a relevé
deux de ces vers, particulièrement à cause du
rhythme qui se trouve être l'endécasyllabe italien :

Non aventures mucho tu riqueza ,
Por consejo del home que ha pobreza.

Le sens n'en est pas à dédaigner, il porte :

« Et garde-toi d'aventurer ton bien ,
» Par le conseil des hommes qui n'ont rien. »

Quelques critiques, dont nous ne partageons pas
l'opinion, ont trouvé la versification de cet auteur plus soignée que celle de son oncle le roi
Alphonse X.

———

(2) Seul un prélat galant , accueilli par Vénus ,
. . . .
Sur ses contemporains d'assez haut domina.

Jean Ruiz, archiprêtre d'Hita , obtint une réputation poétique qu'il a conservée de nos jours. Son nom
est répété avec complaisance , même par des personnes qui s'occupent rarement de vers. C'est une gloire

traditionnelle, aussi peu contestée qu'examinée. On peut accorder à cet auteur de l'invention, de la vivacité, même de la malice ; mais, négligeant à chaque pas la mesure, et ayant repris le martellement de quatre rimes consécutives, il fit reculer la versification ; son langage ne vaut pas non plus celui de ses devanciers.

Les sujets traités par l'archiprêtre d'Hita roulent principalement sur l'amour. Ce sont ses avantures galantes intercalées d'apologues, d'allégories, de proverbes, de contes, de satires et de dévotions. On a remarqué le dialogue où le poëte demande à la reine de Paphos d'intercéder pour lui auprès de sa maîtresse :

Señora doña Venus, madre de Don Amor,
Noble dueña homillome yo vuestro servidor.
. . . .

Reyes, duques, e condes, e toda criatura
Vos temen e vos sirven como, vuestra fechura.
. . . .

Di sin miedo tus cuitas, non te embargue vergueña.
Apenas de mil una te desprecie la dueña.
Si la primera onda de la mar ayrada

Espantase al marinero quando viene turbada ,
Nunca en la mar entrarie con su nave ferrada ·
Non te espante la dueña la primera vegada.

« Dame Vénus , mère du sieur Amour ,
» A vous je dois humblement faire cour ;
» Puisqu'aussi-bien vous servent , par nature ,
» Rois , comtes , ducs et toute créature.

Et Vénus , qui se charge de le conseiller , lui
répond , entre autres choses :

» Parle sans peur : le langage pressant
» Est rebuté d'une à peine sur cent :
» Si le pilote avait l'âme arrêtée
» Aux premiers flots de la mer irritée ,
» Oncques sa nef ne voguerait dessus :
» Ne faut de femme écouter les refus. »

————

(3) Prisonnier de ses grands , ou sujet d'un ministre.

La royauté de Jean second de Castille a été exercée , tour à tour , par son favori Don Alvaro de
Luna , qui s'était emparé de son esprit , et par

ses cousins les infans d'Aragon [1], qui s'emparaient de sa personne. Le premier attentat contre la liberté de ce monarque fut du fait du seul infant Don Henri, sans la participation et même en dépit de son frère. Il entra à main armée dans Tordesillas où était le jeune roi, renvoya tous les officiers du palais et le remplit de ses créatures, commettant la garde du prince principalement à Don Rodrigue de Mendoze. Le roi trouva moyen de tromper son gardien à la faveur d'une partie de chasse, et se réfugia à Montalvan que l'on osa attaquer de vive force, mais sans succès. L'historien de Don Alvaro de Luna fait honneur à ce favori de la fuite du prince et de la défense de son asile. Plus tard, les deux frères se saisirent, d'accord, de l'autorité, en se rendant maîtres de la personne du roi, à Medina-del-Campo, où ils

[1] Jean, devenu roi de Navarre par son mariage avec Blanche, héritière de ce royaume, père du malheureux prince de Viane, et, en secondes noces, de l'heureux Ferdinand le Catholique; et Henri, grand-maître de l'ordre de Saint-Jacques, l'homme le plus séditieux de cette époque de désordres. Ils étaient fils de Ferdinand, infant de Castille, qui obtint le trône d'Aragon par la décision de neuf juges, et eut un successeur digne de lui dans Alphonse surnommé le Magnifique.

s'introduisirent avec leurs troupes pendant la nuit. Don Alvaro de Luna, au dire encore de son historien, se battit quelque temps dans les rues, et reçut l'ordre du roi de se retirer. Ce prince rompit ses fers en renouvelant le stratagème de sa fuite à Montalvan. Il échappa à la surveillance du comte de Castro, sous la garde duquel les infans l'avaient envoyé à Portillo; depuis la prise de Medina jusqu'à la fuite de Portillo, il s'était écoulé trois ans.

———

(4) Qu'entre vingt chansonniers lui-même il versifie.

Sans compter Jean de Mena, le marquis de Santillane, et Don Henri de Villene, nommés dans le texte, nous trouvons dans une épître dudit marquis au connétable de Portugal (rapportée et enrichie de notes, par Don Th: Ant: Sanchez), Don Rodrigue de Castro, duc d'Arjona, un Guzman, Don Fernand Porto-Carrero, Don Pedro de Guevara; et un grand nombre encore d'autres faiseurs appartenans à la même époque, et dont le plus distingué est Sanchez de Badajoz, se montreront dans les recueils, dits *Chansonniers*, de Ramon de Lavia et d'Hernan del Castillo : l'on sait que le connétable Don Alvaro de Luna faisait aussi des couplets ; et le témoignage de l'histoire ne nous laisse aucun doute sur le talent pour rimer du roi Jean second, quoiqu'il ne soit rien resté de lui, ni de son ministre. Enfin, aux deux extrémités de cette série, se trouvent deux hommes qui méritent un article à part dans cette notice : Don George Manrique, qui vit mourir le successeur de Jean second, et Jean Macias, qui appartient au règne précédent.

Manrique a laissé une pièce de vers aussi remarquable par le style et par les pensées que recommandable par son objet. C'est un monument de piété filiale, une élégie à la mort de Don Rodrigue Manrique, grand-maître de l'Ordre de Saint-Jacques. L'auteur, en relevant les grandes qualités de son père et en déplorant sa perte, comprend dans ses regrets et dans son hommage beaucoup d'autres hommes considérables de son temps. La grande victime aussi qu'il avait vu monter sur l'échafaud, ce Don Alvaro de Luna,

à qui Don Rodrigue Manrique avait dû disputer la grand'-maîtrise de Saint-Jacques, et dont
la mémoire était encore flétrie, reçoit de l'aimable
poëte un souvenir doublement généreux.

Cette pièce de vers, quoiqu'un peu monotone,
se fait lire avec plaisir, même aujourd'hui ; car
malgré sa date (70 ans avant Garcilaso) elle pourrait passer pour être d'un auteur vivant. Le langage y a une tournure plus moderne que celle
qu'ont affectée quelques écrivains de nos jours.

En voici deux stances :

Este mundo es un camino
Para otro que es morada
Sin pesar ,
Mas cumple tener buen tino
Para andar esta jornada ,
Sin errar.
Partimos quando nascemos ,
Andamos mientras vivimos ,
Y allegamos
Al tiempo que fenescemos :
Asi que quando morimos
Descansamos.

Que se hizo el rey Don Juan ?
Los infantes de Aragon
 Que se hicieron ?
Que fué de tanto galan ?
Que fué de tanta invencion
 Cual traxeron ?
Las justas y los torneos ,
Paramentos , bordaduras
 Y cimeras :
Fueron sino devaneos ?
Que fueron sino verduras
 De las eras ?

Ce monde n'est qu'une voie
Qui mène aux lieux où la joie
 Est sans fin ;
Mais il faut un tact bien rare
Pour que rien ne vous égare
 En chemin.
La vie , aussitôt venue ,
Part et marche , et continue
 A marcher :
La limite , qui l'arrête,
C'est la place toujours prête
 Du coucher.

Le roi don Jean de Castille ,
Les infans de sa famille
  Où sont-ils ?
Où sont ces beaux équipages ,
Ces chevaliers et ces pages ,
  Si gentils ?
Qu'ont fait leurs jeux héroïques ?
Pour ces tournois magnifiques
  Tant d'apprêts ?
Eux et leur faste superbe
Qu'ont-ils été plus que l'herbe
  Des guérêts ?

On a conservé du même auteur une composition érotique : le premier couplet, du moins, nous
paraît mériter la faveur dont il jouit :

No sé porque me fatigo ,
Si con razon me rendi :
No siendo nadie conmigo
E vos e yo contra mi.

Faut-il donc que je m'étonne
D'avoir subi votre loi ?
Je n'avais pour moi personne,
Ayant nous deux contre moi.

Nous ne parlerons pas des vers du poëte Macias, qui nous sont inconnus ; mais il acheta assez cher la célébrité pour mériter cette notice particulière, indépendamment de ce qu'ont pu être ses talens poétiques.

Don Henri de Villena, mentionné tout à l'heure, et dont nous aurons à nous occuper encore, grand-maître de Calatrava, personnage illustre à plusieurs titres, eut à son service des dames d'honneur et des gentilshommes, et dans le nombre Jean Macias. Une des dames de son palais inspira à son gentilhomme poëte une passion dont rien ne put triompher, ni le mariage de sa maîtresse, ni les réprimandes du grand-maître, ni enfin la prison où ce seigneur crut devoir reléguer l'amant intraitable. Celui-ci y passait doucement sa vie à chanter son malheur, son amour et les perfections de l'objet chéri. Le mari furieux, malgré l'impossibilité où son rival était de lui nuire, voulut s'en défaire, et, gagnant le geôlier, il trouva moyen de lancer, par une lucarne, un trait qui satisfit sa cruelle jalousie.

Macias chantait alors une de ses complaintes

passionnées, et il expira en modulant le nom de sa
maîtresse. Le sien, qu'on ne sépara plus de l'épithète *amoureux*, devint un objet de culte pour les
troubadours du siècle. Le grave Mena, lui-même,
a jeté des fleurs sur le tombeau de l'amoureux
Macias.

---

(5) « Un poëte au talent joint la philosophie :
» Son œuvre a fait époque et l'honore aujourd'hui.

Jean de Mena, auteur du poëme intitulé *Le
Labyrinthe*, a mérité une place honorable dans
l'histoire générale de son pays. «Homme» dit Mariana « d'une grande érudition pour l'époque,
» fameux par ses poésies, composées en langue
» vulgaire; la versification rude, le génie élégant.
» On voit son tombeau à Tor-de-Laguna, bourg
» du royaume de Tolède. Sa mémoire se conserve
» et durera en Espagne »

L'historien a parlé du poëte à l'occasion de la
mort du jeune Laurent Davalos, fils du connétable, à qui Mena a consacré plusieurs strophes

de son grand poëme : nous allons tâcher d'en faire
apprécier un passage particulièrement estimé :

Bien se mostraba ser madre en el duelo
Que hizo la triste despues que ya vido
El cuerpo en las andas sangriento tendido.
De aquel que criara con tanto desvelo;
Ofende con dichos crueles al cielo,
Con nuevos dolores su flaca salud,
Y tantas augustias roban su virtud
Que cae la triste muerta por el suelo.

Rasga con uñas crueles su cara,
Hiere sus pechos con mesura poca,
Besando a su hijo la su fria boca
Maldice la manos de quien lo matara;
Maldice la guerra do se comenzara,
Busca con ira crueles querellas;
Niega a si mesma reparo de aquellas
Y tal como muerta viviendo se para.

Decia llorando con lengua rabiosa :
« *O matador de mi hijo, cruel;*
» *Mataras a mi, dexaras a el ;*
» *Que fuera enemiga no tan porfiosa.*

» *Si antes la muerte me fuera ya dada,*
» *Cerrara mi hijo con estas sus manos*
» *Mis ojos delante de los sus hermanos,*
» *E yo no muriera mas de una vegada.* »

Bien à sa douleur on voit une mère,
Qui sur des brancards regarde aujourd'hui
Sans vie étendu le corps de celui
Qu'un jour dans ses bras portait toute fière ;

Accuse le ciel, maudit les exploits,
Et guerre cruelle et fer homicide ;
Couvrant de baisers la bouche livide,
Meurtrit son visage et tombe sans voix.

Bientôt, en ces mots, reprend à se plaindre :
« O toi, de mon fils barbare assassin,
» Fallait fuir sa lance et percer mon sein :
» Étais ennemie assez moins à craindre.

» Si morte j'étais, ainsi que le vois,
» De cette main-là, devant les siens frères,
» Le fils que je pleure eût clos mes paupières ;
» Et moi ne mourrais alors qu'une fois. »

Faisons maintenant entendre M. Quintana sur
l'ensemble du poëme de cet auteur.

« *Le Labyrinthe* a eu le sort des ouvrages qui
» sortent des catégories ordinaires : il a obtenu
» plusieurs réimpressions ; il a été imité, com-
» menté. Il est arrivé ainsi jusqu'à nous, et, s'il
» est vrai que la rudesse du langage et la mono-
» tonie du rhythme n'en rendent pas la lecture
» agréable d'un bout à l'autre, du moins on aime
» à le feuilleter, on peut en citer des morceaux,
» on en parle toujours avec estime. Mais, décidé
» à écrire sur les événemens de son temps, l'auteur
» aurait dû s'éloigner du centre des troubles et des
» manœuvres qui tourmentaient alors la Castille :
» c'était le moyen de mieux voir et de juger avec
» indépendance. Jean de Mena s'imposa une tâche
» que ne pouvait remplir un homme de cour ; et
» son esprit vigoureux, restreint à n'employer
» qu'une partie de ses forces, est demeuré loin de
» la hauteur où plus de liberté l'aurait fait at-
» teindre. »

Ce poëme est écrit en strophes d'*art majeur*,
au nombre de trois cents.

———

(6) « Au-dessous de Mena , la Muse castillane
     » Plaçait , dit-on , Villène auprès de Santillane. *

Le mérite littéraire de Don Henri de Villena,
poëte et mathématicien, est une chose reconnue par
la postérité, d'après le témoignage de ses contemporains, et, peut-être, en vertu du fait même qui
nous a privés d'autres preuves : ses ouvrages furent condamnés au feu. « On eut pour certain ,» dit
simplement Mariana, « que, dans son désir de sa-
» voir, il se laissa entraîner à apprendre l'art con-
» damnable de la nécromancie. » Le généreux Mena
ne craignit point de s'élever contre un jugement
d'ignorance et de terreur, à l'époque même où il
fut exécuté.

C'est une particularité remarquable que le peu
de bonheur de cet illustre grand seigneur écrivain.

Don Henri de Villena eut pour aïeul maternel
le roi Henri II de Castille : son aïeul paternel, le
marquis de Villena, avait marié ses deux fils aux
deux infantes, sœurs de Jean Ier. Notre Villena
perdit son père à la bataille d'Aljubarrota, et sa
famille perdit le marquisat dont s'empara le roi

Henri III, par suite d'une discussion sur la dot de ses tantes. Mais l'intérêt de ce prince fit nommer grand-maître de Calatrava le petit-fils du marquis dépossédé. Toutefois, pour commander légalement à l'Ordre, don Henri de Villena eut à se séparer de sa femme, riche héritière, et, par d'autres raisons, il fut jugé convenable qu'il renonçât à ses possessions patrimoniales en faveur de la couronne. Là-dessus, son élection fut contestée : la décision du souverain pontife lui enleva la grand'-maîtrise; il n'y eut de définitif que ses renonciations.

---

(7)   Plus fécond ,
  Santillane portait au fils de Jean second
  Les accords du poëte et les pensers du sage.

Don Iñigo Lopez de Mendoza, premier marquis de Santillana, mort en 1458, fut, on peut le dire, l'homme le plus recommandable de son temps, par la réunion d'un beau caractère, avec une très-grande variété de talens et de connaissances. Il est inconcevable qu'il ait pu composer tout ce qu'il a écrit, au milieu des discordes civiles, des

7.

guerres d'Aragon, de Navarre et de Grenade, de
ses guerres particulières pour la défense de ses
domaines, et des affaires politiques dont il fut
constamment occupé. On voit le catalogue de ses
œuvres dans le premier volume de la compilation
de Sanchez, qui renferme aussi des détails in-
téressans sur la vie de ce seigneur. Notre texte
indique celle de ses poésies imprimées qui marque
le plus : c'est son livre des *Proverbes*, composé pour
l'instruction du prince héréditaire Don Henri ; l'intitulé de quelques chapitres donnera une idée de
l'esprit de cet ouvrage :

De l'Amour et de la Crainte. — De la Prudence et de la
Sagesse. — De la Justice. — De la Patience et de la modération en corrigeant. — De la Sobriété. — De l'Envie. — De
l'Amitié.

Quant à l'exécution, le rhythme en vers très-
courts et à rimes redoublées a trop gêné le poëte ;
le développement des pensées et la diction en
général s'en sont ressentis.

Parmi les poésies inédites du marquis de
Santillane, qui existent dans les archives de son
descendant, le duc de l'Infantado, on distingue

deux petits poëmes l'un sur la fin tragique du connétable Don Alvaro de Luna, et l'autre sur la
bataille navale entre les Aragonais et les Génois,
en 1453. Nous rapporterons de cet auteur une
petite pièce qui a fait fortune : on la retrouve
dans tous les recueils :

> Moza tan fermosa
> No vi en la frontera
> Como una vaquera
> De la Finojosa :
>
> Faciendo la via
> De Calataveño
> A Santa Maria,
> Vencido del sueño,
> Por tierra fragosa
> Perdi la carrera,
> Do vi la vaquera
> De la Finojosa.
>
> En un verde prado
> De rosas e flores
> Guardaba ganado,
> Con otros pastores.

La dixe : « donosa »
Por saber quien era
Aquella vaquera
De la Finojosa.

Non tanto mirara
Su mucha beldad,
Por que me dexara
Con mi libertad.
La vi tan fermosa
Que apenas creyera
Que fuese vaquera
De la Finojosa.

Plus belle, je crois,
Ne voit la frontière
Que jeune vachère
De Fenouil-aux-Bois.

De Sainte-Marie
Allant à Caveil,
Fus pris de sommeil,
Dans une prairie.
Ce fut cette fois
Qu'ouvrant la paupière,

Je vis la vachère
De Fenouil-aux-Bois,

Dans cette prairie
Gardait ses troupeaux ,
Assise en repos ,
Sur l'herbe fleurie.
— « Écoute ma voix , »
Lui dis, « nymphe belle »
— « Vachère , » dit-elle
« De Fenouil-aux-Bois. »

De partir , sans doute ,
Devais me presser ,
Pour ne pas laisser
Mon cœur sur ma route :
A peine conçois,
Tant elle m'est chère,
Qu'elle soit vachère
De Fenouil-aux-Bois.

(8) « Jamais prince indocile, au trône destiné,
    » N'appréta plus d'ennuis à son front couronné. »

Pendant les troubles qui remplirent le règne
de Jean second de Castille, on est sûr de ren-
contrer son fils et héritier Don Henri, mêlé à
quelque mouvement, tantôt pour, tantôt contre
Don Alvaro de Luna; ou bien en querelle avec
le roi son père, pour son propre compte. Ce fut
un homme à lui, le comte de Castro, qui fut
donné pour gardien au roi dans la captivité de
Portillo. Le prince héréditaire, en devenant roi,
trouva le trône entouré de factieux qu'il avait
faits ou soutenus. Un soulèvement ne tarda pas
à éclater pour exiger des grâces. On y voit figurer
en première ligne l'archevêque de Tolède; Pacheco, marquis de Villena; Manrique, amiral de
Castille; Giron, grand-maître de Calatrava; les
comtes d'Alva et de Plasencia. Il fallait un pré-
texte : on n'en trouva pas de plus honnête que
de refuser au roi le titre de père de la princesse
Jeanne, née de son auguste hymen. On veut
qu'elle soit adultérine, et le roi impuissant. Il

faut qu'il déclare pour son héritier son jeune
frère, l'infant Don Alonso. Le marquis de Villène
entre à main armée dans le palais de Ségovie,
pour enlever la famille royale. Il échoue : mais,
plus tard, la faction réussit à s'emparer de l'infant
Don Alonso. Elle se renforce du duc de Medina-
Sidonia, de Pierre Velasco, fils du comte de
Haro, du comte d'Arcos et de Don Alphonse
d'Aguilar; et voici la fameuse scène qui eut lieu
à Avila, telle que notre historien Mariana le rapporte :

« La chair du corps » dit l'espagnol « tremble
» quand on se rappelle une si grande honte de
» notre nation; mais il est bon d'en parler, afin
» que les rois apprennent, par cet exemple, à
» commander d'abord à eux-mêmes, et ensuite à
» leurs sujets. La chose se passa de la sorte :

» En dehors des murailles d'Avila, il fut éle-
» vé un échafaud de planches, où l'on plaça la
» statue du roi Don Henri, avec ses habits royaux,
» et autres accessoires de la souveraineté: trône,
» sceptre, couronne. Les grands s'assemblèrent :
» le peuple était accouru en foule. Là-dessus, le

» crieur public prononça, à haute voix, le juge-
» ment porté contre le monarque. A mesure
» qu'il en énonçait les dispositions, on dépouillait,
» peu à peu, la statue des attributs de la royauté.
» L'infant Don Alonso, y présent, fut élevé à sa
» place et proclamé roi. » Il était alors âgé
de onze ans. Sa mort enleva cet instrument aux
factieux ; il y eut des rapprochemens, mais l'autorité royale et les prétentions paternelles de
Henri n'y gagnèrent rien. En vain le monarque
déclare, au lit de mort, nommer pour son héritière sa fille, la princesse Jeanne, et la recommande à ses exécuteurs testamentaires, au marquis de Santillane, au comte de Benavente, au
connétable de Castille, au duc d'Arévalo : un parti plus fort favorisait l'infante Isabelle, sœur de
Henri, et ce fut elle qui régna.

———

(9) Des maires du palais sous des rois fainéans.

Le titre de maire du palais est d'une exactitude
littérale appliqué aux différens chefs qui gouvernèrent l'Occident islamite pendant la vie du neu-

vième et dernier successeur, en ligne directe, au califat d'Abderrhame. Hixem II, dans ses vicissitudes, commit toujours l'autorité à celui de ses grands qu'il nommait chef ou préfet de sa maison, *al-haghib*. Nul ne mérita, non plus, mieux que ce malheureux prince le titre de roi fainéant. Mais il y aurait de l'injustice à l'étendre jusqu'à son père Alhakem II, à qui celui de débonnaire conviendrait davantage. Le pluriel énoncé au texte a besoin de comprendre un autre rejeton dégénéré d'un autre tronc illustre, Jusef-ben-Muhamad, de la dynastie des Almohades, sous lequel tous les walis gouvernèrent arbitrairement, et opérèrent la chute de ces dominateurs.

---

(10) « Constamment la révolte auprès du despotisme.... »

L'état ne se vit guère exempt de rébellions même aux plus beaux jours des Ommiades : celle d'Aben-Hassun, continuée par son fils Giafar, commencée sous le cinquième calife Muhamad, couvait, pour ainsi dire, toujours, lorsque les suites de la faiblesse d'Hixem II amenèrent de toutes parts la désobéissance.

Ce monarque indolent, représenté d'abord par le grand Almanzor, puis par les deux fils de celui-ci, qui héritent successivement de la charge d'alhaghib, représenté sous le même titre qu'eurent les Almanzors, par son cousin Abdelgiabar qui le dépossède et l'enferme ; délivré et soutenu par le nouvel haghib, le fidèle Wadha, qu'il sacrifie ; dépossédé et sacrifié par le rebelle Suleiman, qui prend la couronne ; le malheureux roi Hixem, disons-nous, porta le coup mortel au prestige de la souveraineté et de la race ommiade. En vain il se fait des choix dans cette famille ; ils demeurent sans effet sur les chefs des provinces qui se sentent assez forts pour se maintenir indépendans. De là nous voyons bientôt des rois de Malaga, des rois de Séville, des rois de Grenade, des rois de Tolède, des rois de Badajoz, des rois de Sarragosse, de Carmona, d'Ecija, d'Almeria, de Denia, de Lorca, de Murcie, de Valence, etc., indépendamment des rois califes de Cordoue.

(11) « L'Islamite égorgé par un autre Islamisme ;
      » Toujours quelque alfaki, toujours quelque inspiré... »

Abdalá-ben-Yasim, disciple du docte Abu-Ysag, va dans le désert instruire la tribu Gudala. Il la mène contre ses voisins les Lamtunes, et ceux-ci vaincus deviennent les plus ardens sectateurs et les principaux instrumens de l'alfaki. Il leur donne un roi et le nom d'*Almoravides*, c'est-à-dire, voués à Dieu ; et dans le premier lieutenant du roi, nommé par le prédicateur Ben-Yasim, nous voyons ce Jusuf-ben-Taxfin qui (toujours au nom d'Alá et pour la propagation de la loi de Mahomet), exterminant des Mahométans, et construisant de nouvelles mosquées, finit par mourir souverain du double empire islamite de l'Afrique et de l'Espagne. Ainsi disparurent les chefs qui s'étaient partagé les dépouilles des Meruans.

Mais voilà qu'un Abdalá-ben-Tamurt, de la tribu africaine Masamude, est allé à Bagdad entendre les leçons du célèbre Aben-Ahmed, l'Algazali. Il se trouvait auprès de son maître, lorsqu'un voyageur d'Occident apporta la nouvelle que

les doctrines de cet illustre alfaki avaient été con-
damnées par le collége de Cordoue, et ses livres
lacérés et jetés au feu, après la confirmation du jugement donnée par l'amir[1] almoravide : « O Dieu ! »
s'écrie l'Algazali « détruis ses royaumes comme il
» a détruit mes livres. » — « Demande, ô iman[2], »
lui dit Ben - Tamurt , « qu'ils périssent par mes
» mains. » — « Alá, que ce soit par les mains de
» cet homme, » reprit l'alfaki.

On voit bientôt Abdalá - ben - Tamurt , ayant
pris le nom d'*Al-Mehedi*, ou l'envoyé, entouré de
chefs dévoués , qu'il appelle *Almohades*, c'est-à-
dire, hommes de Dieu, prêcher la guerre contre
les hérétiques et marcher de victoire en victoire.
Suivent l'extermination des chefs et la destruction
des mosquées almoravides ; et la carrière sanglante
de *Jusuf*, créature de l'alfaki *Abdalá-ben-Yasim*,
est parcourue jusqu'au bout par *Abdelmumen*,
visir de l'alfaki *Abdalá-ben-Tamurt*. Ainsi finit
la domination séculaire des Almoravides.

[1] Amir : prince ; le prince des fidèles, ou calife : Amir
Amuménin.
[2] Iman , docteur sacré.

(12) « Nos bras, enfin, laissaient du puissant Ommiade
    » Un simulacre vain dans la seule Grenade. »

Déjà, malgré la puissance que rallièrent successivement autour du califat d'Occident, la dynastie des Almoravides et celle des Almohades,
on avait vu couronner d'utiles succès les efforts de
l'Espagne chrétienne, luttant contre ces deux races
compactes et belliqueuses. C'est aux Almoravides
qu'ont fait la guerre Alphonse VI et le Cid. C'est
contre les Almohades qu'a remporté Alphonse VIII
la mémorable victoire des Navas. Quand ces Almohades, vainqueurs de ces Almoravides, cèdent à leur
tour aux Beni-Merines, l'état musulman espagnol
était à peu près réduit aux provinces méridionales.
Les Beni-Merines, puissans en Afrique, ne le sont
pas assez en Espagne pour empêcher les rébellions
et de nouveaux morcellemens ; et les voies se trouvent préparées pour que l'œuvre qui devait être
terminée à Grenade par le roi Ferdinand le Catholique, soit commencée à Séville par le roi saint
Ferdinand.

(13) « Boscan de l'habitude a rompu le lien
   » Le premier ;

Jean Boscan Almogaver [1] appartient encore à la classe nombreuse de nos poëtes, distingués d'ailleurs par leur naissance. On le vit considéré à la cour de Charles-Quint et estimé du monarque : il fut l'ami et l'éditeur de Garcilaso, et, d'après celui-ci, les hautes qualités du duc d'Albe, Don Ferdinand, auraient été le fruit des soins de Boscan dans l'éducation de ce seigneur.

L'imitation que Boscan fit de l'italien ne s'en tint pas au rhythme ; malheureusement il n'eut pas assez de génie pour faire excuser le mauvais goût des quintessences amoureuses, pris dans ses modèles. Sa lyre définira longuement l'état d'une âme éprise, absente de l'objet aimé. La douleur augmente : le terme de la vie approche ; mais l'espérance vient la soutenir : l'imagination s'en mêle et n'en finit pas. Mais l'illusion s'enfuit et l'affliction recommence. Le souffrant cherche des dis-

[1] Barcelonnais, mort vers le milieu du seizième siècle.

tractions dans les objets extérieurs ; mais il n'y a
que son extérieur qui puisse y prendre goût : l'in-
térieur s'y refuse. On se recommande au courage;
non pas pour qu'il triomphe de la passion, mais pour
que l'on puisse résister à la douleur par le moyen
de l'espoir. Les odes soutenues de Boscan, ainsi
que ses sonnets, à très - peu d'exceptions près,
tiennent de ce système qui n'a que trop et trop
long-temps prévalu. On place au nombre des exceptions un sonnet dont voici le fond dans la traduction du début et de la fin :

Laisse-moi respirer, importune pensée ;
Qu'il te suffise enfin de l'excès de mes maux ;
Je les endurai tous : quelle ardeur insensée
T'excite à t'efforcer d'en trouver de nouveaux?

Comment n'a point la mort terminé mes disgrâces ?
En des instans de calme, où la raison me luit,
Si je tourne la tête, et regarde mes traces,
Je frémis en voyant par où je fus conduit.

Dexadme en paz, ó duros pensamientos :
Basteos el daño y la verguenza hecha :

8

Si todo lo he pasado ¿ qué aprovecha
Inventar sobre mí nuevos tormentos ?

Natura en mí perdió sus movimientos :
El alma ya los pies del dolor se echa ;
Tiene por bien en regla tan estrecha
A tantos casos tantos sufrimientos.

Amor, fortuna y muerte que es presente
Me llevan a la fin por sus jornadas :
Y a mi cuenta, debria haber llegado.

Yo, quando acaso afloxa el accidente,
Si vuelvo el rostro y miro las pisadas,
Tiemblo de ver por donde me han pasado.

Mais dans un genre de poésie plus analogue à
son talent, dans son Épître à Don Diègue Hurtado de Mendoza, Boscan parle amour et raison
avec autant d'aménité que de convenance. Il com-
pare la douceur de la tendresse conjugale avec les
écarts d'une passion désordonnée : il occupe de sa
vie, de ses projets, de ses amis, d'une assez
grande variété d'objets, sans laisser beaucoup à
demander au poëte en même temps qu'il fait ai-

DON DIEGO HURTADO
DE MENDOZA.

Bordes del.   *lith. de Engelmann.*

mer l'écrivain. Quoi qu'il en soit, ce qui a fondé la
célébrité de Boscan, c'est la révolution opérée
dans le rhythme héroïque espagnol, de laquelle
nous avons dit qu'il fut l'auteur. Sa dédicace à la
duchesse de Soma apprend de quelle manière les
instances du seigneur Navagero, ambassadeur de
la république de Venise à Madrid, le décidèrent à
se vouer à l'endécasyllabe italien. Son vers, bientôt
perfectionné par Garcilaso, expulsa de la haute poésie le vers d'Alphonse X, que venait d'illustrer Mena.

———

(14) Mendoze, chef terrible, adroit ambassadeur,
.   .   .   .

Don Diego Hurtado de Mendoza, né à Grenade
dans les dernières années du quinzième siècle, commandeur de Calatrava, conseiller d'état de l'empereur Charles-Quint, son ambassadeur à Venise,
à Rome, à Londres, au concile de Trente; lieute-
nant-général de ses armées, et grand gonfalonier
de la Sainte Église, fut aussi docteur en théologie,
en philosophie et en droit; bachelier pour les langues hébraïque, grecque, arabe et latine; ami de
Boscan et de Garcilaso, et zélé coopérateur de la

8

réforme métrique , entreprise par le premier.

L'éloquence de Mendoze se fit connaître au concile de Trente, par les plus beaux discours qu'y entendirent les Pères, et ses talens comme négociateur se montrèrent surtout à l'élection du pape Jules III. C'est par le titre d'ambassadeur qu'on le désigne le plus souvent, pour le distinguer des autres Mendozes historiques et, notamment de ses frères : Don Luis, qui commanda à Tunis sous Charles-Quint ; Don Bernardino , qui obtint contre les Barbaresques le triomphe naval d'Arboran et fut tué devant Saint-Quentin ; Don Francisco, général de la cavalerie en Flandre, et grand-amiral d'Aragon , et Don Antonio, qui passa de la vice-royauté du Mexique à celle du Pérou. Don Diègue (l'ambassadeur) fut nommé capitaine général de la province toscane de Sienne dans des temps difficiles : il y exerça des rigueurs qu'il crut nécessaires et dont sa gloire a beaucoup souffert.

Historien estimé pour son Histoire de la guerre contre les Moresques, conduite par son neveu le marquis de Mondejar, auteur d'autres ouvrages historiques, de commentaires politiques, enfin d'un grand nombre d'écrits en prose, tous marqués au coin d'un esprit supérieur, ce grand seigneur a traité en vers les sujets les plus élevés de l'ordre social; c'étaient sans doute de beaux jours de la monarchie espagnole que ceux où de pareilles occupations délassaient nos grands.

Toutefois le Parnasse n'a pas vu briller de son plus bel éclat cet écrivain illustre : son style dans la haute versification est embarrassé et sans couleur, et son vers encore brut. C'est dans le genre satirique et badin, vers lequel on ne l'aurait pas cru aussi porté, qu'il s'est exercé avec un succès reconnu, mais trop souvent dans des pièces écrites pour l'intimité, et abondantes en traits qui en ont empêché la publication. On cite, dans le nombre, des éloges facétieux *de la Carotte, de la Puce, des Cornes.* Voici une de ses bluettes, qu'on trouve dans les recueils imprimés :

Prends pitié de mes soucis,
Et tes rigueurs adoucis,
Fière Éonne;
Celui qui fit la lionne
A fait aussi la brebis.

Abuser de la victoire
Contre qui livra son cœur
Rapetisse le vainqueur,
Et donne au vaincu la gloire.
Tu deviens, et c'est bien pis,
     Jeune Éonne,
Avec les agneaux lionne,
Avec les lions brebis.

A te chercher il en coûte
Plus que de perdre ses pas ;
Mais qui ne te cherche pas
Ne voit que toi sur sa route.
C'était mieux quand je te vis,
     Gente Éonne,
Avec les lions lionne,
Avec les agneaux brebis.

Un amant de bien t'irrite,
Tu l'évinces, et tu crois
Avoir fait tomber ton choix
Sur le plus rare mérite.
Différens sont nos avis,
     Belle Éonne,
Car ton lion, ma lionne,
N'est pour nous qu'une brebis.

Ten ya de mi compasion :
Y ablanda tu condicion ,
    Zagaleja ;
Que el que te hizo leon
Te pudiera hacer oveja.

Haber , Zagala , victoria
De un siervo sin libertad
Es dar al vencido gloria
Y al vencedor poquedad :
Trata con humanidad
A quien vences con razon ,
    Zagaleja ,
Sé leona con leon ,
Y con corderos oveja.

Si a quien huye y no te quiere
Sigues tú como perdida ,
El pastor , que por ti muere ,
Cornudo va a la otra vida :
Siempre andarás de partida ;
Mas nunca en una opinion ,
    Zagaleja .
Siendo con leon oveja ,
Y con oveja leon.

Das higas al que agradece
Por mercedes los pesares,
Y das favores a pares
Al que no te los merece :
Pues ese que te parece
Conforme a tu condicion ,
Zagaleja,
Tu le tienes por leon ,
Y nostros por oveja.

Don Diègue de Mendoze vécut long-temps retiré à Grenade, après avoir été rappelé de son commandement en Toscane, où il avait eu peu de bonheur. Il mourut à Valladolid l'année 1575.

———

(15) « Mais un nom , mais *un sang , fidèle à se répandre* ,
» Demandent d'autre lieux : il brûle de s'y rendre ,
» Et dans Vienne assaillie , oppose à Soliman
» Un chevalier de Charle , *issu d'une Guzman.* »

Don Alonso Pérez de Guzman, surnommé le Brave , souche des ducs de Medina-Sidonia , acheta bien cher la considération que l'Espagne accorde à son sang. C'est sous le fils coupable du malheureux

Alphonse X que ce vaillant Don Alonso défendait contre les Africains la ville de Tarifa, récemment reprise par les armes espagnoles. Son fils tombe au pouvoir des assiégeans, et ceux-ci menacent de le mettre à mort si la place ne leur est livrée. Loin de fléchir, Guzman, du haut de la muraille, leur jette son épée pour se montrer résigné au sacrifice, au point d'en fournir lui-même l'instrument. Il se retire : il entend bientôt des cris poussés par ses soldats qui voyaient la barbare exécution de la plus horrible menace ; mais quand il eut appris la cause de ces clameurs, « Je croyais, » dit-il avec sérénité, « que les ennemis étaient entrés dans la » place. » Les Africains levèrent le siége, désespérant de triompher d'une fermeté si inébranlable.

FIN DES NOTES DE LA DEUXIÈME ÉPOQUE.

ESPAGNE POÉTIQUE.

SEIZIÈME SIÈCLE.

PREMIERE DIVISION,

COMPRENANT UNE PARTIE DU DIX-SEPTIÈME SIÈCLE.

GARCILASO.

SAINTE-THÉRÈSE. — LE PÈRE LOUIS DE LÉON.
— HERRERA. — CERVANTES. — GÓNGORA.

DEUXIEME DIVISION,

EMBRASSANT DEUX TIERS DU DIX-SEPTIÈME SIÈCLE.

LOPÉ DE VEGA.

LUPERCE D'ARGENSOLA ET BARTHELEMY D'ARGENSOLÁ.
— QUEVEDO. — RIOJA. — VILLEGAS.

INDICATION DES MODÈLES,

d'après lesquels nous donnons les portraits des auteurs suivans :

GARCILASO.

Tableau, long-temps la propriété des marquis de Villena qui a passé à la maison des ducs de Médina-Sidonia.

HERRERA.

Gravure portée par la première édition des œuvres de cet auteur. (Séville 1656.)

LOPÉ DE VEGA.

Portrait ancien, propriété de la succession de Don Juan de Yriarte, bibliothécaire de Ferdinand VI.

QUEVEDO.

Gravure publiée par Don Juan Sedano, éditeur du *Parnaso español*, d'après le portrait original qu'il possédait

GARCILASO DE LA VEGA.

Berder del.   Lith de Engelmann

ESPAGNE POÉTIQUE

ESPAGNE POÉTIQUE.
SEIZIÈME SIÈCLE.

PREMIÈRE DIVISION,

COMPRENANT UNE PARTIE DU DIX-SEPTIÈME SIÈCLE.

GARCILASO.
SAINTE-THÉRÈSE. — LE PÈRE LOUIS DE LÉON.
— HERRERA. — CERVANTES. — GÓNGORA.

GARCILASSE.

Garcilaso de la Véga naquit à Tolède l'année 1503. Il fut chevalier de l'ordre de Calatrava ; son père, grand commandeur de Léon, ambassadeur de Ferdinand et d'Isabelle à la cour de Rome, seigneur de Batrès et d'Arcos, avait reçu en dot le marquisat d'Avellanède, avec la main de Doña Sancha de Guzman. Les noces furent faites par le roi d'Aragon luimême, à qui la mariée appartenait de près. Notre

poëte épousa, à l'âge de vingt-quatre ans, Doña
Hélene de Zuñiga, dame d'honneur de la reine
de France, et en eut un fils, héritier de son nom
et de son sort, tué avant sa vingt-cinquième
année, à la défense d'Ulpiano.

Le précis en vers sur la vie de cet intéressant écrivain n'en énonce pas exactement la
durée : il vécut trente-trois ans.

« N'est-il pas merveilleux, » dirons-nous encore
avec M. Quintana, « qu'un homme qui meurt si
» jeune, et qui a suivi la carrière des armes, ait
» pu, sans des études classiques, et seulement
» aidé de son talent et de son goût, tirer
» tout à coup notre poésie de l'enfance, la faire
» marcher sur les traces des anciens et des écri-
» vains modernes alors les plus célèbres, sou-
» vent rivaliser avec eux, et, l'ornant, de grâces
» et de sentimens qu'il tire de son propre fonds,
» lui faire parler un langage doux, pur, élé-
» gant et harmonieux ? » On eût désiré qu'il
s'attachât moins à imiter, et qu'il se livrât davantage à ses propres inspirations. On deman-

derait quelquefois plus d'art et de convenance dans la disposition de ses poëmes ; mais il a montré infiniment plus de talent qu'il n'en fallait pour éviter les défauts qu'on y trouve.

Garcilasse est devenu classique, à quelques *italianismes* près : son tact exquis l'a fait si bien choisir dans le castillan que trois siècles n'ont pas vieilli son langage.

L'aménité de son caractère porta son talent vers l'élégie et vers l'églogue. Le poëme dont l'auteur de ce Recueil s'estimera heureux d'avoir pu rendre quelques beautés, est le plus renommé parmi les ouvrages trop peu nombreux de notre jeune poëte. On distingue encore une ode à la *Fleur de Gnide*, et deux autres grandes églogues, dont celle surtout qu'il dédia à la comtesse d'Uréña rappelle bien le chantre de Némorin et de Salice. Dans celle qui suit, dédiée au vice-roi de Naples, marquis de Villa-Franca, l'auteur déplore la mort d'une jeune dame de la cour, Doña Isabelle Freyre, épouse du seigneur Fonseca. On pourra voir

plus loin de quelle manière notre autre grand
poëte, l'autre Vega, traite un sujet semblable,
qui le touchait personnellement.

Plusieurs littératures se sont accordées pour
applaudir au mouvement qui termine la pein-
ture d'Élise expirante par cette apostrophe inat-
tendue :

> Et toi, que faisais-tu, divinité des bois ?
> ¿ *Y tú, rústica diosa, donde estabas ?*

L'époux désolé continue d'adresser à Diane,
considérée comme Lucine, sa plainte et ses re-
proches touchans.

Le goût moderne pourra néanmoins désap-
prouver l'intervention d'un personnage mytho-
logique dans une pareille situation. On ne veut
point qu'il nous suffise de parler en vers pour
devenir païens. De plus, les divinités d'Homère,
dont il a déjà fallu, à d'autres époques, que des
avocats tels que J.-B. Rousseau, Voltaire et le
grand Corneille, prissent la défense, semblent
avoir perdu leur procès dans notre siècle, au

jugement de peuples un peu dégoûtés. Mais, lors même que l'on jugerait d'après ces préventions les poésies des nations moins dédaigneuses, il faudrait toujours avoir égard aux dates : c'est une considération que nous invoquons ici pour tous les cas où elle sera applicable ; et, quant à l'ouvrage dont il s'agit, rappelons-nous qu'il a pour lui trois cents ans.

Garcilaso de la Vega fut d'une beauté remarquable ; il posséda tous les talens d'agrément, et excella surtout dans la musique ; il joignit les formes les plus élégantes à l'impétuosité qui distingua sa valeur.

SALICE ET NÉMORIN.

EGLOGUE LYRIQUE.

Je vais de deux bergers, Némorin et Salice,
Répéter les douleurs et les concerts rivaux :
Leurs troupeaux en goûtaient les sons avec délice,
Oubliant la douceur des herbages nouveaux.
Toi, par d'heureux travaux,
Par ton nom, par toi-même,
Honneur du rang suprême :
Soit que, dans le repos, tu médites, admis
Aux soins du diadème,
Soit, magnanime Alban, qu'à nos fiers ennemis
Tu montres l'autre Mars, à l'Espagne promis :

Soit que , dans une trêve aux soucis de la gloire ,

Tu presses de tes jeux les hôtes des forêts ,

Que ton coursier, sous toi respirant la victoire ,

Lasse et livre à la mort, l'ennemi des guérets ,

     Accueille mes regrets :

     Le jour n'est pas encore

     Où , libre et plus sonore ,

Ma lyre , dans le calme, osera d'autres airs ;

     Avant que me dévore

La flamme qui m'anime, et dérobe à mes vers

Les vertus du héros qui remplit l'univers.

En attendant que brille un jour , dont la Fortune

Laisse entrevoir l'aurore à mes avides yeux,

Et qu'il m'acquitte enfin de la dette commune ,

Imposée au talent par tes faits glorieux ,

     Que l'arbre aimé des cieux ,

     Dont la feuille te donne

     Ta brillante couronne ,

Du lierre timide aide les nœuds légers ,

     Et d'ombre l'environne :

Mes chants sauront te suivre à travers les dangers ;

Écoute, cependant, les chants de mes bergers.

9.

Se dégageant des flots, radieux et superbe,

Le soleil éclairait les sommets obscurcis,

Lorsqu'auprès d'un ruisseau qui serpente dans l'herbe,

Salice, tristement sous des saules assis,

      Du courant indécis

      Au paisible murmure,

      Se plaint d'une parjure :

Quoiqu'absente, il lui parle; encor que rebuté,

      Toujours il la conjure :

Et cet amant naïf, en sa simplicité,

Déplore ainsi l'état où l'amour l'a jeté :

               ∿∿∿∿∿∿∿

« Insensible à mes maux, Galatée inhumaine,

Tu me quittes, je meurs, et c'est là mon désir :

Pourquoi vivre sans toi ? Cette aurore ramène

Un jour riant, partout quelque espoir à saisir,

      Quelque espoir de plaisir ;

      Jour et nuit, à toute heure,

      Il faudra que je pleure.

Mais toi, quand tu trahis l'amour et ton serment,

      N'importe que j'en meure,

Ne crains-tu pas du ciel le juste châtiment ?

Mes larmes, sur tous deux coulez également.

               ∿∿∿∿∿∿∿

« Pour toi j'aimais des bois la sombre solitude,
Les prés, les eaux, les fleurs, tout ce qui te plaisait :
Quelle était de ton cœur alors l'ingratitude ?
La sinistre corneille en vain me le disait ;
      Un songe m'instruisait :
      C'était ma triste histoire ;
      Je refusai d'y croire :
Je venais abreuver mon troupeau, mais toujours
      Sitôt qu'il voulait boire,
Le Tage s'enfuyait par de nouveaux détours,
Et moi, tout haletant, j'en poursuivais le cours.

          ~~~~~~~~~~

» Pour quelle oreille encor ta voix s'adoucit-elle ?
Quels yeux cherchent tes yeux ? Pour qui m'as-tu laissé ?
Sur qui se reporta la foi d'une infidèle ?
Quel ormeau reverdit de ma vigne embrassé ?
      Ah ! tout est renversé :
      Le nœud qui vous assemble
      Promet d'unir ensemble
Le serpent et l'oiseau, les loups et les brebis.
      Que tout le monde tremble
D'un sort heureux, qui mène à ces revers subits :
Mes pleurs, seuls vous n'aurez ni retours, ni répits.

          ~~~~~~~~~~

» Tu me quittes ! Pourtant, le berger de Mantoue,
Après moi, disais-tu, ne serait plus cité :
J'ai des produits certains; plus d'un canton avoue
De mes troupeaux nombreux la race et la beauté :

  Guadarrame en été,

  Et, pendant la froidure,

  Les champs d'Estrémadure ;

Né d'honnêtes parens, Salice a de l'honneur ;

  Sans vanter ma figure,

Je ne changerais pas avec ton suborneur ;

Mais son bonheur... oh ! oui, je voudrais son bonheur.

   ⁓⁓⁓⁓⁓⁓

» Peux-tu m'abandonner sachant combien je t'aime ?
Règneras-tu jamais sur un cœur plus soumis ?
Déchu de ta faveur, j'ai honte de moi-même ;
J'évite l'entretien de proches et d'amis.

  Et tu te raffermis

  Dans ta rigueur barbare !

  Tu te montres avare

D'un regard, le dernier jeté sur mes douleurs !

  Déjà tout le déclare :

Le chant des oiseaux même annonce que je meurs :
Coulez, je prie en vain, coulez, mes tristes pleurs.

   ⁓⁓⁓⁓⁓⁓

» Écoute , et j'aurai dit : ce gazon sut te plaire ;
De ces arbres parfois tu recherchais l'abri ;
Tu regardais souvent couler cette onde claire :
Pourquoi répudier des lieux qui t'ont souri ?

      Si d'un amant chéri

      Tu veux t'y voir suivie ,

      Satisfais ton envie ,

Sans crainte d'y trouver un amant odieux :

      A qui m'ôte la vie

Je puis céder la place. Allons , mes tristes yeux ,
Il nous faut, pour pleurer, adopter d'autres lieux. »

Ainsi chanta Salice : à sa voix la montagne
A , de loin , renvoyé des sons compatissans ;
La douce Philomèle à son tour accompagne ,
Par ses airs ingénus , les échos gémissans.

      Mais de nouveaux accens

      Déjà se font entendre :

      Plus malheureux, plus tendre ,

Némorin modulait des tons plus élevés :

      Ah ! qui saura les rendre ,

Ces regrets douloureux, ces accords achevés ?
Muses, ce sera vous : seules vous le pouvez.

« Ruisseau, qui dessinas ces rives arrondies ,

Arbres , qui vous mirez dans ses limpides eaux ,

Oiseaux, qui dans les airs semez vos mélodies ,

Plante , qui cheminant vas serrer ces rameaux :

      J'étais si loin des maux ,

      Dont maintenant m'accable

      Le sort impitoyable ,

Que vous avez suffi pour délecter mon cœur :

      Comme un rêve agréable ,

A l'entour ma pensée errait avec douceur ,

Et chaque souvenir rapportait du bonheur.

‧‧‧‧‧‧‧‧‧‧‧‧

» Ici, dans les chaleurs, endormi sous ce hêtre ,

J'avais, en m'éveillant, Élise à mes côtés ;

Où donc est-elle ? Où sont ces regards où mon être ,

Tout entier suspendu , cherchait ses volontés ?

      Où sont tant de beautés ,

      Qu'adore ma mémoire ?

      Ce sein , ce cou d'ivoire ,

Appui du noble faîte élégamment posé ,

      Ceint de grâce et de gloire ?

Édifice fragile et non moins exposé,

La terre le recouvre, un souffle l'a brisé

‧‧‧‧‧‧‧‧‧‧‧‧

» Élise, qui m'eût dit que ces lieux pleins de charmes ,
Aux temps qu'ils nous voyaient rêver à notre amour ,
Me reverraient sans toi , sans amour , dans les larmes ,
Marchant comme privé de la clarté du jour ?

      La nature , à l'entour ,
      Comme toi s'est flétrie :
      De cette herbe appauvrie
La brebis s'éloignant cherche d'autres gazons ;
      Plus de route fleurie ;
La plante parasite envahit les sillons ,
Depuis que mon soleil a voilé ses rayons.

            ~~~~~~~~~~

» Par tant de souvenirs ma douleur plus active
Doit se rendre importune aux échos de ces champs :
Telle du rossignol la compagne plaintive
Remplit les bois voisins de ses regrets touchans.

      Elle pleure , en ses chants,
      Sa récente couvée,
      Qu'à l'écart observée ,
Vint enlever du nid l'oiseleur inhumain ;
      Tu me fus enlevée
De même, ô chère amour ! la mort sut le chemin ,
Et ce fut dans mon cœur qu'elle enfonça la main.

            ~~~~~~~~~~

» Tes cheveux, dont tu sais que j'avais une tresse,
Je les porte attachés à l'un de tes rubans,
Sur ce cœur déchiré ; là je les sens, les presse,
Et, pour les regarder, quelquefois les reprends :
    Que de pleurs j'y répands !
    De ma brûlante haleine
    L'ardeur les sèche à peine,
Que d'autres flots de pleurs courent les arroser :
    Pour divertir ma peine
Je les compte, souvent chacun par un baiser :
Et la douleur me laisse un moment reposer.

⁓⁓⁓⁓⁓

» Mais comment oublier cette nuit lamentable,
Cette nuit qui, déjà dévouée au malheur,
De Lucine amenait l'instant inévitable ?
Ton regard égaré, ta mortelle pâleur ?
    Ces accens de douleur ?
    Ta voix enchanteresse,
    Source de tant d'ivresse,
Si déchirante alors ? Je l'entends cette voix
    Implorer la déesse,
Et résonner, hélas ! pour la dernière fois !
Et toi, que faisais-tu, divinité des bois ?

⁓⁓⁓⁓⁓

» Te fallait-il forcer quelque animal sauvage ?
Du réveil d'un berger pressais-tu le moment ?
Pouvais-tu , sans pitié pour mon triste veuvage ,
Sans regrets, voir détruire un objet si charmant ?

  Vouer à ce tourment
  Ton Némorin fidèle ,
  Celui de qui le zèle

T'honorait à l'égal du plus puissant des dieux ?

  Je pleure , et toi , cruelle ,

Tu ris : sourde à nos cris tu charmes d'autres lieux,
Laissant tout ce que j'aime expirer à mes yeux.

    ⁓⁓⁓⁓⁓⁓

» Élise, maintenant tes immortelles traces
Vont mesurant des cieux les mouvans cercles d'or :
Mais pourquoi m'oublier ? Demande au Dieu des grâces
Que vers toi, comme toi, j'élève mon essor.

  Qu'ensemble , ensemble encor ,
  Nos âmes consolées
  Cherchent d'autres allées ,

D'autres ruisseaux baignans dans leur paisible cours

  D'autres sombres vallées ,

Où je puisse te voir et t'entendre toujours ,
Sans craindre désormais de perdre mes amours. «

    ⁓⁓⁓⁓⁓⁓

Sans jamais soulager le poids qui les opprime,
D'un long accablement ils sortent tous les deux ;
Car, au delà des monts, au-dessous de leur cime,
Le soleil a caché le foyer de ses feux :

      Sur un fond nébuleux

      Peu d'instans il les lance ,

      Et l'horizon balance ,

Mais l'ombre a , tout à coup, franchi les derniers plans.

      Au milieu d'un silence ,

Parfois interrompu par leurs troupeaux bêlans ,
Les menant devant eux , ils marchent à pas lents.

ÉGLOGA.

—

SALICIO Y NEMOROSO.

EL dulce lamentar de dos pastores,
Salicio juntamente y Nemoroso,
He de cantar sus quejas imitando;
Cuyas ovejas al cantar sabroso
Estaban muy atentas, los amores,
De pacer olvidadas, escuchando.
     Tú, que ganaste obrando
     Un nombre en todo el mundo,
     Y un grado sin segundo:
Agora estés atento, solo y dado
Al ínclito gobierno del estado,
Albano, agora vuelto a la otra parte,
     Resplandeciente, armado,
Representando en tierra al fiero Marte:

———

Agora de cuidados enojosos
Y de negocios libre , por ventura ,
Andes a caza el monte fatigando ,
En ardiente ginete , que apresura
El curso tras los ciervos temerosos ,
Que en vano su morir van dilatando ;
    Espera que en tornando
    A ser restituido
    Al ocio ya perdido ,
Luego verás exercitar mi pluma
Por la infinita inumerable suma
De tus virtudes y famosas obras ,
    Antes que me consuma ,
Faltando a ti , que a todo el mundo sobras.

———

En tanto que este tiempo , que adivino ,
Viene a sacarme de la deuda un dia ,
Que se debe a tu fama y a tu gloria ;
Que es deuda general , no solo mia ,
Mas de qualquier ingenio peregrino ,
Que celebra lo digno de memoria ;
    El árbol de vitoria ,
    Que ciñe estrechamente
    Tu gloríosa frente ,
Dé lugar a la yedra , que se planta

Debaxo de tu sombra y se levanta
Poco a poco arrimada a tus loores ;
    Y en quanto esto se canta ,
Escucha tú el cantar de mis pastores

Saliendo de las ondas encendido
Rayaba de los montes el altura
El sol , quando Salicio recostado
Al pié de un alta haya en la verdura ,
Por donde un agua clara con sonido
A travesaba el verde y fresco prado ;
    Él , con canto acordado ,
    Al rumor que sonaba
    Del agua que pasaba ,
Se quejaba tan dulce y blandamente ,
Como si no estuviera de allí ausente
La que de su dolor culpa tenia ;
    Y así como presente
Razonando con ella le decia :

« Ó mas dura que mármol a mis quejas ,
Y al encendido fuego en que me quemo ,
Mas helada que nieve , Galatea !
Estoy muriendo , y aun la vida temo ;
Témola con razon , pues tú me dexas ,

Que no hay sin ti el vivir para que sea.

Verguenza he que me vea

Ninguno en tal estado,

De ti desamparado ;

Y aun de mí mismo yo me corro agora.

De un alma te desdeñas ser señora,

Donde siempre moraste, no pudiendo

Della salir un hora ?

Salid sin duelo, lágrimas, corriendo.

―――

» El sol tiende los rayos de su lumbre

Por montes y por valles, despertando

Las aves, animales y la gente :

Qual por el ayre claro va volando,

Qual por el verde prado o alta cumbre

Paciendo va segura y libremente,

Qual, con el sol presente,

Va de nuevo al oficio,

Y al usado exercicio,

Dó su natura o menester le inclina :

Siempre está en llanto esta ánima mezquina,

Quando la sombra el mundo va cubriendo,

O la luz se avecina :

Salid sin duelo, lágrimas, corriendo.

―――

» Y tú, de esta mi vida ya olvidada,
Sin mostrar un pequeño sentimiento
De que por ti Salicio triste muera,
Dexas llevar, desconocida, al viento
El amor y la fé, que ser guardada
Eternamente solo a mí debiera:
  ¡ O Dios ! ¿ Porqué, siquiera,
  Pues ves desde tu altura
  Esta falsa perjura
Causar la muerte de un estrecho amigo,
No recibe del cielo algun castigo?
¿ Si en pago del amor yo estoy muriendo,
  Que hará el enemigo?
Salid sin duelo, lágrimas, corriendo.

————

» Por ti el silencio de la selva umbrosa,
Por ti la esquividad y apartamiento
Del solitario monte me agradaba:
Por ti la verde yerba, el fresco viento,
El blanca lirio y colorada rosa,
Y dulce primavera deseaba:
  ¡ Ay quánto me engañaba!
  ¡ Ay quán diferente era,
  Y quán de otra manera
Lo que en tu falso pecho se escondia!

Bien claro con su voz me lo decia
La seniestra corneja , repitiendo
    La desventura mia :
Salid sin duelo, lágrimas , corriendo.

———

» ¡ Quántas veces durmiendo en la floresta ,
Reputándolo yo por desvario ,
Vi mi mal entre sueños desdichado !
Soñaba que , en el tiempo del estio ,
Llevaba , por pasar allí la siesta,
A beber en el Tajo mi ganado ;
    Y , despues de llegado,
    Sin saber de qual arte ,
    Por desusada parte :
Y por nuevo camino el agua se iba ;
Ardiendo yo con la calor estiva ,
El curso enagenado iba siguiendo
    Del agua fugitiva :
Salid sin duelo , lágrimas , corriendo.

———

» ¿ Tu dulce habla en cuya oreja suena ?
¿ Tus claros ojos a quién los volviste?
¿ Por quién tan sin respeto me trocaste ?
¿ Tu quebrantada fé dó la pusiste ?
¿ Quál es el cuello que como en cadena

De tus hermosos brazos añudasté ?
  No hay corazon que baste
  Aunque fuese de piedra,
  Viendo mi amada yedra,
De mí arracada, en otro muro asida,
Y mi parra en otro olmo entretegida,
Que no se esté con llanto deshaciendo,
  Hasta acabar la vida :
Salid sin duelo, lágrimas, corriendo.

   ——————

» ¿ Qué no se esperará de aqui adelante,
Por dificil que sea y por inciérto,
O que discordia no será juntada?
¿ Y juntamente que terná por cierto,
O qué de hoy mas no temerá el amante,
Siendo a todo materia por ti dada ?
  Quando tú enagenada
  De mí cuitado fuiste,
  Notable causa diste,
Y exemplo a todos quantos cubre el cielo.
Que el mas seguro tema con rezelo
Perder lo que estuviere poseyendo.
  Salid fuera sin duelo,
Salid sin duelo, lágrimas, corriendo.

   ——————

» Materia diste al mundo de esperanza
De alcanzar lo impossible y no pensado,
Y de hacer juntar lo diferente ;
Dando a quien diste el corazon malvado,
Quitándolo de mí, con tal mudanza,
Que siempre sonará de gente en gente.
  La cordera paciente
   Con el lobo hambriento
  Hará su ayuntamiento,
Y con las simples aves, sin ruído,
Harán las bravas sierpes ya su nido :
Que mayor diferencia comprehendo
   De ti al que has escogido :
Salid sin duelo, lágrimas, corriendo.

———

» Siempre de nueva leche en el verano
Y en el invierno abundo; en mi majada
La manteca y el queso está sobrado;
De mi cantar, pues yo te vi agradada
Tanto, que no pudiera el Mantuano
Títiro ser de ti mas alabado :
   No soy, pues, bien mirado
   Tan disforme ni feo,
   Que aun agora me veo
En esta agua que corre clara y pura ;

Y cierto no trocára mi figura
Con ese que de mí se está riendo :
   Trocára mi ventura :
Salid sin duelo , lágrimas , corriendo.

———

» ¿ Cómo te vine en tanto menosprecio ?
¿ Cómo te fuí tan presto aborrecible ?
¿ Cómo te faltó en mi el conocimiento ?
Si no tuvieras condicion terrible ,
Siempre fuera tenido de ti en precio ,
Y no viera este triste apartamiento.
   ¿ No sabes que, sin cuento,
   Buscan en el estio
   Mis ovejas el frio
De la sierra de Cuenca y el gobierno
Del abrigado estremo en el invierno ?
¿ Mas qué vale el tener , si derritiendo
   Me estoy en llanto eterno ?
Salid sin duelo, lágrimas , corriendo.

———

» Con mi llorar las piedras enternecen
Su natural dureza, y la quebrantan ;
Los árboles parece que se inclinan ;
Las aves, que me escuchan, quando cantan ,
Con diferente voz se condolecen ,

Y mi morir cantando me adivinan :
   Las fieras , que reclinan
   Su cuerpo fatigado ,
   Dexan el sosegado
Sueño por escuchar mi llanto triste :
Tú sola contra mí te endureciste ,
Los ojos aun siquiera no volviendo
   A lo que tú hiciste.
Salid sin duelo, lágrimas , corriendo.

— — —

» Mas ya que a socorrerme aquí no vienes
No dexes el lugar que tanto amaste ,
Que bien podrás venir de mí segura :
Yo dexaré el lugar dó me dexaste ,
Ven : si por solo esto te detienes ,
Ves aqui un prado lleno de verdura ,
   Ves aqui una espesura ,
   Ves aqui un agua clara ,
   En otro tiempo cara
A quien de ti con lágrimas me quejo :
Quizá aqui hallarás, pues yo me alejo ,
Al que todo mi bien quitarme puede ;
   Que pues el bien le dexo ,
No es mucho que el lugar tambien le quede.

— — —

Aqui dió fin à su cantar Salicio ,
Y sospirando en el postrero acento ,
Soltó de llanto una profunda vena :
Queriendo el monte al grave sentimiento
De aquel dolor en algo ser propicio
Con la pasada voz retumba y suena.
        La blanda Filomena ,
        Casi como dolida ,
        Y a compasion movida ,
Dulcemente responde al son lloroso :
Lo que cantó tras esto Nemoroso
Decidlo , vos Piérides , que tanto
        No puedo yo , ni oso ,
Que siento enflaquecer mil debil canto.

        ————

« Corrientes aguas , puras , cristalinas ,
Arboles , que os estais mirando en ellas ,
Verde prado , de fresca sombra lleno ,
Aves , que aqui sembrais vuestras querellas ,
Yedra , que por los árboles caminas ,
Torciendo el paso por su verde seno ;
        Yo me vi tan ageno
        Del grave mal que siento
        Que de puro contento
Con vuestra soledad me recreaba ;

Donde con dulce sueño reposaba
O con el pensamiento discurria
    Por donde no hallaba
Sinó memorias llenas de alegria.

—————

» Y en este mismo valle donde agora
Me entristezco y me canso, en el reposo
Estuve yo contento y descansado.
¡ O bien caduco vano y presuroso !
Acuérdome, durmiendo aqui algun hora,
Que despertando, a Elisa vi a mi lado.
    ¡ O miserable hado !
    ¡ O tela delicada
    Antes de tiempo dada.
A los agudos filos de la muerte !
Mas convenible fuera aquesta suerte
A los cansados años de mi vida,
    Que es mas que el hierro fuerte,
Pues no la ha quebrantado tu partida.

—————

» ¿ Dó están agora aquellos claros ojos,
Que llevaban tras sí como colgada
Mi ánima do quier que se volvian ?
¿ Dó está la blanca mano delicada
Llena de vencimientos y despojos,

Que de mí mis sentidos le ofrecian ?

  Los cabellos, que vian

  Con gran desprecio al oro,

  Como a menor tesoro,

A donde están ? ¿ A donde el blanco pecho ?

¿ Dó la coluna, que el dorado techo,

Con presuncion graciosa sostenia ?

Aquesto todo agora ya se encierra,

  Por desventura mia,

En la fria, deserta y dura tierra.

   ————

» ¿ Quién me dixera, Elisa, vida mia,

Quando en aqueste valle al fresco viento

Andábamos cogiendo tiernas flores,

Que habia de ver, con largo apartamiento,

Venir el triste y solitario dia,

Que diese amargo fin a mis amores?

  El cielo en mis dolores

  Cargó la mano tanto

  Que a sempiterno llanto,

Y a triste soledad me ha condenado;

Y lo que siento más, es verme atado

A la pesada vida y enojosa,

  Solo, desamparado,

Ciego sin lumbre en cárcel tenebrosa.

» Despues que nos dexaste nunca pace
En hartura el ganado ya , ni acude
El campo al labrador con mano llena :
No hay bien , que en mal no se convierta y mud:
La mala yerba al trigo ahoga , y nace
En lugar suyo la infelice avena :
       La tierra que de buena
       Gana nos producia
       Flores , con que solia
Quitar , en solo vellas , mil enojos ,
Produce agora en cambio estos abrojos ,
Ya de rigor de espinas intratable :
       Y yo hago con mis ojos
Crecer llorando el fruto miserable.

———

» Como al partir el sol la sombra crece ,
Y en cayendo su rayo , se levanta ,
La negra escuridad que el mundo cubre ,
De dó viene el temor que nos espanta ,
Y la medrosa forma en que se ofrece
Aquello que la noche nos encubre ;
       Hasta que el sol descubre
       Su luz pura y hermosa ,
       Tal es la tenebrosa
Noche de tu partir en que he quedado ,

De sombra y de temor atormentado ;
Hasta que muerte el tiempo determine,
  Que a ver el deseado
Sol de tu clara vista me encamine.

» Qual suele el ruiseñor , con triste canto,
Quejarse , entre las hojas escondido,
Del duro labrador que cautamente
Le despojó su dulce y caro nido
De los tiernos hijuelos , entretanto
Que del amado ramo estaba ausente,
   Y aquel dolor que siente,
    Con diferencia tanta,
    Por la dulce garganta
Despide , y a su canto el ayre suena ;
Y la callada noche no refrena
Su lamentable oficio y sus querellas ,
   Trayendo de su pena
Al cielo por testigo y las estrellas :

» De esta manera suelto yo la rienda
A mi dolor, y así me quejo en vano
De la dureza de la muerte ayrada.
Ella en mi corazon metió la mano ,
Y de allí me llevó mi dulce prenda ,

Que aquel era su nido y su morada.

   ¡Ay muerte arrebatada!

   Por ti me estoy quejando

   Al cielo, y enojando

Con importuno llanto al mundo todo.

Tan desigual dolor no sufre modo :

No me podrán quitar el dolorido

   Sentir, si ya del todo

Primero no me quitan el sentido.

———

» Una parte guardé de tus cabellos,

Elisa, envueltos en un blanco paño,

Que nunca de mi seno se me apartan :

Descójolos, y de un dolor tamaño

Enternecerme siento, que sobre ellos

Nun ca mis ojos de llorar se hartan :

   Sin que de alli se partan,

   Con suspiros calientes,

   Mas que la llama ardientes,

Los enxugo del llanto y de consuno

Casi los paso y cuento uno a uno :

Juntándolos con un cordon los ato :

   Tras esto el importuno

Dolor me dexa descansar un rato.

———

» Mas luego a la memoria se me ofrece
Aquella noche tenebrosa, escura,
Que siempre aflige esta ánima mezquina
Con la memoria de mi desventura :
Verte presente agora me parece
En aquel duro trance de Lucina :
     Y aquella voz divina
     Con cuyo son y acentos
     A los ayrados vientos
Pudieras amansar, que agora es muda,
Me parece que oigo, que a la cruda,
Inexôrable diosa demandabas,
     En aquel paso, ayuda;
¿ Y tu, rústica diosa, donde estabas ?

———

» ¿ Ibate tanto en perseguir las fieras?
¿ Ibate tanto en un pastor dormido?
¿ Cosa pudo bastar a tal crueza,
Que, comovida a compasion, oido
A los votos y lágrimas no dieras,
Por no ver hecha tierra tal belleza?
     ¿ O no ver la tristeza
     En que tu Nemoroso
     Queda, que su reposo
Era seguir tu oficio, persiguiendo

Las fieras por los montes, y ofreciendo
A tus sagradas aras los despojos?
    ¡ Y tú, ingrata, riendo,
Dexas morir mi bien ante mis ojos !

———

» Divina Elisa, pues agora el cielo
Con inmortales piés pisas y mides,
Y su mudanza vés estando queda ;
¿ Por qué de mí te olvidas y no pides
Que se apresure el tiempo en que este velo
Rompa del cuerpo y verme libre pueda?
    Y en la tercera rueda,
    Contigo, mano à mano,
    Busquemos otro llano,
Busquemos otros montes y otros rios,
Otros valles floridos y sombrios,
Dó descansar, y siempre pueda verte,
    Ante los ojos mios,
Sin miedo y sobresalto de perderte. »

———

Nunca pusieran fin al triste lloro
Los pastores, ni fueran acabadas
Las canciones, que solo el monte oia,
Si mirando las nubes coloradas,
Al trasmontar del sol bordadas de oro,

No vieran que era yá pasado el dia.

  La sombra se veia

  Venir corriendo apriesa ,

  Ya por la falda espesa

Del altísimo monte , y recordando

Ambos como de sueño , y acabando

El fugitivo sol de luz escaso ,

  Su ganado llevando ,

Se fueron recogiendo paso a paso.

SAINTE THÉRÈSE.

SAINTE THÉRÈSE DE JÉSUS, canonisée l'an 1615 par le pape Paul V, était morte en 1582 et née en 1515 à Avila, d'Alphonse de Cépède et de Béatrix d'Ahumade. Elle n'avait pas atteint l'âge de douze ans que, communiquant son exaltation à un de ses frères, tous deux s'enfuirent, dans l'intention d'aller chercher la palme du martyre chez les Maures.

Ramenés à la maison paternelle, ils dressèrent, dans le jardin, de petites cellules, où ils passaient en prières les heures de leur récréation.

Nous ignorons si le jeune homme persévéra dans sa ferveur; quant à Thérèse, on la voit prendre l'habit de religieuse du Mont-Carmel, introduire la réforme dans le monastère d'Avila, acquérir par son zèle ardent, par son esprit et par ses vertus assez d'ascendant pour en ré-

former successivement jusqu'à trente dans la
péninsule, quatorze d'hommes et seize de filles,
et pour étendre son institution jusqu'à l'autre
hémisphère.

Sa vie, écrite par elle-même, écrite aussi
par le poëte Fray Luis de Léon , d'après le
désir de l'impératrice Marie, fille de Charles-
Quint, l'a été également par le père Francisco
de Ribera, confesseur de la sainte. C'est lui
qui nous apprend que Thérèse se plaisait à la
lecture des romans de chevalerie, qu'elle en
composa un, avec ses aventures et ses fictions,
« Sur lequel » ajoute le bon religieux « il y
» avait beaucoup à parler. »

Nous avons de sainte Therèse des ouvrages
remarquables par l'énergie des sentimens et
par l'agrément du style autant que par la pro-
fonde piété ; des traits d'enjouement y viennent quelquefois surprendre le lecteur. Nous
citerons, dans le nombre des écrits de notre
sainte, deux volumes de lettres , et une allégorie
intitulée *le Château de l'âme*. Combien la sienne

fut aimante! On connaît sa pensée caractéristique au sujet de l'ange maudit : « Le malheu-
» reux! il ne saurait aimer. »

Sainte Thérèse fit des vers; comment ne
pas en faire avec tant d'esprit, de sensibilité
et d'enthousiasme!

Puissions-nous transmettre une partie de ce
que nous a fait éprouver une pièce où s'est épan-
chée cette âme tendre et pieuse!

SAINTE THÉRÈSE,

AU CHRIST CRUCIFIÉ.

SONNET.

Pour t'aimer, ô mon Dieu, je ne suis excitée
Ni par le sentiment des biens que je te dois,
Ni par l'heureux destin que décide ton choix,
Ni par le sort affreux de l'âme rejetée.

O mon Dieu, c'est pour toi que je t'aime, affectée
De l'état douloureux, hélas ! où je te vois :
Ton corps blessé, meurtri, raidi sur cette croix ;
Mon Sauveur expirant d'une mort tourmentée !

Oui, ta chaîne, ô mon Dieu, me captive à ce point
Que mon cœur t'aimerait si le ciel n'était point,
Que sans craindre l'enfer je te craindrais de même.

Nul but intéressé n'eût fait un tel amour :
S'il est vrai que ce cœur espère autant qu'il aime,
Il aimerait autant sans espoir de retour.

SANTA TERESA DE JESUS,

A CRISTO CRUCIFICADO.

—

SONETO.

No me mueve, mi Dios, para quererte
El cielo que me tienes prometido,
Ni me mueve el infierno tan temido
Para dejar por eso de ofenderte.

Tú me mueves, mi Dios, muéveme el verte
Clavado en esa cruz y escarnecido;
Muéveme ver tu cuerpo tan herido;
Muévenme las angustias de tu muerte.

Muéveme, enfin, tu amor de tal manera
Que, aunque no hubiera cielo, yo te amara,
Y, aunque no hubiera infierno, te temiera.

No me tienes que dar porque te quiera:
Porque, si cuanto espero no esperara,
Lo mismo que te quiero te quisiera.

~~~~~~~~~~~~~

LE PÈRE LOUIS DE LÉON.

—

Le Père Louis de Léon, né à Grenade l'an 1527, mort en 1591, était fils de Don Lopé Ponce de Léon, seigneur de Port-Lopé et conseiller de Castille.

Il prit l'habit religieux à l'âge de seize ans dans l'ordre de saint Augustin au couvent de Salamanque. Il avait excellé dans ses études : il poursuivit ses succès dans la carrière théologique ; mais son amour pour les lettres fournit des armes à l'envie et à la persécution. On instruisit contre lui pour une traduction du *Cantique des Cantiques.* On l'emmena de sa chaire magistrale dans les cachots de l'inquisition, où il fut retenu pendant cinq années que dura le procès, terminé par son acquittement. Le noble prisonnier, conservant l'impassibilité qu'il avait montrée pendant sa disgrâce, reçut la liberté comme s'il ne l'avait jamais perdue :

monté dans sa chaire, au milieu d'un concours immense et attendri, il débuta par ces mots remarquables : « *Nous vous disions* HIER.... »

Notre poëte religieux et philosophe eut dans ses sentimens autant d'élévation que de douceur. L'âme de l'écrivain se montrera peut-être encore à nos lecteurs dans les échantillons que nous allons donner de son talent.

Ses ouvrages sacrés et profanes en prose et en vers sont assez nombreux. Il a beaucoup traduit : des chapitres de *Job*, les *Psaumes* du roi-prophète, les *Bucoliques*, le premier livre des *Géorgiques* de Virgile et des odes d'Horace fournissent la partie la plus importante de ses traductions. Celles de Virgile, fort vantées dans un temps, perdent de leur faveur. C'est bien le sens du latin en vers espagnols ; mais le chant du cygne de Mantoue ne s'y fait entendre que de loin en loin ; le traducteur lutte avec bien de la peine contre les difficultés multipliées que lui offrent d'un côté la perfection du texte, de l'autre l'exigence du rhythme compliqué

qu'il s'est prescrit. Il se peut, du reste, que
gâtés par les traductions françaises, nous en
jugions maintenant avec trop de sévérité. On
reconnaîtra encore dans l'ode de notre auteur
qui a eu le plus de succès, une imitation de la
lyre latine s'exerçant sur le malheur de Troie :
le sujet de l'ode espagnole aussi n'est pas moins
que la chute d'un empire.

Déjà les guerriers musulmans qui venaient
de soumettre la Mauritanie idolâtre, avaient
fait une tentative alarmante sur la côte méri-
dionale de la péninsule, à la faveur de la dé-
fection du comte Don Julien, qui commandait
la frontière. Ils avaient pris Héraclée, nommée
depuis Gibraltar, et d'abord *Gebal-Taric*, du
nom de leur général et de *Gebal*, en arabe
montagne. Ils s'étaient avancés jusqu'à Séville,
et avaient défait l'infant Don Sanche, envoyé
pour arrêter l'invasion. Ces succès déterminèrent
Muza-ben-Noseïr, gouverneur des provinces
africaines pour le calife, à confier à son lieutenant Taric une forte armée.

L'historien Mariana admet, avec toutes les circonstances révoquées en doute, l'aveugle passion du roi Roderic, que nous appelons plus communément Rodrigue, pour la belle Florinde, également nommée Cava, fille du comte révolté. Cette jeune personne habitait le palais : elle était attachée à la cour de la reine Egilone, beauté fatale aussi, qui devait inspirer à son tour un sentiment désordonné, et amener la catastrophe sanglante du jeune Abdelazis, gouverneur de l'Espagne conquise.

Quels qu'aient été les sujets de mécontentement donnés par Rodrigue à son dangereux vassal, on peut toujours lui reprocher une faute qui décida de son sort. Parmi les nombreux transfuges, le roi avait en face de lui à la bataille de Xérès, les fils de son prédécesseur détrôné Witiza ; et il maintint dans un poste important leur oncle Don Oppas, qui, au moment décisif, passa du côté des Sarrasins. Ainsi se consomma le grand désastre qui a inspiré notre poëte.

LA PROPHÉTIE DU TAGE.

———

ODE.

Heureux dans son ivresse,
Près du Tage languit le monarque des Goths,
Aux bras d'une maîtresse ;
Le Fleuve hors des flots
Se montre tout entier , et lui parle en ces mots :

~~~~~~~~~~

« Insensé ! que d'alarmes
Auront bientôt suivi ce bonheur odieux !
Que de sang et de larmes
Feront couler ces yeux ,
Qu'un jour fatal ouvrit à la clarté des cieux !

~~~~~~~~~~

» Malheur à toi ! tu presses,
Aveugle ravisseur, dans tes coupables bras,
Les peines vengeresses,
Les remords, le trépas,
Des revers immortels et d'éternels combats ,

~~~~~~~~~~

» Pour ceux que l'Èbre antique
Abreuve au loin, pour nous, pour les hôtes bouillans
De la riche Bétique,
Pour tous tes Castillans,
Pour tout ce que l'Espagne a de peuples vaillans

~~~~~~~~

» Déjà l'indigne comte
Appelle dans Cadix les vengeurs d'un affront,
Dont il accroît la honte :
De quel élan si prompt
A sa parjure voix les cruels accourront !

~~~~~~~~

» Entends ces cris de guerre :
Les clairons de l'Afrique appellent ses soldats ;
J'en vois couvrir la terre ;
L'œil ne retrouve pas
Le soleil, qu'obscurcit la poudre de leurs pas.

~~~~~~~~

» Le croissant se déploie ;
Ils marchent au rivage en brandissant le fer ;
D'horribles cris de joie
De nouveau frappent l'air ;
D'innombrables vaisseaux redemandent la mer.

~~~~~~~~

» Ils s'élancent : l'écume
Blanchit l'onde qui fuit sous l'aviron ardent,
    Et bouillonne et s'allume :
    C'en est fait : le trident
Ouvre aux rapides nefs les portes d'Occident.

~~~~~~~~~~

» Et tu doutes encore,
Retenu par l'aimant de fausses voluptés !
    Et tu laisses du More
    Les drapeaux détestés,
Maîtres du port d'Alcide, envahir nos cités !

~~~~~~~~~~

» Accours : rase la plaine ;
Franchis les monts ; poursuis : harcelle harassé
    Ton coursier hors d'haleine ;
    D'un bras jamais lassé
Exerce incessamment ton glaive délaissé.

~~~~~~~~~~

» Bientôt sous la fatigue
Vont tomber, par milliers, cavaliers et chevaux,
    Pour l'indolent Rodrigue ;
    Les fantassins rivaux
Succombent, accablés par des efforts nouveaux

~~~~~~~~~~

» O fleuve aux sources pures,
Rougi du sang arabe et du nôtre mêlés,
Que de débris d'armures,
Que de corps mutilés,
Bétis, dans l'Océan par tes ondes roulés ! »

~~~~~~~~~~

De la lutte acharnée
Six jours Mars balança l'espoir et les revers ;
Mais il t'a condamnée :
L'aube luit et tu sers,
O ma chère patrie, en de barbares fers.

LES DISCIPLES A L'ASCENSION.

———

ODE.

En quoi! divin berger , tu laisses
Dans ce vallon de pleurs ton troupeau désolé,
    Sans guide , en proie à ses faiblesses !
    Et toi , fendant l'air étoilé ,
Tu montes immortel, à tes cieux rappelé !

              ᴧᴧᴧᴧᴧᴧᴧᴧ

    Comme le bonheur fut immense ,
Immense est la douleur aussitôt qu'il a fui :
    Nourris de ta douce présence,
    Sévrés de ta vue aujourd'hui ,
De quel côté tourner nos yeux chargés d'ennui ?

              ᴧᴧᴧᴧᴧᴧᴧᴧ

    Ces yeux , qui naguère , et sans cesse ,
Ont pu de ton visage admirer la beauté ,
    Que verront-ils qui ne les blesse ?
    Pour ceux qui t'avaient écouté
Quels sons ne seront sourds et remplis d'âpreté ?

              ᴧᴧᴧᴧᴧᴧᴧᴧ

Qui, sur cette mer soulevée,
Entre les vents fougueux fera régner l'accord ?
Ta lumière au monde enlevée,
Est-il une étoile du nord
Qui puisse diriger le vaisseau jusqu'au port ?

~~~~~~~~

Cruel nuage ! il nous envie
Quelque adoucissement que nous laissait son cours :
La nuit s'étend sur notre vie ;
Et lui, chargé de nos amours,
Il s'élève rapide, il s'élève toujours.

A
UNE CÉLIBATAIRE ILLUSTRE.

———

STANCES.

Quand d'une tête si belle
Blanchiront les blonds cheveux,
Et que l'ardente prunelle
Perdra ses magiques feux ;
Quand le Temps, au souffle aride,
Va, rapide,
Faner ces lis éclatans ;
Que viendra plus d'une ride
Graver ses traits attristans ;

~~~~~~~~~

Si l'Amour, dans sa malice,
Veut alors vous éclairer,
Vous connaîtrez le supplice
De sentir sans inspirer ;
Vous direz, cédant en larmes
A ses armes,
Mais chérissant le vainqueur :
« Que n'ai-je encore mes charmes !
» Que n'eus-je autrefois ce cœur ! »

Songez-y, quand la nature
Répand sur vous ces appas,
Du bel âge fleur si pure,
Que perd qui n'en jouit pas ;
L'esprit qu'en vous on admire
Doit vous dire
Le pouvoir d'un dieu jaloux :
Noble belle, à son empire
Ah ! cédez : songez à vous.

⁘⁘⁘⁘⁘⁘

Que font la coupe dorée,
Et les étoffes sans prix ?
Que sert la couche parée,
Et le superbe lambris ?
Et qu'importe que la terre,
Tributaire,
Adore en vous la beauté,
Si c'est un lit solitaire
Qui reçoit la déité ?

ÉPITAPHE

POUR LE TOMBEAU DU PRINCE DON CARLOS.

———

La dépouille de Charle honore cette pierre ;
La substance immortelle est remontée aux cieux ;
La vertu l'y suivit : il resta sur la terre
L'effroi dans tous les cœurs, des pleurs dans tous les yeux.

PROFECIA DEL TAJO.

ODA.

FOLGABA el rey Rodrigo
Con la hermosa Caba en la ribera
De Tajo sin testígo ;
El pecho sacó fuera
El Rio, y le habló de esta manera :

En mal punto te goces ,
Injusto forzador, que ya el sonido
Oyo ya, y las voces,
Las armas y el bramido
De Marte , de furor y ardor ceñido.

¡ Ay ! esa tu alegria
¡ Que llantos acarrea ! y esa hermosa ,
¡Que vió el sol el mal dia,
A España ¡ ay ! ¡ quán llorosa ,
Y al cetro de los Godos quán costosa !

Llamas, dolores, guerras,
Muertes, asolamientos, fieros males
    Entre tus brazos cierras,
    Trabajos inmortales
A ti y á tus vasallos naturales :

———

    A los que en Constantina
Rompen el fertil suelo, á los que baña
    El Ebro, á la vecina
    Sansueña, á Lusitaña,
A toda la espaciosa y triste España.

———

    Ya dende Cádiz llama
El injuriado Conde á la venganza
    Atento, y no á la fama,
    La bárbara pujanza
En quien, para tu daño, no hay tardanza.

———

    Oye, que al cielo toca
Con temeroso son la trompa fiera.
    Que en Africa convoca
    El Moro á la bandera,
Que al ayre desplegada va ligera.

La lanza ya blandea
El Arabe cruel, y hiere el viento,
Llamando á la pelea :
Inumerable cuento
De esquadras juntas veo en un momento.

———

Cubre la gente el suelo,
Debaxo de las velas desparece
La mar, la voz al cielo
Confusa y varia crece ;
El polvo roba el dia, y le oscurece.

———

¡ Ay ! que ya presurosos
Suben las largas naves, ¡ ay ! que tienden
Los brazos vigorosos
A los remos, y encienden
Las mares espumosas por dó hienden.

———

El Éolo derecho
Hinche la vela en popa, y larga entrada
Por el hercúleo estrecho,
Con la punta acerada,
El gran padre Neptuno da á la Armada.

¡ Ay triste ! ¿ Y aun te tiene
El mal dulce regazo ? ¿ Ni llamado
Al mal que sobreviene
No acorres ? ¿ Ocupado
No ves ya el puerto á Hércules sagrado ?

Acude, corre, vuela,
Traspasa el alta sierra, ocupa el llano,
No perdones la espuela,
No des paz á la mano,
Menea fulminando el hierro insano.

! Ay quánto de fatiga,
Ay quánto de dolor está presente
Al que viste loriga,
Al infante valiente,
A hombres y caballos juntamente !

Y tú, Bétis divino,
De sangre agena y tuya amancillado,
Darás al mar vecino;
¡ Quánto yelmo quebrado !
¡ Quánto cuerpo de nobles destrozado !

El furibundo Marte
Cinco luces las haces desordena,
Igual á cada parte;
La sexta! ay! te condena,
O cara patria, á bárbara cadena.

A LA ASCENSION.

ODA.

¿ Y dexas, Pastor santo,
Tu grey en este valle hondo, escuro,
Con soledad y llanto;
Y tú, rompiendo el puro
Ayre, te vas al inmortal seguro?

Los antes bien hadados,
Y los agora tristes y afligidos,
A tus pechos criados,
Di ti desposeidos,
¿ A dó convertirán ya sus sentidos?

¿ Qué mirarán los ojos
Que vieron de tu rostro la hermosura ,
 Que no les sea enojos ?
 Quien oyó tu dulzura ,
¿ Qué no tendrá por sordo y desventura ?

¿ Aqueste mar turbado
Quién le pondrá ya freno ? ¿ Quién concierto
 Al viento fiero ayrado ?
 ¿ Estando tu cubierto ,
Qué norte guiará la nave al puerto ?

; Ay ! nube envidiosa
Aun de este breve gozo , qué te aquexas ?
 ¿ Dó vuelas presurosa ?
 ! Quán rica tú te alejas !
Quán pobres, y quán ciegos, ay ! nos dexas !

COPLAS

A UNA DESDEÑOSA.

Quando la dorada cumbre
Fuere de nieve esparcida,
Y las dos luces de vida
Recogieren ya su lumbre;
Quando la ruga enojosa
En la hermosa
Frente y cara se mostráre,
Y el tiempo que vuela heláre
Esa fresca y linda rosa.

Quando os viéredes perdida,
Os perdereis por querer,
Sentireis que es padecer
Querer y no ser querida :
Direis con dolor, señora,
Cada hora :
« ¡ Quién tuviera ; ay sin ventura !
» O agora aquella hermosura,
» O entonces el amor de hora! »

Ay por Dios, señora bella,
Mirad por vos mientras dura
Esa flor graciosa y pura,
Que el no gozalla es perdella :
Y pues no menos discreta
    Y perfeta
Sois que bella y desdeñosa,
Mirad que ninguna cosa
Hay, que á amor no esté sujeta.

¿ Qué vale el beber en oro,
El vestir seda y brocado,
El techo rico labrado,
Y los montes del tesoro ?
¿ Y qué vale si, á derecho,
    Os da pecho
El mundo todo y adora,
Si a la fin dormis, señora,
En el solo y frio lecho ?

EPITAFIO

AL TUMULO DEL PRINCIPE DON CARLOS.

Aqui yacen de Cárlos los despojos;
La parte principal volvióse al cielo ;
Con ella fué el valor ; quedóle al suelo
Miedo en el corazon , llanto en los ojos.

FERNANDO DE HERRERA.

Berdes del.!   Lith. de Engelmann.

HERRERA.

FERDINAND DE HERRERA naquit à Séville avant
le milieu du seizième siècle. Il fut dans les
ordres sacrés : voilà tout ce que l'on sait d'un
poëte , que l'on appela divin. L'amitié qui
aurait dû nous le faire mieux connaître, exerça
du moins en sa faveur le pinceau à défaut de
la plume : l'original du portrait que nous
offrons de cet auteur fut l'œuvre de son ami
et son éditeur François Pacheco, peintre célèbre
de son temps. On croit voir dans les traits
de ce poëte quelque chose du caractère que
l'on peut lui supposer d'après ses ouvrages :
ils respirent l'élévation, unie à la profondeur
et à la sévérité. Sujets , sentimens, pensées,
images, versification, tournures, tout dans Herrera a du grandiose : on voit que c'était le

but de ses soins ; la poésie, à son avis, devait se montrer toujours extraordinaire.

Avec ce système, un génie vigoureux et beaucoup d'art, Herrera semblerait devoir tenir le sceptre du Parnasse espagnol; nous lui connaissons des suffrages d'un grand poids. D'après notre sentiment, il lui manquerait une portion suffisante de ce don inné que la nature avait accordé abondamment à Garcilàso, et qu'elle prodigua depuis à Lopé de Véga. Nous voyons dans les belles compositions d'Herrera des morceaux d'étude : de jeunes versificateurs pourront y trouver des leçons, comme des dessinateurs en vont chercher dans les tableaux de Michel - Ange : toutefois nous admirons sans nous attacher.

Ce n'est pas qu'Herrera n'ait consacré beaucoup de rimes au sujet qui touche le plus. A l'instar de Pétrarque, il s'est dit, toute sa vie, pénétré d'un sentiment passionné ; mais ses vers ne le sont pas. Néanmoins l'Etoile, la Lumière, la Sirène, le Soleil, l'Aglaya, l'Hélio-

liodore du poëte, la belle comtesse de GELVES,
a dû être flattée de son sublime hommage :
elle aura jugé autrement que nous de cette
métaphysique subtile d'un amour platonique,
inconnu à Platon , de ces tourmens passés à
l'alambic, ces flammes à la glace , dont nous
ne prétendons point, du reste , nous prévaloir
contre Herrera : c'est un tribut qu'ont payé au
goût de l'époque normale à peu près tous nos
premiers poëtes , même dans celle où nous
vivons.

Nous avons deux petits volumes des poésies
d'Herrera ; mais on sait qu'il en avait écrit un
plus grand nombre. Sur des demi-dénonciations
de ses contemporains , on pense que l'envie
livra aux flammes de précieux manuscrits , au
moment que le célèbre poëte venait d'expirer.
On connaissait de lui, entre autres œuvres qui
ont disparu, un Poëme sur la *Guerre des Géans ,*
un autre sur l'*Enlèvement de Proserpine* ; et,
en prose, une Histoire générale d'Espagne jusqu'au règne de Charles-Quint. Dans ses poésies

parvenues jusqu'à nous les littérateurs distin-
guent un Poëme lyrique sur la catastrophe du
roi Don Sébastien de Portugal, une Ode à
Don Juan d'Autriche, et surtout l'Hymne à la
Bataille de Lépante, dont nous allons offrir
la traduction. On reconnaîtra bientôt quels
modèles révérés le poëte s'est proposés dans
cette composition : Herrera fut le premier
qui accorda la lyre moderne au chant hébraïque.

La fameuse bataille de Lépante, où le succès
importait tant à la Chrétienté, fut livrée le sept
octobre 1571. L'anniversaire en est célébré dans
l'église métropolitaine de Tolède. Les Turcs,
maîtres de Nicosie, venaient de prendre Fama-
gouste, et de passer tout au fil de l'épée.
L'ennemi, que l'escadre combinée allait chercher, offrit le premier la bataille. Il la perdit
par l'attaque du général en chef Don Juan d'Autriche, contre le centre commandé par Ali-
Pacha. Les résultats furent vingt-cinq mille
hommes tués aux Musulmans, deux cents de

leurs galères détruites , et vingt mille captifs
chrétiens rendus à la liberté.

Tels sont les faits historiques que le poëte
a eus dans la pensée : le grand amiral turc
Ali périt dans l'action ; mais le poëte n'a fait
aucun cas de cet événement , ni de ce chef :
il a vu toujours contre nous l'empereur Sélim
en personne ; c'est toujours lui qu'il poursuit :
il fallait à sa muse un objet digne de son ani-
madversion.

HYMNE

POUR LA VICTOIRE DE LÉPANTE.

Célébrons le Seigneur qui, sur la plaine humide,
  A vaincu le Thrace inhumain :
En toi , Dieu des combats, notre gloire réside,
  Et notre force est dans ta main.
   Tu foudroyas le front rebelle
Du cruel Pharaon et son trône et ses grands :
Telle embrase un épi la rapide étincelle ,
Tel frappa ton courroux de farouches tyrans :
La mer ferma sur eux ses gouffres dévorans.

Le despote orgueilleux qu'enivrent sa puissance ,
  Ses trésors , l'Asie à genoux ,
De nos propres enfans contraint l'obéissance
  A lutter d'efforts contre nous.
   C'est par leurs bras , chargés de chaînes,
Qu'il franchira les mers, qu'il abat aujourd'hui
Et les pins élancés et les robustes chênes ;

Et, maître des remparts qui furent notre appui [1], |
Des fleuves subjugués les eaux coulent pour lui.

∼∼∼∼∼∼∼∼∼

Les hommes ont tremblé : déjà dans sa furie
      L'infidèle s'attaque à toi,
Seigneur ; il hait surtout l'une et l'autre Hespérie,
      Qui t'aime et s'arme de sa foi.
    — « Ont-ils oublié nos batailles ?
» Naguère à mes aïeux leurs royaumes ouverts ?
» De Rhodes succombant les tristes funérailles ?
» Du Germain, du Hongrois, les illustres revers ?
» Leur Dieu les pourra-t-il défendre de mes fers ?

∼∼∼∼∼∼∼∼∼

» Sa Rome en longs sanglots convertit les cantiques,
    » Résignée au sort qui l'attend ;
» La Gaule se détruit par ses chocs domestiques ;
    » Que peut l'Ibère en résistant ?
    » Je retiens ses vierges captives ;
» Je courbe sous le joug les pères et les fils ;
» L'Islam menace au cœur ses provinces craintives [2],

[1] Prise de Nicosie et de Famagosta.
[2] Soulèvement des Moresques dans le royaume de Grenade.

» Et d'un heureux secours... Mais seul je me suffis.

» Maître du Tygre au Pont, de l'Ister à Memphis.

~~~~~~~~~

Il dit ; et toi, Seigneur, tu défendras ta gloire :

    L'aveugle oppresseur du Saint Lieu ,

Vainqueur , à nos autels, souillés par la victoire.

    Demande : « Où se cache le Dieu ? »

    Par ta gloire , par ta justice ,

Par nos maux, par les cris de ton peuple brisé,

Que sur notre ennemi ton bras s'appesantisse ;

Et qu'ennemi de l'homme , à Dieu même opposé,

Sous ses pas , de ses mains, un tombeau soit creusé.

~~~~~~~~~

Il vient d'interroger ceux dont l'hommage impie

    Rend ses honneurs aux tiens pareils ,

Et dont le zèle puise aux regards qu'il épie

    Les impitoyables conseils.

    « Que de leur Christ le nom s'efface, »

S'écrie, à son appel, un sénat furieux :

« Retranchons avec lui cette importune race;

» Que, roulés par des flots de leur sang odieux,

» Leurs membres palpitans réjouissent nos yeux. »

~~~~~~~~~

Il appelle et l'Égypte et l'Asie, et la Grèce

    Qui souffre le joug étranger ;

Accourent dévoués , montrant leur allégresse ,
 L'Arabe et le Maure léger.
 Ils couvrent la mer enchaînée ;
Au loin s'épand l'effroi , la peur , l'affliction ,
Le silence. Ah! respire , Europe consternée ,
L'Espagne au jeune Austride [1] a remis son lion :
Dieu livre Babylone à sa chère Sion.

~~~~~~~~~

Tel qu'un tigre , dont l'œil a dévoré sa proie ,
 Tel de loin , sous l'inique dais ,
Regarda le superbe , en sa trompeuse joie ,
 Ceux , Dieu grand , que tu défendais.
 Tu façonnas leurs mains aux armes ;
Tu rends leur bras semblable à l'arc qui ne rompt pas.
L'impie a vu ton glaive au milieu des alarmes ;
Des milliers contre un seul ont fui ; mais le trépas ,
Comme le vent d'orage a volé sur leurs pas.

~~~~~~~~~

Tu blessas le dragon et lui tranchas les ailes ;
 Il rentre en son repaire affreux ,
Plaintif , faisant frémir ses hideuses femelles
 De son sifflement malheureux.

[1] Don Juan d'Autriche , fils de Charles-Quint.

Tu triomphas, dieu des batailles :
Ce fut ton jour ; toi seul t'élèves, à jamais,
Sur les vaisseaux de Tyr, ses tours et ses murailles,
Sur les cèdres pompeux, sur les âpres sommets,
Sur ces fiers potentats, fléaux que tu permets.

Babylone et Memphis périssent par la flamme ;
.   La fumée avertit nos mers ·
Je la vois ; le tyran, le désespoir dans l'ame,
Pleure ses désastres amers.

Leur espoir, ô Grèce infidèle,
Fut le tien ; crains aussi de partager leur sort :
Tu les imites, sourde au Dieu qui te rappelle :
Son glaive te menace, il est près : quel effort
De ton coupable sein détournera la mort ?

Et tu restes encore aux pieds de ces barbares
Qui déshonorent l'Orient !
Tu leur livres tes fruits ! C'est pour eux que tu pares
.   Tes vierges au front souriant !
Regarde Tyr enorgueillie
Par ses mille vaisseaux du triomphe certains ;
De mille traits mortels elle tombe assaillie :
Enfin, par vos débris, instruits de vos destins,
Jonchez, vaisseaux des mers, les rivages lointains.

De l'Asie adultère, au crime abandonnée,
Support du perfide croissant,
Nul ne plaindra les maux : sa dure destinée
Venge le faible et l'innocent.
Mais : « Qui », demandera la terre,
« Renversa le colosse élevé jusqu'aux cieux ? »
— Celui qui sanctifie et la gloire et la guerre :
Ses guerriers espagnols et leur prince pieux,
Que rendit triomphans son bras victorieux.

Qu'à jamais, Dieu puissant, ta grandeur soit bénie !
Par nos jours d'angoisse et de deuil
Trouvant de nos erreurs l'offense assez punie,
D'un cruel tu brisas l'orgueil.
Accable, en sa rage immortelle,
Celui dont la révolte, aux célestes palais,
Instruisit les humains à l'audace rebelle :
Tandis que tes élus proclament satisfaits
Ton nom, Dieu Jéhovah! ta gloire et tes bienfaits.

PASSAGES DE L'ÉCRITURE

INTRODUITS DANS L'HYMNE D'HERRERA , ET CONSERVÉS
DANS LA TRADUCTION.

————

Célébrons le Seigneur qui, sur la plaine humide ,
 A vaincu le Thrace inhumain.

 Cantemus Domino ; equum et ascensorem dejecit in mare
        Exode , 15 : 1.

En toi, Dieu des combats, notre gloire réside ,
 Et notre force est dans ta main.

 Fortitudo mea et laus mea, Dominus.
       Ibid. : 2.

  Tu foudroyas. . . . .
. . . . ses grands
. . . .
La mer ferma sur eux ses gouffres dévorans.

 Electi principes ejus submersi sunt in mare.
       Ibid.

Telle embrase un épi la rapide étincelle ,
Tel frappa ton courroux de farouches tyrans.

 Misisti iram tuam quæ devoravit eos sicut stipulam .
       Ibid.

Il abat aujourd'hui

Et les pins élancés et les robustes chênes

Et succidit sublimes cedros ejus et electas abietes.

4. Reg., 19 : 23.

Les hommes ont tremblé. . . . .

Tremor invasit sensus eorum.

Judith, 4 : 2.

L'infidèle s'attaque à toi,

Seigneur. . . . .

Contra Dominum erectus est.

Jérémie, 48 : 26.

Son Dieu les pourra-t-il défendre de mes fers ?

Et quis est Deus qui eripiet vos de manu meâ ?

Daniel, 3 : 15.

Sa Rome en longs sanglots convertit ses cantiques.

Dies festi ejus conversi sunt in luctum.

1. Machab., 1 : 41.

Je retiens ses vierges captives.

Et virgines in captivitatem.

Judith, 16 : 6.

. . . . . Où se cache le Dieu ?

Ubi est Deus eorum ?

Psalm. 113 : 10.

Par ta gloire et par ta justice.

Propter gloriam nominis tui.

Psalm. 78 : 9.

Les impitoyables conseils.

Malignaverunt consilium.

Psalm. 78 : 4.

Retranchons. . . . . . cette importune race

Desperdamus eos de gente.

Ibid. : 5.

Il appelle et l'Égypte, et l'Asie, et la Grèce ,.. ...

L'Arabe et le Maure léger.

Moab et Agareni, Gebal, Amon et Amalec, cum habitantibus Tyrum.

Ibid. : 8.

Comme un tigre dont l'œil a dévoré sa proie.

Sicut leo paratus ad prædam.

Psal. 16 : 12.

Tu façonnas leurs mains aux armes.

Qui docet manus meas ad prælium.

Ibid.

Tu rends leur bras semblable à l'arc qui ne rompt pas.

Et posuisti sicut arcum æneum brachia mea.

Psalm. , 17 : 35.

. . . . Tu blessas le dragon

Vulnerasti draconem.

Isaïas , 51 : 9.

Plaintif. . . . .

Planctum velut draconum.

Mich. 1 : 8.

Tu triomphas , Dieu des batailles ;
Ce fut ton jour : toi seul t'élèves , à jamais ,
Sur les vaisseaux de Tyr , ses tours et ses murailles ,
Sur les cédres pompeux , sur les âpres sommets ,
Sur ces fiers potentats.....

Exaltabitur autem Dominus solus in die illâ : quia dies Do-
mini exercituum , super omnem superbum , et excelsum , et
arrogantem.... et super omnes cedros sublimes... et super omnes montes..... et super omnes turrim et murum..... et super
omnes naves.

Isaïas , 12 , 13 , 14 , 15 , 16.

Jonchez , vaisseaux des mers , les rivages lointains.

Ululate , naves marium , quia devastata est fortitudo vestra.

Isaïas , 23 : 14.

A LA BATALLA DE LEPANTO.

Cantemos al Señor que en la llanura
Venció del ancho mar al Trace fiero :
Tú, Dios de las batallas, tú eres diestra,
    Salud y gloria nuestra.
Tú rompiste las fuerzas y la dura
Frente de Faraon, feroz guerrero :
Sus escogidos príncipes cubrieron
Los abismos del mar, y descendieron,
Qual piedra, en el profundo; y tu ira luego
Los tragó, como arista seca el fuego.

El soberbio tirano, confiado
En el grande aparato de sus naves,
Que de los nuestros la cerviz cautiva,
    Y las manos aviva
Al ministerio injusto de su estado,
Derribó con los brazos suyos graves
Los cedros mas excelsos de la cima,
Y el arbol, que mas yerto se sublima;
Bebiendo agenas aguas, y atrevido
Pisando el vando nuestro y defendido.

Tremblaron los pequeños confundidos
Del impio furor suyo, alzó la frente
Contra ti, Señor Dios, y con semblante
    Y con pecho arrogante,
Y los armados brazos extendidos,
Movió el ayrado cuello aquel potente :
Cercó su corazon de ardiente saña
Contra las dos Espérias que el mar baña;
Porque en ti confiadas le resisten,
Y de armas de tu fe y amor se visten.

———

Dixo aquel insolente y desdeñoso :
« ¿ No conocen mis iras estas tierras,
Y de mis padres los ilustres hechos?
    ¿ O valieron sus pechos
Contra ellos con el Ungaro medroso,
Y de Dalmacia y Rodas en las guerras?
¿ Quién los pudo librar, quién de sus manos
Pudo salvar los de Austria y los Germanos?
¿ Podrá su Dios, podrá por suerte ahora
Guardallos de mi diestra vencedora? »

———

« Su Roma, temerosa y humillada,
Los cánticos en lágrimas convierte;
Ella y sus hijos tristes mi ira esperan,

Quando vencidos mueran.

Francia esta con discordias quebrantada.

Y en España amenaza horrible muerte

Quien honra de la Luna las banderas;

Y aquellas en la guerra gentes fieras

Ocupadas están en mi defensa;

Y aunque no; ¿ quién hacerme puede ofensa? »

———

« Los poderosos pueblos me obedecen,

Y el cuello con su daño al yugo inclinan,

Y me dan, por salvarse ya la mano,

    Y su valor es vano,

Que sus luces cayendo se oscurecen,

Sus fuertes a la muerte ya caminan;

Sus vírgenes están en cautiverio;

Su gloria ha vuelto al cetro de mi imperio :

Del Nilo é Euphrates fértil a Istro frio,

Quanto el sol alto mira, todo es mio. »

———

Tú, Señor, que no sufres que tu gloria

Usurpe quien su fuerza osado estima,

Prevaleciendo en vanidad y en ira;

    Este soberbio mira,

Que tus aras afea en su victoria;

No dexes, que los tuyos asi oprima,
Y en sus cuerpos, cruel, las fieras cebe,
Y en su esparcida sangre el odio pruebe :
Que hechos ya su oprobio, dice : ¿ Donde
El Dios de estos está ? ¿ De quién se asconde ?

Por la debida gloria de tu nombre ;
Por la justa venganza de tu gente ;
Por aquel de los míseros gemido
Vuelve el brazo tendido
Contra este, que aborrece ya ser hombre,
Y las honras, que zelas tú, consiente ;
Y tres y quatro veces el castigo
Esfuerza con rigor á tu enemigo ;
Y la injuria á tu nombre cometida
Sea el yerro contrario de su vida.

Levantó la cabeza el poderoso
Que tanto odio te tiene en nuestro estrago
Juntó el consejo ; y contra nos pensaron
Los que en el se hallaron.
« Venid » dixeron « y en el mar ondoso
Hagamos un gran lago ;
Destruyamos a estos de la gente,

Y el nombre de su Christo juntamente,
Y dividiendo de ellos los despojos
Hártense en muerte suya nuestros ojos. »

Vinieron de Asia y portentosa Egito,
Los Arabes y leves Africanos;
Y los que en Grecia junta mal con ellos,
　　　Con los erguidos cuellos,
Con gran poder, y número infinito,
Y prometer osaron con sus manos
Encender nuestros fines, y dar muerte
A nuestra juventud con hierro fuerte,
Nuestros niños prender y las doncellas,
Y la gloria manchar, y la luz de ellas.

Occuparon del piélago los senos
Puesta en silencio, y en temor la tierra,
Y cesaron los nuestros valerosos,
　　　Y callaron dudosos,
Hasta que al fiero ardor de Sarracenos,
El Señor eligiendo nueva guerra,
Se opuso el joven de Austria generoso,
Con el claro Español y belicoso;
Que Dios no sufre ya, en Babel cautiva
Que su Sion querida siempre viva.

Qual Leon á la presa apercibido,
Sin rezelo los ímpios esperaban
A los que tú, Señor, eras escudo
  Que el corazon desnudo
De pavor, y de fé y amor vestido
Con celestial aliento confiaban.
Sus manos á la guerra compusiste
Y sus brazos fortísimos pusiste
Como el arco acerado, y con la espada
Bibraste en su favor la diestra armada.

———

Turbáronse los grandes, los robustos
Rindiéronse temblando, y desmayaron;
Y tú entregaste, Dios, como la rueda
  Como la arista queda
Al ímpetu del viento á éstos injustos,
Que mil huyendo de uno se pasmaron:
Qual fuego abrasa selvas cuya llama
En las espesas cumbres se derrama,
Tal en tu ira y tempestad seguiste,
Y su faz de ignominia convertiste.

———

Quebrantaste al crüel dragon, cortando
Las alas de su cuerpo temerosas,

Y sus brazos terribles no vencidos :
        Que con hondos gemidos
Se retira á su cueva, dó silvando
Tiembla con sus culebras venenosas,
Lleno de miedo torpe en sus entrañas,
De tu Leon termiendo las hazañas,
Que, saliendo de España, dió un rugido,
Que lo dexó asombrado y aturdido.

———

Hoy se vieron los ojos humillados
Del sublime varon y su grandeza,
Y tu solo, Señor, fuiste exâltado ;
        Que tu dia es llegado,
Señor de los exércitos armados,
Sobre la alta cerviz y su dureza,
Sobre derechos cedros y estendidos,
Sobre empinados montes, y crecidos,
Sobre torres y muros, y las naves
De Tiro, que á los tuyos fueron graves.

———

Babylonia y Egipto amedrentada
Temerá el fuego y la asta violenta,
Y el humo subirá á la luz del cielo.
        Y faltos de consuelo,

Con rostro oscuro y soledad turbada,
Tus enemigos llorarán su afrenta.
Mas tú, Grecia, concorde á la esperanza
Egicia, y gloria de su confianza;
Triste, que á ella pareces, no temiendo
A Dios, y a tu remedio no atendiendo

———

Porque, ingrata, tus hijas adornaste
En adulterio infame á una ímpia gente
Que deseaba profanar tus frutos;
          Y con ojos enxutos,
Sus odïosos pasos imitaste;
Su aborrecida vida y mal presente;
Dios vengará sus iras en tu muerte,
Que llega á tu cerviz con diestra fuerte
La aguda espada suya, ¿ quién, cuitada,
Reprimirá su mano desatada?

———

Mas tú, fuerza del mar, tú, excelsa Tiro,
Que en tus naves estabas glorïosa,
Y el término espantabas de la tierra;
          Y, si hacias guerra,
De temor la cubrias con suspiro,
¿ Cómo acabaste fiera y orgullosa?

14.

¿ Quién pensó á tu cabeza daño tanto ?
Dios , para convertir tu gloria en llanto ,
Y derribar tus ínclitos y fuertes ,
Te hizo perecer con tantas muertes.

———

Llorad , naves del mar , que es destruida
Vuestra vana soberbia y pensiamento :
¿ Quién ya tendrá de ti lástima alguna,
    Tú , que sigues la luna,
Asia adúltera , en vicios sumergida ?
¿ Quién mostrará un liviano sentimiento ?
¿ Quién rogará por ti ? Que á Dios enciende
Tu ira y la arrogancia, que te ofende;
Y tus viejos delitos y mudanza
Han vuelto contra ti á pedir venganza.

———

Los que vieron tus brazos quebrantados ,
Y de tus pinos ir el mar desnudo ,
Que sus ondas turbaron y llanura ;
    Viendo tu muerte oscura ,
Dirán , de tus estragos quebrantados :
¿ Quién contra la espantosa tanto pudo ?
— El Señor , que mostró su fuerte mano
Por la fé de su Príncipe christiano ;

Y, por el nombre santo de su gloria,
A su España concede esta victoria.

———

Bendita, Señor, sea tu grandeza,
Que despues de los daños padecidos,
Despues de nuestras culpas y castigo,
Rompiste al enemigo
De la antigua soberbia la dureza.
Adórente, Señor, tus escogidos,
Confiese, quanto cerca el ancho cielo,
Tu nombre, ó nuestro Dios, nuéstro consuelo;
Y la cerviz rebelde condenada,
Perezca en bravas llamas abrasada.

CERVANTES-SAAVEDRA.

Miguel Cervantes-Saavedra a donné bien
de l'occupation aux savans qui ont recherché le
lieu de sa naissance. On est parvenu enfin à
constater qu'il naquit à Alcalá de Henares,
l'an 1547, de Rodrigue de Cervantes et de
Doña Léonor de Cortinas ; on a découvert aux
Cervantes, originaires de la province de Galice,
beaucoup de titres nobiliaires, et une maison
seigneuriale.

En faisant figurer parmi nos poëtes l'historien du héros de la Manche, nous conviendrons
que, malgré qu'il ait composé des vers en quantité, la postérité, d'accord avec ses contemporains, n'a accueilli que sa prose.

L'éditeur du *Parnaso español*, collection en
9 volumes, publiée en 1778, n'y a admis Cervantes que vers la fin du neuvième ; mais, enfin,

il n'a pu se décider, non plus que nous, à frapper d'une exclusion absolue l'auteur incompa-
rable de Don Quichotte : si l'échantillon que
nous donnerons de son talent poétique n'ajoute
point à sa gloire, il peut du moins en renou-
veler le souvenir.

D'un autre côté, dans notre Notice sur un
écrivain si célèbre, nous ne saurions réunir que
des détails connus ; mais encore l'intérêt qui
s'attache à sa personne suffira, si nous ne nous
abusons point, pour qu'on les retrouve toujours
avec plaisir.

Michel Cervantes reçut, dans la capitale, une
éducation assez littéraire, et ce fut comme un
nourrisson des Muses qu'il se présenta sous les
drapeaux de Mars. « Il n'est pas », a-t-il dit, « de
» meilleur soldat que celui qui s'est transporté
» dans les champs de la guerre sortant du pays
» des études ; nul étudiant n'a pris les armes
» sans les manier avec supériorité : car si le
» savoir s'allie avec la force, il en résulte un
» assemblage merveilleux. »

Le jeune Cervantes se trouvait à Rome, attaché au cardinal Jules Aquaviva, qui venait de
remplir les fonctions de légat à la cour de Madrid, lors de la coalition contre le sultan Sélim, conclue en 1575 entre Sa Sainteté, le roi
Philippe II, et la république de Venise. Le
commandement de l'escadre espagnole fut donné
à l'amiral André Doria; Sebastian Veniero
commanda les galères vénitiennes, et Marco
Antonio Colona fut le général du souverain Pontife; Cervantes combattit à Lépante sur une
des galères romaines, mais il n'a pas oublié de
rappeler qu'il servait sous un chef espagnol,
puisque les trois amiraux commandaient sous
les ordres du fils de Charles-Quint.

Notre écrivain castillan, qui s'est moqué des
vanteries andalouses, ne s'est pas montré lui-
même plus disposé que ne le sont la plupart
des hommes à faire peu d'état de ce dont on
peut tirer vanité. On le vit témoigner avec fran-
chise le sentiment qu'il avait de l'excellence de
ses derniers écrits : ne nous étonnons pas que,

jeune, il ait porté bien haut la gloire de s'être
trouvé à la grande bataille du siècle. Les fêtes
triomphales qui furent célébrées en l'honneur
de l'amiral Colona, à cette occasion, et qui re-
nouvelèrent les anciens triomphes des vainqueurs romains, n'étaient pas de nature à diminuer l'orgueil d'un volontaire blessé dans les
rangs du triomphateur.

Quoique privé par sa blessure de l'usage de
la main gauche, Cervantes continua à porter
les armes; d'après le récit du captif introduit
dans *Don Quichotte*, on devine l'auteur dans la
campagne navale de 1572, où l'escadre combinée attaqua inutilement la patrie de Nestor[1].
Nous arrivons aux événemens de la vie de Cervantes qui ont fait figurer dans ses ouvrages plus
d'un captif chrétien.

Notre volontaire, vainqueur à Lépante, devait,
quatre ans après, porter les fers d'un des officiers vaincus, devenu souverain. La galère le

_____

(1) **Navarrino** est le nom moderne de l'ancienne Pilos

Soleil, sur laquelle il revenait de Naples en Espagne, tomba au pouvoir des ennemis, le 16
septembre 1575, et fut conduite à Alger. Cervantes eut pour maître le dey même, Assan-
Aga, renégat vénitien, placé à la tête de cette
régence barbaresque, par le crédit de son chef,
le grand amiral turc Ali. On a fait de ce maître
de Cervantes un portrait affreux, qui, s'il n'était
point chargé, relèverait d'autant plus l'ascendant qu'eut sur lui son captif. Assan disait,
« qu'en s'assurant du manchot il ne craignait
» plus rien de ses autres esclaves, mais que sans
» cela il y avait du danger pour ses vaisseaux
» et même pour la ville. » Plusieurs témoignages concourent à établir la turbulence de l'in-
ventif Castillan. Cependant son compagnon
d'infortune, l'amant de Zoraïde, en parlant d'un
tel Saavedra et de ses tentatives pour briser leurs
fers, qui firent craindre plus d'une fois, pour
lui, le supplice du pal, assure que le coupable
héroïque n'essuya jamais de mauvais traitement.
Or, ce captif ne pouvait que parler pertinem-

ment de Saavedra, sitôt qu'il devenait interlo-
cuteur dans un ouvrage de Cervantes : on voit
seulement qu'il n'en dit pas tout le bien qu'il
voudrait en dire.

Cervantes-Saavedra passa pour avoir été la
cheville ouvrière d'un projet d'évasion intéressant, dont a rendu compte le père Haedo, religieux de la Rédemption.

Quinze captifs espagnols, échappés de leur
bagne, se tenaient cachés dans une grotte pra-
tiquée récemment au fond d'un jardin, éloigné
d'Alger d'à peu près trois milles. Ils apparte-
naient tous à des familles distinguées. Un Major-
quin, nommé Viana, qui venait d'être racheté
et retournait dans son pays, fut chargé de
lettres pour le vice-roi des îles Baléares, et de
l'exécution de leur plan, que devait protéger ce
commandant supérieur. Ces malheureux fugi-
tifs restèrent sept mois dans leur souterrain
nourris par les soins de Cervantes, que secon-
dait, pour le détail des achats, un jeune captif
né à Melilla, surnommé *el Dorador*. Enfin une

nuit du mois de septembre, Viana a abordé la côte avec le vaisseau qui devait les ramener tous; mais le traître *Dorador* était allé prendre le turban, et tout révéler au dey.

Assan fit d'inutiles efforts auprès de Cervantes, pour arracher de lui d'autres aveux que celui de sa propre culpabilité : l'avidité turque eût bien voulu compromettre les pères de la Rédemption aragonais qui se trouvaient à Alger à cette époque.

Ce fut en 1580 qu'arrivèrent les commissaires qu'envoyaient la Castille et l'Andalousie; la famille de Cervantes s'était cotisée, mais elle n'aurait pas atteint son but sans les supplémens de la bienfaisance chrétienne. Quoique bien aise, sans doute, de se débarrasser de son entreprenant Espagnol, Assan-Aga, l'appréciant d'après ses faits, doubla presque le prix présumé pour son rachat; il menaçait en même temps de l'envoyer à Constantinople, d'où il ne serait plus facile ni même possible de le retirer. Le père Gil, commissaire pour la Castille, se décida à compléter la somme : l'écrivain reconnaissant a cherché à s'acquitter envers son bienfaiteur, dans sa nouvelle de l'*Espagnole anglaise.*

De retour au sein de sa patrie, Cervantes s'y trouva dans la position d'Horace après la bataille de Philippes. Il dut faire métier de l'art d'écrire, et s'attacha à travailler pour la scène : il paraît que les directeurs de théâtre payaient assez bien les ouvrages dramatiques, à cette époque de la création du genre. On peut signaler particulièrement Cervantes, comme ayant reçu des mains de notre Thespis, Lopé de Rueda, la comédie encore informe, qu'il remit dégrossie à Lopé de Véga [1].

(1) La ressemblance entre ces deux noms a fait tomber Voltaire dans une erreur contre laquelle nos littérateurs ont crié sans ménagement. La supposition que Lopé de Véga avait été acteur ne marquait cependant de la part de l'écrivain français aucune intention de ravaler le nôtre ni notre littérature, à laquelle, au contraire, il a rendu justice, ainsi qu'aux autres littératures étrangères, plus qu'aucun autre de ses concitoyens :

Cervantes publiait en même temps sa *Gala-*
tée, roman pastoral, mélange de prose et de
vers, de simplicité et de recherche : l'élégant
berger Élicio parle souvent à sa diserte bergère
en des termes que l'amant de Dulcinée eût pu
emprunter.

Il est plus que vraisemblable que les personnages qui jouent les deux premiers rôles dans
cette composition mixte représentèrent Cervantes lui-même et la beauté qui le captivait,
sans que nous ayons besoin de tirer nos inductions, comme on s'est efforcé de le faire, de
quelques lettres qui se trouvent être les mêmes
dans le nom de *Galatea*, et dans le prénom de
Doña *Catalina* de Salazar.

Michel Cervantes épousa bientôt sa noble

ce fut une méprise, d'autant plus excusable que l'on
peut lire encore dans quelque notice que Lopé de Véga
joua, le premier, certain rôle de valet créé par lui. Il
monta en effet sur les planches dans les fêtes royales
données à Valence, à l'avénement de Philippe III.

bergère, et alla habiter, en ménage, une petite propriété rurale de sa femme, au bourg d'Esquivias. Les renseignemens sur cette alliance nous apprennent, d'après des pièces authentiques, que la basse-cour se composait de quarante-cinq poules avec leur coq.

Deux ans après son mariage, nous trouvons notre auteur transplanté à Séville, où il s'est établi agent d'affaires. Sa résidence dans cette capitale, en 1596 et 1598, est constatée par des témoignages de sa muse moqueuse, de laquelle on a conservé deux à-propos sur des faits marquans, arrivés dans le pays à ces deux époques.

Ce fut en premier lieu le coup de main des Anglais sur Cadix, dans l'expédition commandée par le fameux comte d'Essex : le poëte raille les lenteurs de la répulsion, et fait rentrer en triomphe le duc de Médina dans la ville dont le comte d'Essex lui a laissé les portes ouvertes.

L'autre occasion qui inspira la muse de Cervantes à Séville produisit une petite composition que l'auteur a beaucoup prisée; il l'appelle, quelque part, l'honneur de ses écrits; c'est aussi celle que nous avons choisie pour notre échantillon, sans partager néanmoins la prédilection de l'historien de Don Quichotte, pour une bluette dénuée même d'ensemble.

Séville voulut se distinguer de toutes les villes du royaume, par la magnificence du monument funèbre qu'elle éleva en l'honneur de Philippe II. Don Pablo Espinosa, qui en donne la description dans son histoire de la Grand-Séville, dit simplement que jamais les yeux humains n'ont rien vu de si beau.

Mais le jour solennel de la cérémonie religieuse, comme l'on s'aperçut que le président de la cour de justice avait fait couvrir son fauteuil d'un drap noir, il s'éleva le conflit le plus opiniâtre entre le corps qu'il présidait et le tribunal de l'inquisition, dont le chef n'avait pas fait draper son siége. Au lieu d'envoyer chercher un morceau d'étoffe, on lança des excommunications, qui firent descendre de l'autel le prélat

officiant. Pour reprendre la cérémonie in-
terrompue il fallut attendre trente-six jours la
décision de Madrid, qui leva l'excommuni-
cation.

Cervantes, dans sa pièce de vers, s'est abste-
nu, comme de raison, de toucher à cet inci-
dent; sa raillerie porte sur les éloges exagérés
que les habitans de Séville prodiguaient à
l'œuvre de leur munificence.

La dernière partie de ce badinage amuse aux
dépens d'un travers dont les Espagnols attri-
buent le plus grand développement à l'Andalousie, et les Français aux bords de la Ga-
ronne.

Entre la résidence de Cervantes à Séville, et
l'année 1604, qu'on le retrouve à Valladolid,
se place l'époque de son séjour dans la province
où il a établi la patrie de son héros. La Manche
a donné en effet naissance à *Don Quichotte*; il
y fut produit au milieu d'objets bien différens
de ces rians tableaux dont Horace voudrait en-
tourer toujours les conceptions des Muses. L'ou-

vrage saturé de la gaieté la plus électrique fut composé dans une prison, et dans une prison d'Espagne.

Voici sur les circonstances de ce fait, ce qu'ont appris des traditions locales.

Le magistrat spécial résidant à Consuegra, chef-lieu du prieuré de Saint-Jean, à l'effet de soigner la rentrée des dîmes dues au dignitaire grand-prieur, et chargé des poursuites contre les retardataires, donna une de ces commissions exécutoires à Michel Cervantes. Notre peuple des Espagnes est plus soumis à la puissance ecclésiastique pour admettre une croyance que pour payer un tribut. Le commissaire du grand-prieur trouva à Argamasilla d'Albe, où il avait affaire, un soulèvement général des débiteurs de l'Ordre, événement assez commun dans des cas pareils : les autorités ou ne s'opposent point, ou prennent part aux actes de violence par lesquels on veut dégoûter les instrumens de ce genre d'opérations; et la fatalité qui semblait poursuivre plus particulièrement chez Cervantes sa liberté, la lui fit perdre de nouveau dans cette occasion, qui ne fut pas la dernière.

La publication du chef-d'œuvre de notre littérature signala l'année de la nouvelle apparition de Cervantes dans les Castilles.

Si, parmi les contemporains, il n'y eut que l'auteur qui connût ce que sa création montrait de génie et de finesse, il faut dire qu'elle ne partagea pas le sort d'autres chefs-d'œuvre tout-à-fait méconnus à leur naissance : le public espagnol y goûta de suite un grand nombre de ces agrémens dont il a fait de plus en plus ses délices. Ce qui tient à l'ensemble de la conception a été apprécié par les étrangers mieux, ou, du moins, plus tôt que par nous; et une partie essentielle du charme des détails est demeurée sensible dans les traductions : c'est le comique de situation, ce ridicule ressortant toujours de la différence entre ce que les objets sont en eux-mêmes et ce qu'ils deviennent dans le langage du personnage principal. Mais, on l'a dit cent fois sans doute, le comique de style, toujours si difficile à rendre, ne défia nulle part les efforts du traducteur autant que dans *Don Quichotte.*

Aucune langue n'est, du reste, moins propre que la française pour traduire cet ouvrage.

La langue espagnole a en elle les tons les plus opposés, et la nation aime que l'écrivain les emploie : or aucun auteur n'a obéi à ce goût ni profité de ces moyens, avec le bonheur et la supériorité de Cervantes dans *Don Quichotte.* Parmi les traductions que nous en connaissons, ce sont les anglaises qui laissent le moins à regretter[1] : le ton élevé de la société en Angleterre ne produit point de raideur dans la littérature ; l'esprit de liberté, qui s'étend à tout, laisse aux écrivains une latitude qu'ils sont loin d'avoir en France.

Le Goût, divinité aussi intolérante que capricieuse, abusant du culte que lui rendent les Français, a établi chez eux une espèce de tri-

[1] Jarvis ; Smollet ; Motteux ; Wilmont ; John Philips.

bunal de la foi, dont le rigorisme sacrifie tout à la pureté qu'il invoque; et, comme tout sectaire, la littérature française fait gloire de ses chaînes et de ses sacrifices.

Le peuple le plus audacieux l'épée à la main, est le plus timoré quand il prend la plume.

Le savant littérateur espagnol, Don Vicente de Los Rios, qui faisait d'utiles recherches sur la vie de Cervantes en même temps que l'académicien[1] dont le travail nous sert en ce moment de guide, communiqua à l'Académie une découverte sur le chef-d'œuvre de notre illustre écrivain, non moins précieuse que celles qui concernaient la personne de l'auteur. Rios trouva que *Don Quichotte* était un poëme épique, pa-

---

[1] Don Juan Antonio Pellicer, éditeur d'un *Don Quichotte* publié en 1797, et auteur d'une notice très-détaillée sur Cervantes, mise à la tête de l'ouvrage. Il renvoie l'honneur d'avoir découvert la patrie de cet écrivain à Don Juan de Yriarte, de qui nous dirons quelque chose de plus à l'article de son neveu, le poëte fabuliste du même nom.

reil à l'*Énéide* et à l'*Iliade*. « Je suis tenté de
» dire », s'écrie à ce sujet un autre critique espagnol [1], « qu'il faut être aussi timbré que le
» chevalier de la Manche, pour concevoir qu'un
» fou puisse devenir le héros d'une épopée. »
Il eût pu ajouter, avec l'autorisation de Boileau :

« Et l'Académie, entre nous,
» Souffrant chez elle de tels fous,
» Me semble un peu topinamboue. »

L'Académie espagnole fit plus que tolérer,
elle adopta la dissertation de Don Vicente de
Los Rios; on la voit à la tête de la magnifique
édition de *Don Quichotte*, que nous devons à
ce corps savant.

Rappelons, comme un éloge plus convenable
du roman de Cervantes, l'auguste hommage,
qui eut quelque chose du piquant de la produc-
tion originale à laquelle il fut offert.

D'un balcon de son palais de Madrid, Phi-

---

[1] Don José Marchena, dont nous aurons aussi occasion de parler par la suite.

lippe III promenait la vue dans la campagne.
Il aperçut, sur le bord du Manzanarès, un étudiant qui lisait, et qui, interrompant souvent
sa lecture, se frappait le front avec de grands
éclats de rire. « Ou cet homme est fou » , dit le
roi, « ou il lit *Don Quichotte.* » S. M. avait de-
viné juste : c'était *Don Quichotte* que l'étudiant
lisait.

Don Juan Pellicer remarque, au sujet de cette
anecdote, que c'était une bien bonne occasion
d'appeler sur Cervantes la libéralité royale, si
les courtisans, qui mirent le plus grand em-
pressement à vérifier le fait présumé par le
prince, eussent eu la même sollicitude pour lui
faire faire une bonne action.

Mais, plus loin, le même biographe rapporte
le passage suivant, tiré d'un mémoire particulier : « Le très - illustre seigneur Don Bernardo
» de Sandoval, cardinal-archevêque de Tolède,
» mon maître, étant allé rendre sa visite à
» l'ambassadeur français ¹ qui est venu traiter

---

¹ Le duc de Mayenne.

» des affaires relatives aux alliances arrêtées en-
» tre les maisons souveraines de France et d'Es-
» pagne [1], quelques gentilshommes de la suite
» de l'ambassadeur, aussi courtois qu'instruits,
» et amis des lettres, s'approchèrent de moi,
» et d'autres ecclésiastiques attachés au cardi-
» nal, mon seigneur. Ils s'informèrent des ou-
» vrages d'imagination les plus recommandables
» parmi nous ; et comme je mentionnai celui
» dont la censure venait de m'être commise (la
» deuxième partie de *Don Quichotte*), aussitôt
» que j'eus prononcé le nom de Cervantes, ces
» chevaliers de s'écrier, et de témoigner le grand
» cas que l'on faisait de ses écrits en France et
» dans les royaumes circonvoisins... Ils me ques-
» tionnèrent sur son âge, son état, sa qualité et
» sa fortune. Je répondis qu'il était vieux, mi-
» litaire, bien-né et pauvre. L'un d'eux répli-

[1] Les mariages de Louis XIII avec l'infante, fille de
Philippe III, et du prince héréditaire, depuis Philippe IV, avec la princesse Élisabeth de Bourbon.

» qua : Comment se fait-il que l'Espagne n'en-
» tretienne pas un tel homme, ne le comble pas
» de biens aux frais du trésor? Pourtant (re-
» prit avec beaucoup d'esprit un autre de ces
» gentilshommes), si le besoin l'a fait écrire,
» Dieu veuille qu'il n'ait jamais d'aisance, afin
» que les productions du pauvre enrichissent
» l'univers ! »

Le compliment était sans doute bien flatteur
pour Cervantes, mais nous aurions formé pour
lui un vœu différent : nous pensons tout-à-fait,
avec Juvénal, que les furies n'auraient pas égaré
les esprits d'Amate, si Virgile eût manqué
d'un valet.

L'auteur de *Galatée* commençait à amélio-
rer son sort depuis la publication de *Don Quichotte* : la cour venait d'employer sa plume à
l'occasion des fêtes données à Valladolid à l'amiral Howard, comte d'Hottingham, ambassadeur extraordinaire pour la ratification de la
paix de 1604. Un accident, auquel Cervantes
était étranger, le replongea dans le malheur;

il essuya de la part de l'autorité un traitement indigne, gratuitement vexatoire.

Un gentilhomme navarrois, chevalier de Saint-Jacques, nommé Don Gaspar de Ezpeleta, se trouvait à Valladolid à la suite de la cour. Dans la soirée du 27 juin 1605, le chevalier de Ezpeleta, ayant pris son costume de nuit, sa longue épée et son petit bouclier, couvert du manteau d'un de ses pages, sortit pour une de ces courses aventureuses dont le goût, malgré la lecture de *Don Quichotte*, n'est pas, ou du moins n'était pas, il y a peu d'années, encore passé parmi nous. Il rencontre sur son chemin un inconnu qui lui intime l'ordre de débarrasser la rue [1]. Ce n'est pas pour obéir à de pa-

[1] La sûreté d'un rendez-vous galant amène le plus souvent ces chocs ; mais des intérêts moins importans suffisent aussi pour les provoquer. On donne une sérénade : on ne veut pas que des passans viennent causer des distractions aux musiciens ; parfois c'est le passant qui n'aime pas la musique, et qui se met à briser les guitares à coups de plat d'épée. *Quæque ipse miserrima vidi, et quorum*.....

reilles injonctions que l'on s'équipe comme
l'avait fait Ezpeleta. On en vint aux mains, et
Don Gaspar reçut une blessure mortelle. La rencontre fatale avait eu lieu près de la maison qu'habitait Cervantes avec d'autres locataires; le blessé
fut transporté chez lui, et y reçut les derniers
soins; et voilà que, sur une déposition qui ne
présentait pas de caractère au-dessus d'un com-
mérage de voisine, ou d'une médisance de dévote [1], en dépit de la déclaration du mourant [2],

[1] Doña Isabelle Ayala, veuve qui, suivant l'expression du texte, faisait profession de dévote, déclara que
dame Marianne Ramirez (cette dame demeurait au
deuxième étage) avait un commerce suspect avec Don
Diègue de Miranda; qu'il entrait au premier étage
(chez Cervantes) des personnes qui donnaient à pen-
ser aux voisins, notamment Don Simon Mendez, à
qui la déclarante (elle logeait au troisième) avait fait
des observations; et qu'elle avait ouï dire qu'il se mê-
lait une femme, sans qu'on désignât laquelle, aux causes
du combat de Don Gaspar.

[2] Don Gaspar de Ezpeleta avait déclaré qu'il s'était
arrêté pour entendre des personnes qui faisaient de

contraire aux inductions qui déterminèrent le juge, Cervantes, sa sœur, sa fille et sa nièce se voient traîner dans la prison des malfaiteurs. Comme leur premier interrogatoire les en fit sortir, il y a lieu de croire qu'il aurait empêché l'emprisonnement s'il en avait précédé la décision.

La position de Cervantes ne se releva plus. La deuxième partie de l'histoire de son héros a encore du succès, mais ne mène pas loin les pauvres finances de l'auteur. Il a en portefeuille des comédies, mais ne trouve plus d'acheteurs : Lopé de Vega remplissait la scène ; et Cervantes s'entend dire que l'on a bonne opinion de sa prose, mais peu de confiance dans ses vers : il ne tire quelque parti que de ses Nouvelles. Il n'obtient rien du gouvernement ; ses rapports avec des hommes puissans lui valent seulement de précaires secours, qui le soutiennent dans le

la musique ; qu'un homme lui avait dit de s'en aller ; que, sur sa réponse : « qu'il n'était pas pressé de se déranger », ils s'étaient battus.

terme moyen entre le besoin et la misère. Le
comte de Lémos, ami des lettres, et littérateur
lui-même, son Mécène, à qui il avait dédié tous
ses derniers ouvrages, emploie dans sa vice-
royauté de Naples un grand nombre d'écrivains,
et laisse de côté Cervantes avec une modique
pension. Frustré dans ses espérances les mieux
fondées, cet homme reconnaissant s'y montra
moins sensible qu'au bien qu'il recevait, et il
cultiva son bienfaiteur jusqu'au dernier soupir.
« Je reçus hier l'extrême-onction, et je vous
» écris aujourd'hui : » tel est le début de la dédicace du *Pérsiles et Sigismunda*. Michel Cervantes expira trois jours après, le 23 avril 1616,
âgé de soixante-trois ans. Le 23 avril 1616,
expirait à Londres Guillaume Shakespeare [1].

La mémoire de Michel Cervantes serre le
cœur, lorsque l'on s'arrête à considérer la triste

---

[1] Ce rapprochement ne blesse pas la vérité ; mais
Shakespeare et Cervantes ne moururent pas le même
jour : l'Angleterre n'avait pas encore adopté le calen-
drier grégorien.

existence qu'il traîna, ses nombreuses traverses, le peu de considération qui reflua sur sa personne des éloges donnés à ses écrits, sa mort isolée, et ses obscures funérailles. La postérité l'a vengé de l'abandon de son siècle, et l'on éprouve une certaine consolation de ce que l'immortel auteur de *Don Quichotte* entrevit son immortalité. La gloire posthume n'est plus une chimère, dès qu'elle a existé dans les pressentimens.

VERS

———

« Jour de Dieu ! quel éclat, quelle magnificence !
Je paîrais vingt ducats pour en faire un tableau.
A qui n'imposerait cette structure immense ?
Par le Christ éternel ! il n'est rien de si beau ;
Séville, applaudis-toi : l'âme du mort, je pense,
Va, renonçant au ciel, habiter ce tombeau. »

Un bravache écoutait : « Oui, seigneur militaire, »
S'écria-t-il, « c'est vrai : qui dira le contraire,
  M'entendra lui dire qu'il ment. »
  Là-dessus, autour il regarde ;
Enfonce son chapeau, met la main sur la garde,
Et, sans plus, satisfait, s'éloigne gravement.

AL TUMULO DEL REY

EN SEVILLA.

—

Voto á Diòs, que me espanta esta grandeza,
Y que diera un doblon por describilla :
Porque ¿ á quién no suspende y maravilla
Esta máquina insigne, esta braveza ?

Por Jesu-Cristo vivo, cada pieza
Vale mas que un millon, y que es mancilla
Que esto no dure un siglo, ¡ ó gran Sevilla !
Roma triunfante en ánimo y riqueza.

Apostaré que la ánima del muerto
Por gozar este sitio hoy ha dejado
El cielo de que goza eternamente.

Esto oyó un valenton, y dijo : « Es cierto
« Lo que dice voacé, seor soldado,
« Y quien digere lo contrario, miente. »

    Y luego, encontinente,
Caló el chapeo, requirió la espada,
Miró al soslayo, fuese, y no hubo nada.

———

DON LUIS DE GONGORA
Y ARGOTE

Bordes del.   Lit. de Sancha

t
s
s

GONGORA.

—

Don Luis de Gongora y Argote, aumônier honoraire du roi, naquit à Cordoue en 1561, de Don Francisco d'Argote, et Doña Léonor de Góngora. On dirait que sa tendance à s'écarter de l'ordre établi se montra déjà dans la manière dont il arrangea son nom : la primauté appartenait au nom paternel, et notre poëte devrait s'être appelé Don Luis de Argote, sauf à ajouter Góngora, s'il y tenait.

Nous voilà en présence de ce grand coupable, qui, semblable à l'ange rebelle, plutôt que de faire nombre avec les bons esprits, voulut être le prince des ténèbres. Quelques personnes ont cru que Góngora avait agi à bonnes intentions dans la révolution qu'il s'était proposée, mais

qu'il fut égaré par une fausse manière de voir, que ne dirigeaient point des études suffisantes, et par la fougue de son génie, qui s'indignait de l'imitation : « Trouvant » dit M. Quintana, « que le langage poétique s'énervait, et tenant
» le naturel pour de la pauvreté, la pureté pour
» de la minutie, et la facilité pour de la négli-
» gence, il aspira à étendre les limites de la
» langue et de la poésie. Il s'appliqua à inven-
» ter un nouveau dialecte, qui retirât l'art de
» la simplicité rampante où, suivant lui, il se
» traînait. Ce dialecte devait se faire remarquer
» par la nouveauté des mots ou de leur appli-
» cation, par l'*étrangeté* et la dislocation de la
» phrase, par la hardiesse et la profusion des
» figures ; et il l'employa non-seulement dans
» les grands poëmes, le *Polyphéme* et les *Soli-*
» *tudes*, mais il en défigura presque tous ses
» sonnets et ses *cancions*, et plusieurs passa-
» ges de ses romances et *lettrilles*.

» Il voulait », a dit Lopé de Véga, « enrichir
» la poésie et la langue d'ornemens inconnus.

» Plusieurs ont adopté ce nouveau genre, et ils
» ont eu raison ; car tel homme qui sous l'an-
» cien système n'eût jamais été poëte, le devient
» maintenant dans un jour, au moyen de quel-
» ques transpositions, six mots latins et quatre
» préceptes ou phrases ambitieuses. » Lopé plai-
sante ailleurs de ces métaphores de métaphores,
du fard dont on voulait couvrir la difformité des
traits, et finit par traiter le nouveau genre d'invention monstrueuse, faite pour replonger dans
la barbarie la poésie et la langue. Nous parlerons encore, à l'article sur cet auteur, de la
guerre qu'il fit au monstre, qu'attaquèrent, ainsi
que lui, d'autres célèbres poëtes ses contemporains.

Góngora, que les règles de la bienséance ne
gênaient pas plus que celles de l'art, répondait
par de grosses injures, et surtout par des succès
merveilleux.

Sa secte s'était donné deux grands appuis,
l'un dans l'église, l'autre à la cour. Le célèbre
prédicateur du siècle, le père Hortensio Para-

vicino, et le comte de Villamediana [1], se montrèrent des gongoristes déterminés ; Gilblas a
fait connaître un affilié dans le premier ministre, comte-duc d'Olivarès. Ils entraînent le
troupeau d'imitateurs, et ils se parent tous du
nom de *cultos* (esprits cultivés). Or, la *culture* consistait à être *impénétrable* ; c'était là le
fond : une obscurité systématique, ayant pour
accessoires, comme nous disions, les transpo-

[1] Cet illustre courtisan, qui se rattache à la littérature de son époque, est devenu plus particulièrement
fameux par les circonstances de sa mort. Peu de jours
après l'avénement de Philippe IV, le confesseur de Don
Baltazar de Zúñiga, oncle du premier ministre, dit au
comte de Villamediana de prendre garde à lui, que sa
vie était en danger. Villamediana n'en tint aucun compte :
mais le soir de ce même jour, comme il traversait une
rue de Madrid dans la voiture de Don Louis de Haro, à
côté de ce seigneur, il s'entendit appeler par son nom,
et répondant à l'invitation qu'on lui faisait de descendre, il fut poignardé sur le marche-pied. On ne fit aucune démarche pour rechercher l'assassin. On attribua
l'événement à une vengeance particulière, que le jeune

ـsitions forcées, les hyperboles extravagantes, les figures incohérentes, les métaphores redoublées, l'affectation dans les idées comme dans le langage, un style constamment ampoulé; enfin, tout ce qui, avant et après cette malheureuse irruption, a été jugé du goût le plus détestable. Que les amateurs de la poésie castillane, qui trouveront de pareilles aberrations

comte se serait attirée par ses galanteries ou par ses épigrammes. Mais la hardiesse de l'attentat et l'inaction de la justice criminelle occupaient toujours les esprits. Il circula dans le public que la reine, fille de Henri IV, ayant senti dans une galerie du palais quelqu'un lui mettre les mains sur les yeux, avait dit : « Que me veux-tu, comte? » C'était le roi; et comme il paraîtrait que Philippe montra de la surprise, Elisabeth aurait ajouté : « N'êtes-vous pas comte de Barcelone? » Le roi, disait-on, pensa que l'on ne devait pas se rappeler ce titre parmi ceux que lui donnait sa couronne, et se rappela que le comte de Villamediana, qui n'en avait point d'autre, était un des gentilhommes de la reine dont elle témoignait apprécier davantage les services.

chez nos auteurs, se gardent donc de les prendre pour nationales; mais qu'ils y voient seulement une de ces vicissitudes fâcheuses que les
littératures sont sujettes à éprouver quand elles
sont arrivées à une certaine hauteur.

On a dit que le terroir de Cordoue portait
l'enflure; mais il y a eu de l'injustice à placer
sur la même ligne Lucain, Sénèque, le sage
Mena, et notre désordonné Andaloux. Le nom
de ce dernier, après la chute de son système,
est devenu synonyme de mauvais poëte, et c'est
encore de l'injustice; nos lecteurs lui seront vrai-
semblablement plus favorables, pour peu que
nous ayons conservé de l'empreinte originale à
quelques pièces de cet auteur, faites dans ses
bons momens.

Il mania en maître les *romances* et les *lettril-*
les satiriques; mais encore, trop porté vers les
jeux de mots et l'équivoque, il laisse même dans
ses vers choisis peu de choix pour le traducteur.
On trouvera les compositions de plus d'étendue
que nous offrons de lui faisant partie d'une col-

lection spéciale de poésies du GENRE NATIONAL ,
qui ouvrira notre second volume.

Des deux petites pièces ci-après, la deuxième,
composée de paradoxes galans contre la constance, porte dans l'original un couplet omis
dans le texte de notre version, le voici :

> La *pureté* de l'hermine
> Que le monde prise tant,
> On l'a sur sa pèlerine ;
> On s'en passe en la quittant.

> *La* pureza *del armiño ,*
> *Que tan celebrada es ,*
> *Vistela con el pellico ,*
> *Y desnúdala con él.*

L'abus qui, dans le mot *pureté*, a confondu
les idées de *blancheur* et de *candeur*, ne serait
peut-être pas repoussé trop fort par notre goût
péninsulaire encore aujourd'hui : nous aimons
assez à entendre ce qu'on a voulu dire ; c'est
pourquoi nos prudes même ne s'effaroucheront

pas non plus de la tournure d'expression qui
semble conseiller l'*impureté*, quand il ne s'agit
que d'*inconstance* ; mais il y avait lieu de croire
que, hors de notre circonscription, il en serait
jugé autrement, et que ce couplet ferait trop de
tort à un jeu d'esprit réputé plein de gentillesse.

En général, Góngora ne se décidait à écrire
pour se faire entendre que poussé par sa tendance vers la satire. On le voyait à la recherche
d'anecdotes susceptibles de fournir à ses saillies
piquantes. On l'appela la cigogne de la cour, soit
par rapport à ce genre d'instinct, soit à cause
de sa figure même, excessivement allongée, qui
fut aussi singulière que son esprit. Nous avons
renvoyé son portrait au second volume, à la
tête de la collection dont il vient d'être parlé.

Don Luis de Góngora mourut à Cordoue, le
24 mai 1627.

L'ATTRAIT DANGEREUX.

Cette bouche riante où la rose convie
A goûter les parfums qu'au vainqueur de Léda
Verse le bel enfant regretté sur l'Ida,
Ah ! n'en approchez point, si vous aimez la vie ;
L'Amour s'y cache, amans, de ses poisons armé,
Comme entre fleur et fleur l'aspic envenimé.

N'en croyez ni l'éclat ni la fraîcheur fatale
Que ces lèvres ont pris à la nymphe du jour :
Ce ne sont pas des fleurs, c'est le fruit de Tantale,
Mais qui lance en fuyant les venins de l'Amour.

RIEN D'EXCLUSIF.

Garde tes moutons, Glycère,
Mais ta foi, c'est différent :
Femme qui se fait bergère
Reste femme comme avant.

C'est le pied grossier des plantes
Qui les fera se roidir ,
Mais les feuilles élégantes
Cèdent au moindre Zéphyr.

Cette vigne qui se penche
Vers son orme favori ,
Laisse tomber une branche
Sur le cytise fleuri.

Nulle abeille n'est choisie
Dans le butineux essaim :
Plusieurs pompent l'ambroisie
Que du lis garde le sein.

La colombe à son veuvage
N'est plus fidèle aujourd'hui ;
Le ruisseau perd ton image
Quand tu t'éloignes de lui.

EL ATRACTIVO TEMIBLE.

La dulce boca que á gustar convida
Un humor entre perlas destilado,
Y á no envidiar aquel licor sagrado
Que á Júpiter ministra el garzon de Ida,

Amantes, no toqueis, si quereis vida,
Porque, entre un labio y otro colorado,
Amor está, de su veneno armado,
Qual entre flor y flor sierpe escondida

No os engañen las rosas que á la Aurora
Direis que aljofaradas y olorosas
Se le cayeron del purpúreo seno :

Manzanas son de Tántalo y no rosas,
Que despues huyen del que incitan hora,
Y solo del Amor queda el veneno.

LA INCONSTANCIA.

———

Güarda corderos, Zagala,
Zagala, no guardes fé,
Que quien te hizo pastora
No te escusó de muger.

La pureza del armiño,
Que tan celebrada es,
Vístela con el pellico,
Y desnúdala con él.

Resiste al viento la encina,
Mas con el villano pié,
Que con las hojas corteses
A qualquier zéfiro crec.

Aquella hermosa vid
Que abrazada al olmo vés,
Parte pámpanos discreta
Con el vecino laurel.

No para un abeja sola
Sus hojas guarda el clavel,
Beben otras el aljófar
Que encierra su rosicler.

Tortolilla gemidora,
Depuesto el casto desden,
Tálamo hizo segundo
Los ramos de aquel ciprés.

El cristal de aquel arroyo,
Entre mudable y fiel,
Niega al ausente su imágen
Hasta que le vuelve á ver

FRAY LOPE FELIX DE
VEGA CARPIO.

Bordes del.   Lith de Engelmann.

ESPAGNE POÉTIQUE.
SEIZIÈME SIÈCLE.

DEUXIÈME DIVISION,
EMBRASSANT DEUX TIERS DU DIX-SEPTIÈME SIÈCLE.

LOPÉ DE VÉGA.

LUPERCE D'ARGENSOLA ET BARTHÉLEMY D'ARGENSOLA.
— QUÉVÉDO. — RIOJA. — VILLÉGAS.

LOPÉ DE VÉGA.

Lopé [1] Félix de Véga Carpio fut membre honoraire de l'ordre de Saint-Jean de Jérusalem,

[1] On imprime souvent ce nom avec une incorrec-
tion qui le dénature : il faut écrire *Lopé*, et non pas
Lopez : le z final change en noms propres les patrony-
miques, désignant de qui on est fils, à l'instar du *son*
anglais, du *ben* arabe, du *witz* septentrional, etc. C'est
ainsi que le père du Cid eut pour nom Diègue *Laïnez*,
comme fils de *Laïn* Calvo, et le Cid fut appelé Ruy
Diaz, du prénom de son père, contracté en *Dia*.

poëte-né, sans doute, le plus extraordinaire, le plus fécond qui ait jamais écrit.

Quiconque estimera les grandes qualités intellectuelles ne saurait, dans aucun temps, refuser la plus haute considération à l'homme dont le ciel doua l'esprit d'une faculté qui tient du prodige.

Ce poëte, qui régna sur la scène espagnole, qui fit les délices de son pays et de son siècle, et qui a mérité les plus glorieuses imitations des étrangers long-temps après lui, composait en vers aussi couramment que l'on écrit en prose. C'est peu : la plume ne pouvait suivre sa dictée; et il a fallu souvent, pour coucher ses poëmes sur le papier, le double du temps qu'il avait mis à les disposer dans son imagination. On compte par millions ses vers imprimés : un soin minutieux en a fixé le nombre à vingt-un millions trois cent seize mille. Ce nombre, si toutes ses productions eussent vu le jour, eût été plus que double, d'après ce que Lopé a avancé lui-même dans son Épître à Claudio, espèce de compte rendu de ses travaux poétiques; et l'on peut l'en croire, car dans la même pièce il n'accusait que quinze cents comédies, et on lui en a reconnu depuis dix-huit cents, plus quatre cents drames sacrés. Son biographe Montalvan assure que toutes ces pièces ont été jouées, à sa propre connaissance, et d'autres témoignages du même écrivain fortifient une autre assertion remarquable de notre poëte, portant qu'il lui est arrivé plus de cent fois d'en composer une dans un jour. Quoi qu'il en soit, arrêtons-nous à ce fait : DEUX MILLE DEUX CENTS POEMES DRAMATIQUES !

Pour se dispenser d'admirer une merveille que l'on est obligé d'admettre, va-t-on déprimer avec dédain les fruits d'une fécondité aussi inconcevable? Nous le craignons : nous ne pouvons ignorer le peu de faveur que le théâtre espagnol a obtenu dans l'opinion des étrangers depuis que Boileau disait :

« Là souvent le héros d'un spectacle grossier,
» Enfant au premier acte est barbon au dernier. »

17.

Notre sollicitude pour la gloire du fameux poëte castillan, principalement auteur dramatique, et l'intérêt national de cet ouvrage nous portent à présenter ici des aperçus plus étendus que ne le demanderait un genre qui n'entre point dans notre collection.

Qu'il nous soit d'abord permis de faire observer, sur la citation de Boileau, que l'adjectif *grossier*, déjà peu poli, n'est pas non plus bien exact. Cette épithète caractérise mal un théâtre où domina le langage de la galanterie, de l'urbanité et de la délicatesse, où les femmes jouèrent toujours le rôle le plus brillant, où Lopé de Véga, enfin, donna de la vérité aux costumes long-temps avant que la Melpomène française eût quitté ses paniers de cour.

Notre auteur, il est vrai, n'a guère observé l'unité de temps autrement que de la manière énoncée tout à l'heure, c'est-à-dire en achevant sa pièce dans un jour. Mais s'il a poussé trop loin l'infraction des préceptes invoqués à sa charge, il pourrait être admis à discuter certains

points, et à récriminer même contre la pratique opposée. Nous l'imaginons faisant parler
un habitué du parterre à des auteurs d'une autre
époque, à peu près en ces termes : « Vous vous
» évertuez pour que le temps de votre action
» réponde à un tour dé la terre sur son axe, et
» pourquoi pas à une révolution lunaire? Je
» vous accorde déjà que trois heures en font
» vingt-quatre; vous pouvez compter sur ma
» complaisance soutenue. Tous les soins de votre
» art pour me faire illusion ne sont rien auprès
» des dispositions que j'apporte pour m'en faire
» à moi-même, et sans elles ils échoueraient
» tous. Mais rassurez-vous; avec le prix de mon
» billet j'ai, pour mon intérêt et pour le vôtre,
» laissé à la porte le sens commun : je vais me
» croire transplanté à autant de centaines de
» lieues qu'il vous fera plaisir; je n'aurai d'yeux
» ni d'oreilles que pour l'espace au delà des lam-
» pions; je ferai abstraction de mon voisin,
» quelque enrhumé qu'il soit; j'admettrai, en-
» fin, qu'un Chinois, un hiérophante, un em-

» pereur romain parlent français, et distri-
» buent leurs phrases en coupes égales avec des
» rimes au bout.

» Vous tenez aussi beaucoup à nous faire voir
» constamment la même décoration ! Mais la
» crédulité que demande au spectateur un chan-
» gement de scène n'est pas d'un autre genre
» que celle dont il a fait preuve au lever de la
» toile : ce n'est qu'un instant à passer, bien plus
» facile à oublier qu'il n'est aisé de croire que
» l'on viendra toujours conspirer dans le palais
» du prince, ou bien, qu'ayant à parler d'affaires
» domestiques, on sortira de chez soi pour en
» causer plus secrètement dans la rue. »

Si Lopé de Véga s'affranchit de quelques lois
de convention et de quelques règles que la raison prescrira toujours à l'art, ce ne fut ni par
ignorance des unes ni faute de sentir les autres:
ses écrits didactiques rendent hommage aux
principes que sa pratique blessa par système.
Il composait pour un public moins curieux de
régularité que de merveilleux : il s'appliqua es-

sentiellement à agir sur l'imagination; et, à
travers les aberrations, les invraisemblances et
les inconséquences, sa magie est telle qu'elle
conserve encore du pouvoir sur le lecteur le plus
judicieux. « Une succession rapide d'événemens,
» un changement soudain dans la situation des
» personnages, sont les charmes, » dit lord Holland [1], « par lesquels il nous intéresse si vive-

[1] *Some account of the Lives and Writings of* Lope
» Felix de Vega Carpio *and* Guillen de Castro , *by*
» Henry Richard lord Holland. » Nous tirerons plus
d'une citation de cet écrit, au sujet de l'auteur qui nous
occupe : il y est apprécié avec une connaissance parfaite
de la langue et de l'art, et avec cette équité ,

> Qui sait le mieux donner , par leur juste mesure ,
> Du prix à la louange et même à la censure.
> Bertin.

Et ce n'est pas une médiocre gloire pour notre Espagne
poétique que de voir l'illustre pair de la Grande-Bre-
tagne , neveu de Charles Fox, écrire la vie de notre
poëte Lopé de Véga, et dédier son travail à notre
poëte Don Manuel Quintana.

» ment à ses conceptions.... La fécondité de son
» génie est aussi surprenante par la conduite de
» l'intrigue que par la versification du dialogue...
» Parmi les nombreuses pièces que j'ai lues de
» lui, je ne suis tombé sur aucune qui n'attache
» fortement l'attention. »

L'écrivain anglais s'est occupé particulièrement de faire connaître la pièce de Lopé de
Véga, qui a fourni à M. Le Brun le sujet de son
Cid d'Andalousie, surnom du héros dans l'ouvrage espagnol[1]. Les critiques anglais ou français
de nos jours pourront, au premier aperçu, s'é-
lever contre le nœud du drame en question.
Quoi! un homme d'honneur que l'amour en-
flamme, et qui connaît l'amitié, va accepter
aveuglément une commission de meurtre, et

---

[1] *Sancho Ortiz de las Roelas*, nom du héros, est
le titre moderne donné à cette pièce par Don Cándido
Maria Trigueros, poëte médiocre, qui l'a retouchée.
Lopé, dans sa galanterie accoutumée, avait préféré le
nom qu'il donnait à l'héroïne : *l'Étoile de Séville*,

l'exécuter sur son ami, frère de sa maîtresse!
Oui : des maximes sacrées dans son pays lui en
imposaient la loi. Il y a été reconnu en principe
que le souverain était le maître de la vie et de
la propriété de ses sujets. Le Cid andaloux fait
même dans la pièce des difficultés qui n'avaient
pas embarrassé le fameux secrétaire d'état de
Philippe II, Antonio Perez, quand il se défit
d'Escovédo, par ordre supérieur; il en parle,
dans ses lettres, comme d'une chose toute simple : c'est pourquoi les citoyens, élevés dans l'ordre
social faisaient punir de même les offenses qu'ils
croyaient avoir reçues de leurs inférieurs; mais
ils s'entre-tuaient loyalement par leurs propres
mains. Hélas! le théâtre ne représenta que trop
la démoralisation et le désordre des idées, fruit
des mauvais systèmes qui déplaçaient les vertus, quand à cette époque on voyait sur la
scène les combats nocturnes, les jalousies ou-
trées, le point d'honneur extravagant ou atroce,
et toujours la violence des individus rempla-
çant l'action des lois; nos auteurs dramatiques

long-temps n'ont pas douté que ce ne fût de la
sorte qu'il fallait être et agir.

Étonnant sous les rapports du mécanisme de
l'art, le dialogue de Lopé de Véga, nous en
conviendrons, laisse à d'autres égards beaucoup
à désirer, et même les défauts y abondent. Le
style en est trop épigrammatique : Lord Holland nous paraît en indiquer une cause très-
vraisemblable dans la nature du rhythme employé communément par l'auteur : des vers
courts, à couplets, semblent exiger une pensée
à chaque repos, et les repos reviennent bien
souvent. Toujours sera-t-il vrai que Lopé de
Véga prête à la critique par des défauts que tout
le monde n'a pas : l'esprit déplacé est encore de
l'esprit. Mais ces mêmes dialogues fourmillent
aussi de choses charmantes et pleines de convenance; si les caractères n'ont pas toujours beaucoup de physionomie ni de suite, il s'en trouve
en très-grand nombre de vigoureusement tracés
et parfaitement soutenus. Les vers les plus doux,
une élocution claire et élégante triomphent

constamment des rhythmes les plus rebelles; si
nous y joignons le mérite essentiel accordé à la
conception des pièces, il ne sera plus permis de
les tant ravaler. Il y aurait dans chacune d'elles
de quoi faire encore une réputation dramatique; et, pour apprécier celle qui revient à
notre Lopé, nous multiplierions par deux mille
deux cent.

Voici de quelle manière a parlé de ce poëte
universel celui à qui Lord Holland a dédié son
précis critique : « L'homme qui reçut de la na-
» ture le plus de dons du poëte, et qui en abusa
» davantage, fut sans doute Lopé de Véga : don
» d'écrire sa langue avec pureté, avec clarté, avec
» élégance ; don d'inventer, don de peindre, don
» de versifier comme il le voulait ; flexibilité
» d'imagination et d'esprit pour se prêter à
» tous les tons, et une veine qui ne connut jamais
» d'appauvrissement ni d'obstacle. Ajoutons
» qu'une mémoire très-ornée par de bonnes lec-
» tures et une application infatigable augmen-
» tèrent considérablement sa facilité naturelle.

» C'est avec ces armes qu'il se présenta dans
» l'arène, n'admettant ni frein, ni bornes pour
» son audacieuse ambition. Du madrigal à
» l'ode, de l'églogue au drame, du roman à l'é-
» popée, il parcourut tous les genres, laissant
» partout les traces du talent et des sujets de
» chagrin.

    » Il asservit le théâtre, attira sur lui seul l'at-
» tention générale : les poëtes de son temps ne
» furent rien devant lui; son nom était un ca-
» chet d'approbation; on le suivait dans les
» rues; les étrangers le recherchaient comme
» un objet extraordinaire; les monarques s'ar-
» rêtaient pour le regarder. La critique s'éleva
» contre ses négligences blâmables; les envieux
» médisaient de son talent; des méchans le ca-
» lomnièrent: triste exemple ajouté à tant d'au-
» tres, qui montrent que l'envie et la calomnie
» s'attacheront toujours à la célébrité, puisque
» l'aimable urbanité du poëte, la douceur de son
» caractère, et le plaisir qu'il prenait à louer les
» autres, furent insuffisans pour désarmer ses

» détracteurs. Mais nul ne réussit à lui enlever
» le sceptre dont il s'était saisi, ni la considéra-
» tion que lui avaient acquise des travaux si
» nombreux et si renommés. Sa mort fut un
» deuil public, son convoi un rendez-vous uni-
» versel. Il existe un volume de poésies espa-
» gnoles, et un autre de vers italiens, en l'hon-
» neur de sa mémoire. Ainsi, vivant et mort,
» il n'a cessé de recevoir des éloges, de cueillir
» des lauriers, admiré comme une merveille,
» et proclamé le phénix des génies. »

Lopé de Véga mourut à Madrid le 25 août
1635. Il était né dans la même capitale le 25
novembre 1562, de Félix de Véga, poëte
aussi.

A l'âge de cinq ans Lopé composait des couplets qu'il échangeait contre des estampes et des
joujoux. Lord Holland fait l'observation qu'ainsi,
dès la plus tendre enfance, notre auteur montra
à la fois et son talent poétique et celui d'en
tirer parti : ses succès furent dans la suite presque aussi grands dans un genre que dans l'autre.

Il aurait pu dire que le Pactole coulait chez lui à côté du Permesse, mais il ne l'a pas dit; parce qu'il fut aussi porté à prodiguer les dons de la fortune que ceux de la nature, et il ne se trouva jamais assez fortuné.

Vers sa treizième année il voulut voir le monde, et se mit en route avec un jeune camarade, sans avoir pris congé de ses maîtres ni de ses parens; il fut ramené à Madrid, après s'être vu exposé à de grands désagrémens par le manque de ces objets métalliques, dont peut-être depuis lors il commença à apprécier les avantages. Il nous a appris qu'à la même époque il avait déjà composé quelques comédies en quatre actes, suivant l'ancienne manière; « car, dit-il, notre comédie, dans son enfance, » marcha à quatre pates comme les enfans. »

Le jeune Lopé, après son équipée, s'attacha et réussit à gagner les bonnes grâces du grand-inquisiteur, Don Geronimo Manrique, évêque d'Avila; et, pour plaire à ce protecteur, faisant trêve au goût qui portait son talent vers le théâ-

ire, il commença à s'exercer dans le genre bucolique, et produisit sa pastorale de *Jacinto*.
Nous déplorerons ici l'espèce de fureur qui s'empara de nos poëtes pour un genre si opposé
à l'esprit de la nation et au ton de notre littérature à l'époque où régna cette manie.

Déjà, avant la corruption du goût amenée par
Gongora, nous voyons en faveur l'emphase de
l'expression, l'abus des images et la recherche
dans les idées. Ce n'étaient pas là des manières
bien applicables aux naïves confidences des bergers, et l'insolence sanguinaire des mœurs du
temps ne paraît pas avoir dû faire un public
bien propre à s'intéresser à l'innocence des
agneaux. Disons plus : s'il fut jamais une langue et un pays en opposition naturelle avec l'é-
glogue, ce furent bien le castillan et les Castilles : la langue, éminemment abondante en
modes pompeux; le pays, dépourvu d'arbres,
d'eau et d'habitans.

Cependant des milliers de bergers d'emprunt
encombrèrent notre Parnasse; et la mode pas-

torale devint tellement dominante, que Lopé de Véga jugea à propos de donner le titre d'é glogue au catalogue en vers de ses écrits.

Le jeune poëte ayant changé la protection immédiate de l'évêque d'Avila pour celle du duc d'Albe, continua à suivre la carrière bucolique, et composa alors sa seconde pastorale intitulée *l'Arcadie*, où jouent le rôle le plus considérable les hauts-faits de ce seigneur.

Lopé de Véga ayant acquis assez de célébrité pour pouvoir, d'ailleurs bien-né lui-même, aspirer à une alliance élevée, épousa Doña Isabelle d'Urbina, la noble, la belle Amaryllis de ses chants. Il lui survint à cette époque une affaire fâcheuse, dans laquelle on crut peut-être avoir bon marché d'un poëte, nouvel époux. Il fallut vider à la pointe de l'épée une querelle de plume; mais l'adversaire de Lopé, deux fois l'agresseur, trouva le poëte aussi supérieur dans la seconde escrime que dans la première. Il reçut une blessure assez grave pour faire désespérer de sa vie. Le vainqueur dut s'éloigner de la capitale ; mais il fut suffisant, à ce qu'il paraît, qu'il ne s'y montrât point, car il séjourna à Valence au su de tout le monde : il y rencontra un confrère [1] dont la muse latine fit retentir tous les échos de l'Espagne du nom du célèbre voyageur.

Lopé de Véga, revenu à Madrid sitôt qu'il n'y eut plus de danger pour sa sûreté, se repaissait d'idées de bonheur, ainsi que de gloire ; lorsqu'il fut frappé du coup le plus cruel :

[1] Vicente Mariner, qui a composé en latin des panégyriques de tous les auteurs ses contemporains : il fit pour le docte poëte Quévédo l'honorable exception d'écrire le sien en grec. C'est de lui sans doute que Lopé de Véga prit l'idée de son œuvre intitulé le *Laurier d'Apollon*, monument que, vers la fin de sa carrière, notre aimable poëte éleva à la gloire de ses rivaux. Ce n'est pas que l'on puisse considérer comme tels tous les prétendans au laurier dont il y est fait mention : le dieu n'en vit pas un de moins qu'il n'éclaire de jours dans le cercle de l'année. L'adjudication, comme on s'en doute, fut renvoyée à un autre concours.

il perdit son épouse chérie. La mort de cette
intéressante beauté , déplorée par les poètes
amis de Lopé, sera aussi le sujet des chants
plaintifs que nous ferons connaître de notre
auteur.

L'époux désolé, fuyant un séjour rempli de
souvenirs déchirans, et cherchant à se fuir lui-
même, alla se jeter dans l'expédition que Philippe II préparait contre l'Angleterre. Il ne put,
néanmoins, échapper à sa muse : au milieu des
désastres fameux de cette malheureuse *Armada*,
quand la mort d'un frère, que Lopé y perdit,
agrandit la blessure dont son cœur saignait encore, une partie considérable de ses productions
poétiques signala des temps si douloureux.
Au risque de diminuer l'intérêt que nous dési-
rerions inspirer à nos lecteurs dans la pièce
élégiaque de notre poëte, nous rapporterons ici
les aperçus piquans inspirés par cette circonstance à son biographe anglais : « S'il existe
» quelque vérité, dit Lord Holland, dans l'opi-
» nion qui atribue aux poëtes une plus forte

» dose de sensibilité qu'aux autres hommes, il
» est heureux pour eux d'en pouvoir atténuer
» les effets par la nature même de leurs occu-
» pations. La composition, surtout en vers, dis-
» trait puissamment l'esprit des objets exté-
» rieurs : le poëte a toujours une ressource à sa
» portée : en créant des malheurs imaginaires,
» il émousse la pointe des chagrins véritables,
» et réalise en lui cette arme poétique, dont on
» dit qu'un bout guérissait les blessures qu'avait
» faites l'autre. »

Lopé de Véga rapporta de sa campagne navale un poëme en vingt chants, qu'il offrit au
prince héréditaire : Lopé voulut y continuer
l'*Arioste*, et crut devoir, pour l'honneur de
notre pays, placer en Espagne la suite des aventures de la souveraine du Catai. Il avait encore
composé dans le même temps un grand poëme
de circonstance, invective inconvenante, et
bien faible revanche contre l'amiral Drake, dont
il poétisa le nom en celui de *Dragon*, et de là
intitula son poëme la *Dragontée*.

18.

Le chantre d'Amaryllis ayant contracté de nouveaux liens, y trouva de nouvelles afflictions. Il perdit encore une épouse noble et belle, après avoir perdu un fils qu'elle lui avait donné. Il n'était plus d'âge à chercher à s'étourdir dans les alarmes; il se réfugia dans la religion; il prit les ordres, s'affilia à des confréries, y exerça de suite des charges supérieures, et, plus tard, il reçut du pape Urbain VIII des dignités de la chambre apostolique et la décoration de l'ordre de Malte. Il avait dédié au pontife son poëme intitulé la *Couronne tragique*, dont le sujet, (la mort de Marie Stuart) avait exercé la plume de S. S.

L'époque de cet hommage fut celle où Lopé de Véga était parvenu au comble de sa gloire: ce fut celle où le souverain pontife lui écrivait de sa propre main, où le cardinal Barberini marchait à sa suite dans les rues de Madrid, où Philippe s'arrêtait pour le contempler, où la foule l'environnait sans cesse; où son nom était devenu le *mot* pour exprimer la supério-

rité en toutes choses [1]; c'est alors que s'étant
méfié lui-même de l'engouement du public,
il s'avisa de faire une épreuve qui tourna encore
à sa gloire : un nouveau poëme, les *Soliloques
à Dieu*, publié sous un nom supposé, reçut
les mêmes éloges extraordinaires qu'on pro-
diguait communément à ceux qu'étayait son
nom.

De si grands succès ne furent point exempts
de traverses; comme auteur dramatique, Lopé
de Véga eut beaucoup à souffrir d'une opposition qui attaquait plus que sa réputation littéraire. Il avait vu, dès son entrée dans la carrière, se rallumer, à son grand péril, la guerre
que le rigorisme religieux a déclarée au théâtre.
L'occasion était bien favorable sous un prince
dont les dispositions s'accordaient si fort avec
les doctrines sévères. Cependant Philippe II

---

[1] Un bel édifice, un diamant de la plus belle eau, un
beau jour même, étaient un palais lopé, un diamant
lopé, un jour lopé.

déféra la question à l'université de Salamanque,
et la décision conserva aux Espagnols les amu-
semens scéniques. Des attaques du même genre
recommencèrent, à plusieurs reprises, sous le
règne suivant [1]. Les comédies de Lopé furent
l'objet d'une dénonciation spéciale, qui produisit l'ordre donné à l'auteur de n'en plus écrire,
et de composer seulement des drames sacrés.
Lorsque le quatrième Philippe eut montré le goût
le plus décidé pour le théâtre, et que plus d'une
pièce jouée était attribuée à la plume royale, la
protection du monarque ne garantit point encore la muse dramatique de fréquentes animad-
versions de la chaire. L'état qu'avait embrassé
Lopé le plaçait dans une position délicate dont
la malveillance profitait toujours. Elle empoi-

---

[1] Assez récemment, des faits tels que l'incendie de la
salle de Saragosse, l'épidémie de Séville, les prédica-
tions de Fray Diego de Cadix à Malaga, décidaient les
peuples à abjurer solennellement les représentations
théâtrales. Le feu roi n'assista jamais qu'aux combats de
taureaux.

sonnait les applaudissemens qu'elle n'avait pu
empêcher ; et celui qui, d'un côté, était proclamé par un public ivre de ses ouvrages la
merveille, le phénix, le génie sans égal, de
l'autre s'entendait appeler la honte du siècle, le
déshonneur de la robe sacrée.

D'autres combats dont il nous reste à parler,
dans lesquels se trouva engagé notre auteur,
rentrent davantage dans les accidens ordinaires
de la carrière des lettres. C'est bien quelque
chose que de voir parmi les antagonistes littéraires de Lopé un Cervantes et un Gongora :
dans leurs assauts d'épigrammes, l'avantage ne
resta pas toujours au poëte universel ; mais la
querelle fut plus acharnée entre les lieutenans
qu'entre les chefs ; et il faut dire, à l'honneur
des lettres et de ces célèbres écrivains, que dans
leurs compositions graves, où ils crurent devoir
au public des opinions réfléchies, Lopé de Véga
vanta les talens poétiques de Gongora, et Cervantes éleva très-haut ceux de Lopé.

La mésintelligence entre Lopé de Véga et

Cervantes a pu prendre naissance dans la passion malheureuse que l'immortel auteur de
Don Quichotte conçut pour l'art des vers : il
aura eu occasion de se ressentir de quelque jugement peu favorable à ses prétentions poétiques, prononcé par l'oracle du siècle, ou bien
celui-ci aura souffert impatiemment les critiques
de Cervantes sur des défauts que Lopé voulait
apparemment être le seul à reconnaître dans ses
comédies.

Quant à Gongora, que son caractère moqueur, âcre et peu mesuré, peut bien faire soup-
çonner d'avoir été l'agresseur, il eût toujours pro-
voqué par ses bizarres innovations l'opposition
de Lopé de Véga. Cet homme de paix leur fit une
guerre à outrance, comme s'il eût prévu tout le
mal que lui-même en recevrait. Il lançait tantôt
les anathèmes de son autorité, tantôt, et c'était
le plus souvent, ses faciles railleries dont nous
donnerons un échantillon. Il fut secondé dans
cette lutte par d'autres écrivains et poëtes dis-

tingués, tels que Quévédo [1] et Jauregui [2], qui,
ainsi que lui-même, devaient finir par céder
au torrent.

Les derniers ouvrages de Lopé se ressentent
beaucoup de la contagion, notamment son grand
poëme de la *Jérusalem*, qu'il disait revoir, li-
mer et châtier sans cesse, et sur lequel il fon-
dait ses plus hautes espérances. Nous avoue-
rons avoir fait, à plusieurs reprises, d'inutiles

---

[1] Quévédo, nommé dans une note précédente, ob-
tiendra à bon droit une notice particulière. Il fut,
comme nos lecteurs pourront voir bientôt, un écrivain,
à beaucoup d'égards, aussi extraordinaire que Lopé, et
il hérita de ses titres pompeux.

[2] Jáuregui, versificateur élégant et nombreux, poëte
fleuri, peu riche d'invention. Il a rimé une *Pharsale*, où
l'enflure de Lucain est renforcée du boursoufflage de
Góngora : son poëme original d'*Orphée* est entaché des
mêmes défauts. Cependant sa première manière fut
bonne, et nous avons de lui une traduction de *l'A-
minte*, d'une exécution qui mérite les plus grands
éloges.

efforts pour en achever la lecture ; ce qui n'em-
pêche pas que le chevalier Marino, admirateur
et imitateur de notre poëte, fidèle à la prédilection qui lui faisait préférer les *Larmes d'An-
gélique* au *Roland furieux*, n'ait mis au-dessus
du chef-d'œuvre du Tasse cette *Jérusalem espagnole.*

On conçoit quelle tâche ce serait que de rendre compte, même de la manière la plus sommaire, des écrits d'un auteur tel que celui dont
nous nous occupons ; seulement nous en signa-
lerons encore une composition marquante dans
un genre que n'indiquait point la description
rapide, empruntée à M. Quintana. Le poëme
burlesque, la *Gatomaquia*, publié, ainsi que
presque tous les écrits badins de Lopé, sous le
nom supposé de *Tomé de Burguillos*, est le
plus connu de tous ses ouvrages, le plus goûté
aujourd'hui, et sans doute le meilleur. Mainte
aimable *Raton* [1] y montre toutes les gentil-

---

[1] Nom de la chatte célébrée par le chantre des jardins.

lesses de sa race, et se donne des grâces fémi-
nines qui font illusion : l'auteur y a répandu les
siennes à pleines mains, et de tous ses défauts
il n'y a laissé que l'exubérance.

Cette profusion intarissable, qui a fait dire
que Lopé ne terminait ses poëmes que par
égard pour le lecteur, nous eût empêché d'offrir
aux nôtres un échantillon de quelque étendue
du poëte castillan le plus renommé, si nous
n'eussions exécuté largement à son égard notre
système d'abréviations; et nous pensons qu'il serait à souhaiter, pour la jouissance des amateurs,
pour le bien de la littérature et pour la gloire
de notre Lopé, que quelque écrivain capable et
de bonne volonté lui donnât son temps dans
un grand travail épuratoire, du genre de celui
qui nous a servi à fixer l'objet de notre deuxième
traduction. La première reproduit une petite
pièce assez soignée par l'auteur, qui ne craignit
pas de la présenter dans le temps comme un
modèle du genre; toutes les collections l'ont
accueillie : on y reconnaîtra un prélude du sujet

de la grande églogue que nous avons abrégée.
Pour cette opération nous avons commencé par
mettre de côté la première partie, nous arrêtant
à celle qui regardait directement le personnage
dont le poëme avait pris le nom. Puis nous
avons réduit à moins de moitié le morceau castillan; et, enfin, notre traduction y a fait abstraction de plus d'un tiers de l'ensemble, laissé
au texte pour ne pas défigurer les strophes.

Ce n'est pas que nous aspirions encore à présenter dans notre Idylle, ainsi réduite, un œuvre
exempt de reproche : il y reste tels passages
qui, à notre propre connaissance, serviront seulement à conserver à l'auteur certains traits de
sa physionomie.

On verra, par exemple, dès le début, qu'A-
maryllis naquit,

« Pour qu'aux heures du soir le jour brillât encore,
» Ou pour que le soleil ne fût que son aurore. »

« *Para que hubiese sol quando él se parte,*
» *O fuese el mismo sol aurora de ella.* »

Mais, en revanche, on lira presque consé-
cutivement :

» Autant que le pouvait une simple mortelle,
» Dès sa première enfance Amaryllis fut belle :
» Quand l'astre du midi doit briller plus riant,
» Un rayon plus serein prélude à l'orient. »

« *Cröse hermosa quanto ser podia*
» *En la primera edad belleza humana :*
» *Porque quando ha de ser alegre el dia*
» *Ya tiene sus albricias la mañana.* »

C'est ainsi que notre poëte a trop souvent
rapproché le faux du vrai dans cette profusion
de coloris qui renchérit chez lui sur celle des
pensées. Les phénomènes gracieux ou brillans
de la création ne cessent de fournir matière à ses
images : un exagérateur à sa manière pourrait
dire des vers de Lopé que le printemps n'a pas
plus de fleurs ni le firmament plus d'étoiles.

Le travail du critique et poëte espagnol qui
se vouerait à Lopé de Véga devrait s'étendre à
deux opérations, dont la première, celle que

nous avons faite, est sans doute la plus facile ;
après avoir élagué le mauvais et le superflu, il
faudrait refaire les passages nécessaires pour
lier les parties conservées. Alors le phénix,
puisque ce fut là son nom, renaissant de sa cen-
dre, offrirait au Parnasse moderne un poëte
enchanteur, toujours étonnant et peut-être
encore unique de fécondité.

Et si, de ce vœu, qu'il n'est pas impossible
de voir accompli, nous passions à une hypo-
thèse, qui peut à peine se réaliser dans l'imagination, nous voudrions que, d'après ce que l'on
connaît de lui, on s'arrêtât à imaginer ce qu'eût
été Lopé de Véga tenu en respect par l'*Année
littéraire*, ou conseillé par Despréaux.

Lopé de Véga, et ce que l'on a appelé le
siècle d'or de la littérature espagnole, sont venus
trop tôt.

Un grand monarque, long-temps la terreur et
la gloire de l'Europe, quittait le trône pour le
cloître; l'héritier de sa puissance colossale se déclare prêt à allumer le bûcher expiatoire,

fût-ce pour brûler son propre fils ; le fils qu'il épargna règne un rosaire à la main. Les poëtes s'occupèrent moins des lois d'Aristote que des décisions du concile : le génie de Lopé épuisa, pour ainsi dire, sa vigueur contre la reine hérétique d'Angleterre.

Nous avons indiqué comment c'était aux dépens de la société et de l'humanité que donnaient cours à leur énergie des hommes fougueux, obligés à une double abnégation vis-à-vis des deux puissances ; de même des esprits élevés, des âmes actives, qui voyaient barrés les chemins de la pensée, se jetaient dans les erreurs ou dans les frivolités de l'imagination, au détriment des lettres et de l'art.

L'avénement d'un prince ami des Muses, qui répandit autour de lui une aménité inconnue, les flatta d'un espoir qui ne pouvait plus se réaliser. Les impressions des règnes précédens traversèrent le sien pour produire leurs plus tristes effets sous son infortuné successeur : et ce malheureux Charles II, qui se fait exorciser tous les

jours, laissera au prince français le trône des
Espagnes encore obsédé de démons mélanco-
liques. Même du vivant de Philippe IV, ses
goûts rians et l'éclat de sa cour, qui survécut à
celui de ses armes, influèrent peu sur les dispositions sévères et ascétiques communiquées à la
nation; et, revenant à notre poëte, mort sous ce
monarque, on sait que, malade septuagénaire, il
ne se départit ni du jeûne ni de la discipline :
la sainteté de ses pratiques fut exaltée autant
que ses talens dans les oraisons funèbres pro-
noncées sur sa tombe.

Ce fut la munificence du duc de Sesa, exécu-
teur testamentaire du poëte, qui ordonna ses
funérailles, les plus magnifiques que l'on eût
vues jusqu'alors : le duc lui-même, entouré de
grands d'Espagne et d'autres seigneurs, marcha
à la tête du convoi. Les cérémonies religieuses,
qui recommencèrent à l'octave, durèrent trois
jours, accompagnées par la musique de la cha-
pelle royale, et relevées par toute la pompe du

culte : chaque jour un évêque différent officia
en habits pontificaux.

Lopé de Véga laissa la scène espagnole à
Calderon et à Moréto, et légua, dans ses œuvres, une riche succession aux théâtres de tous
les temps et de tous les pays.

« Si Lopé de Véga n'eût pas écrit, les chefs-
» d'œuvre de Corneille et de Racine n'eussent
» peut-être pas existé, et sans l'existence de ces
» compositions célèbres, le poëte castillan pour-
» rait être encore considéré comme l'un des
» meilleurs auteurs dramatiques de l'Europe. »

Voilà le sentiment qu'exprime, à la fin de son
traité critique sur notre grand écrivain, le noble lord souvent cité dans cette notice; sa con-
clusion est conçue en ces mots :

« C'est un acte de justice que de rendre hom-
» mage au souvenir des hommes dont les tra-
» vaux ont fait faire des progrès à la littéra-
» ture, et mis leurs successeurs à même de les
» effacer. Tel fut Lopé de Véga, jadis l'orgueil
» et la gloire des Espagnols, qui, dans leurs

» succès littéraires, ont éprouvé la même fata-
» lité que dans leurs opérations politiques, dé-
» couvrant des contrées, et ouvrant des mines
» au profit de leurs rivaux, et pour enrichir
» toutes les nations de l'Europe, excepté la
» leur. »

HYLAS.

IDYLLE.

ARBRISSEAU transplanté d'une rive étrangère,
Près du Manzanarès, une jeune bergère,
Qui du rapide Hénare embellissait le cours,
Pleine d'attraits riants traîne de tristes jours.
Fléau de son bonheur et tyran de sa vie,
Le maître de sa foi, qui la tient asservie,
De la forêt sauvage et des rocs sourcilleux
Retrace l'âpreté sur son front orgueilleux.

Il est une fontaine où paraissent éclore
Les premières clartés de la naissante aurore :
Un bois s'élève auprès ; des folâtres oiseaux
Là s'unit le ramage au murmure des eaux,
Et là, du tendre Hylas, malheureux et fidèle,
La plainte se marie au chant de Philomèle.
« O ma douce Nida, belle, comme au matin
» Le lis aux graines d'or, aux feuilles de satin,
» Quelle erreur, quel pouvoir, quelle aveugle promesse
» A des jours sans bonheur condamne ta jeunesse ?
» Toi malheureuse ! Eh quoi ! dois-je en être étonné ?
» A tant d'appas le sort n'a jamais pardonné.

» Nymphes , l'avez-vous vue errer sur la pelouse ;
» S'il se peut qu'une loi malveillante et jalouse
» A tous regards humains ne la dérobe pas. »
— » Oui, berger, cette rive a fleuri sous ses pas ;
» Cette même fontaine a répété ses charmes :
» Mais bientôt le miroir fut terni par des larmes »
     Aimé de ce qu'il aime et forcé de souffrir,
L'amant découragé veut se laisser mourir :
Et déjà la douleur, dans son âme affaissée,
Triomphe, et va répondre à sa triste pensée ;
Il se sent défaillir ; il tombe sur les fleurs
Que ses yeux tant de fois arrosèrent de pleurs :
De ses yeux aussitôt la clarté se retire.
Les nymphes, apprenant que leur berger expire,
Accourent l'honorer, et parmi les sanglots,
Sur l'écorce d'un orme elles gravent ces mots :
« *Ici finit Hylas ses souffrances extrêmes :*
» *Bergers, il meurt d'amour : prenez garde à vous-mêmes.*»
     Près de lui tout à coup son amante apparaît ;
Des lèvres, que déjà la mort décolorait,
Se penchant éplorée, elle approche, et les touche
De l'œillet toujours frais qui parfume sa bouche :
Il renaît. Depuis lors bergères et bergers
Ont semblable secret pour semblables dangers.

AMARYLLIS.

———

Sur les bords où fleurit la féconde pensée,
Où l'Athène espagnole[1] à son docte lycée
Rattache le destin de cent noms glorieux ,
Et l'Hénare argenté se déroule orgueilleux ;
A côté des lauriers que le savoir moissonne ,
La beauté répandit des fleurs de sa couronne :
Là naquit mon idole , âme des chants d'amour ,
Des chants à qui sa gloire en promet à leur tour.
  Pour qu'aux heures du soir le jour brillât encore ,
Ou pour que le soleil ne fût que son aurore ,
Naquit Amaryllis , bergers , cet astre pur ,
Que Vénus envia de son trône d'azur.
Autant que le pouvait une simple mortelle ,
Dès sa première enfance Amaryllis fut belle :
Les jours où le midi doit briller plus riant ,
Un rayon plus serein prélude à l'orient.
Elle apprit les égards , l'aimable déférence ,
Non les airs dédaigneux , non la vaine assurance ,

[1] Alcalá de Henares.

19*

Et toujours par la grâce adoucit la fierté,
Que la nature même imprime à la beauté.

Quinze fois le soleil autour des parallèles
Avait dévidé l'or de ses clartés fidèles,
Quand les astres soumis à son vivant flambeau
Versèrent le malheur sur l'objet le plus beau;
Non qu'ils enchaînent l'homme à des lois absolues,
Mais il cède aisément aux lois qu'ils ont voulues.

Pour voir d'Amaryllis les célèbres attraits,
Descendit dans nos champs, de ses âpres forêts,
Ricardo, laboureur, nourri dans les montagnes
Qui sauvèrent Pélage et l'honneur des Espagnes.

Indigne de sa main, il l'obtint, mais le cœur
Méconnut, à l'autel, un sauvage vainqueur.
Ah! cette nuit, qu'en vain combattirent des larmes,
Sur le seuil de l'Hymen l'Amour brisa ses armes
Et sa mère s'enfuit; les Grâces, sur ses pas,
Retirèrent leur charme à de divins appas;
La pudeur les couvrit du voile le plus sombre;
L'âme entière y manquait: ils n'offrirent qu'une ombre.

Amaryllis bientôt n'est plus Amaryllis;
Elle vit dans ses pleurs; mais, encore embellis,
Ses charmes étonnans tirent de la tristesse
Un prestige de plus où le cœur s'intéresse.

L'Amour, aux jeux de Mars adaptant les vergers,

Arrangea parmi nous des joutes de bergers :
Il promettait des prix; mais déjà les costumes,
Dans le nombre des nœuds, dans la teinte des plumes,
Proclamaient des faveurs, et l'emblème indiscret
Souvent, dans une fleur, trahissait un secret.
A présider la fête, à bon droit, on convie
La beauté des beautés, à qui cède l'envie;
Elle y vint : son sourire apprenait ses ennuis.
Moins fraîche, cependant, sort de l'ombre des nuits
La rose que sa robe enveloppait la veille;
Moins noble est du pavot la couronne vermeille;
Elle ravit mon cœur : j'essaie à lui parler;
Je me trouve interdit, et ne puis qu'appeler
Au secours de mes sens tous les dieux, Vénus même.
Autant qu'il m'est donné, je fuis le mal que j'aime;
C'est en vain : par la glu sur la branche arrêté,
Tel veut le faible oiseau ravoir sa liberté,
Et plus il se débat, plus son aile l'engage :
Le trait par mon effort s'enfonce davantage.
Mes yeux, libres du moins.... Non, ils ne l'étaient pas :
Ils restent comme l'âme attachés à ses pas.

Plutôt de ces guérets je vous dirais les gerbes,
Plutôt de ce vallon je vous dirais les herbes,
Plutôt, jeunes bergers, je vous dirais encor
Combien les flots du Tage ont de parcelles d'or,

Que mes nombreux tourmens jusqu'au jour où ma flamme
A , sans m'ouvrir ses bras, pénétré dans son âme.

　Parfois un accident, les hasards d'un chemin ,
A ma main empressée abandonnaient sa main ,
Et je croyais tenir le sceptre de l'empire :
Souvent sa douce voix accompagnait ma lyre ,
Et je croyais, surpris du bonheur de mes sens ,
Qu'Orphée aux chants d'Ovide accordait ses accens.

　Je vivais presque heureux ; j'acceptais ma souffrance
D'un meilleur avenir tout m'ôtait l'espérance ;
Ce fut la mort... la mort ! qui, secourable un jour ,
Brisant d'affreux liens , seconda mon amour.

　Celui qui connaîtrait mes angoisses passées
Concevrait le bonheur qui les a remplacées ;
Celui-là seulement mérite un sort si doux
Qui d'un sort si cruel a subi le courroux.

　A l'envi, les bergers du Tage et du Xarame
Venaient de ses transports féliciter mon âme :
Plus d'un chant les porta jusqu'au sacré vallon.
Moi, je m'imaginais régner sur l'aquilon :
Je croyais qu'il disait, je croyais que les plaines ,
Et les monts et les bois , les fleurs et les fontaines
Répétaient : « Vive Hylas, l'époux d'Amaryllis ! »
D'elle, de mon amour, tous mes instans remplis ,
Un jour je m'admirais ; ô méprise insensée !

C'étaient ses traits chéris que voyait ma pensée.

Rien dans la vie, hélas ! n'est stable : il faut la mort
Pour savoir ce dont l'homme est redevable au Sort :
Envers moi jusqu'au bout également extrême,
Il va dans ses retours se surpasser lui-même.

J'avais, bien jeune encore, aimé, si toutefois
Je puis du nom d'amour qualifier mon choix,
J'avais aimé, disais-je, une fille assez belle,
Mais frivole, et n'ayant que sa beauté pour elle.
Son cœur changea : moi-même aux nœuds qu'elle rompit
Je renonçai sans peine : elle en eut du dépit,
Et, changeant de nouveau, sa vanité blessée
De m'engager encore en vain s'est efforcée :
Eût-elle mis en jeu des dons plus accomplis,
Mes yeux avaient trouvé les yeux d'Amaryllis.

Mais Fabia cruelle, avide de vengeance,
Au jour de mon bonheur ne vit que son offense :
Une femme est terrible en voulant se venger !
Elle apprit des secrets d'un hideux étranger,
Qui savait sur la lune imprimer des images,
Et parler aux démons que maîtrisaient les mages.
C'est contre Amaryllis qu'ils dirigent leurs traits ;
En elle Fabia hait surtout ses attraits :
Le maléfice affreux, pour victoire première,
Aux yeux que j'adorais éteignit la lumière.

Quand je vis s'éclipser ces soleils de l'amour ,

Dans leur ciel azuré pâlir l'astre du jour ;

Lorsque virent mes yeux ces purs flambeaux s'éteindre,

Qui de nous deux , hélas! demeura plus à plaindre ?

Immense affliction ! déchirantes douleurs !

Puis-je vous rappeler, sans m'inonder de pleurs ?

 Mais la beauté restait à ces orbes sans vie :

Ils attiraient toujours la vue encor ravie,

Et captivaient les sens ignorant leur effet.

 Ah ! d'un nouveau malheur et d'un plus grand forfait

Faut-il, bergers heureux , que je vous entretienne ?

Plus haut porta ses coups la noire magicienne :

C'est au flambeau de l'âme , à la noble raison

Que s'attache acharné l'invisible poison.

Comment moi-même alors ne l'ai-je point perdue !

L'Amour la garantit : à sa gloire était due

Cette merveille en moi, pour mieux faire éclater

Un sentiment que rien ne devait rebuter :

Oui , j'adorai l'infirme, et l'aveugle, et la folle.

Quoi! cet ange des cieux, dont la douce parole

Rendait la paix au cœur , calmait les élémens,

Devait les déchirer de plaintifs hurlemens !

Pythonisse en fureur, Ménade échevelée,

Affliger de ses pas les monts et la vallée !

Ou montrer, immobile, au limpide ruisseau

Un marbre inanimé, chef-d'œuvre du ciseau !
  Les zéphirs qui jadis la flattaient au bocage,
Les oiseaux que charmait sa voix, l'onde du Tage,
Dont ses pieds décidaient le détour complaisant,
Rien ne l'écoute plus, tout la fuit à présent :
Seul, toujours je l'écoute, et près d'elle m'empresse,
De tout ce qu'elle souffre augmentant ma tendresse.

  D'infatigables soins enfin touchent les cieux :
Leur lumière ranime et son âme et ses yeux;
C'est alors, à travers l'ivresse où je me noie,
Que la raison faillit succomber à la joie.

  La joie ! hôte d'un jour, Zéphyre passager,
Sans cesse désireux du climat étranger,
Qu'elle nous resta peu ! Quatre mois ont à peine
De nos longues douleurs interrompu la chaîne,
Qu'un soir, d'Amaryllis l'accent délicieux
Donne un ton plus touchant à ses tendres adieux :
On eût dit un départ à l'aurore nouvelle.
Me prenant par la main, « Cher époux, » me dit-elle,
» Hylas, puisse le ciel récompenser un jour
» Tout ce qu'a fait pour moi ton admirable amour,
» Tes soins si prévenans, ton amitié si bonne ! »
« Pourquoi ce triste adieu ? » répondis-je; « il m'étonne,
» Mon âme : quel sujet te chagrine aujourd'hui ? »
« Je te quitte toujours avec le même ennui, »

Répliqua-t-elle : « adieu, chér Hylas : » et des larmes
Trahissent plus encor de secrètes alarmes.
« Ah ! parle ; » m'écriai-je ! « ô mon âme ? qu'as-tu ? »
Ses pleurs répondent seuls. Inquiet, abattu,
Dans cette affreuse nuit, du sommeil secourable
Je n'obtiens qu'une angoisse, un fardeau qui m'accable.
Lorsqu'à demi vêtue et les cheveux épars,
Les lèvres sans couleur, l'effroi dans les regards,
Telle que son image obsède encor ma vue,
Lisa, d'Amaryllis la compagne assidue,
M'éveille de ces cris : « Hylas, elle se meurt :
» Ton épouse t'appelle : Hylas, elle se meurt.... »
« Non, » criai-je égaré, « tout mon être en repousse
» L'affreuse idée : » et là, de l'horrible secousse,
Je sens trembler mon corps, mes cheveux se dresser,
Mes membres se roidir, tout mon sang se glacer...
    Bientôt d'autres accens, hélas ! trop véridiques,
M'auront instruit : je vois les pâles domestiques
Sortir, courir, pleurer : j'arrive ; ô mes amis !
Ce récit douloureux comment m'est-il permis ?
Quoi ! je ne mourus point ! quoi ! je respire encore !
Je vois les derniers feux de la plus belle aurore :
Miracle sur la terre, aux portes du trépas,
Sa céleste beauté ne l'abandonnait pas.
    Ma vie, en mes sanglots, vers son âme s'élance ;

Mais sa bouche s'entrouvre : un instant je balance :
« Espérons : elle vit, elle va me parler. »
Dieux ! elle n'était plus. Ah ! tu voulus sceller
Par un suprême soin ta tendresse excessive,
Cruelle, en m'abusant, hélas ! pour que je vive.

   Elle n'est plus : la glace a saisi cette main
Qui versa sur mes jours un bonheur plus qu'humain.
Pleurez, arbres des bois, pleurez, fleurs des prairies,
Gazons qu'elle effleurait, plantes qu'elle a chéries :
Pleurez, Nature, Amour, tout ce qui peut aimer ;
Pleure aussi, roc aride, elle eût su te charmer.

   Plutôt reculeraient, refoulés vers leur source,
Les flots dont le ravage au loin marque la course,
O mon Amaryllis, qu'aucun terrestre effort
N'arrêterait les pleurs que je donne à ta mort.
Je veux (j'en jure ici le nœud de notre vie)
Repousser tout plaisir, tout repos, toute envie,
N'espérer de nouveau qu'enfin m'unir à toi,
Jusqu'au jour où la mort prendra pitié de moi.

MORCEAU EN STYLE DU JOUR.

Écoute, Fabio : le torrent eut la force
De surmonter le roc enfanté dans ses flancs :
O fureur! Lorsqu'Atlas à des flots turbulens
A dérobé les cieux supportés par son torse....
En vain cache Phébus, en des rayons tremblans,
De l'oublieux Léthé l'imaginaire amorce :
Me comprends-tu? — Parbleu, si je comprends. — Eh bien
C'est heureux, car, pour moi, je n'y comprenais rien.

LISARDO.

ESTANCIAS.

Riberas del humilde Manzanares
Apacentaba una Pastora hermosa,
Que trasladada del famoso Henares,
Honraba su corriente sonorosa :
Donde con voces tiernas y dispares
Se queja Filomena lastimosa ,
Hay una fuente cristalina y fria
En cuyo espejo el sol comienza el dia.

Tirano de su gusto y hermosura ,
Un rústico Pastor era su dueño,
Que toda la aspereza y espesura
Del bosque inculto retrató su ceño :
Al rayo de su luz hermosa y pura
Desvelado Lisardo pierde el sueño,
Celebrando su nombre en versos graves,
Como al salir del sol cantan las aves.

« ¡ O mas hermosa , Pastorcilla mia ,
» Que entre claveles cándida azucena
» Abre las hojas al nacer el dia ,
» De granos de oro y de cristales llena !
» ¿ Qué fuerza, qué rigor , qué tirania
» A tanta desventura te condena ?
» ¿ Mas quàndo , a tantas gracias importuna ,
» No fué mandrastra la cruel fortuna ?

« Visteis, por dicha , ninfas , la belleza
» En este valle de sus verdes cielos ,
» Si aquel alma de roble, y su aspereza
» Esta licencia permitió á sus zelos ? »
« Aqui vimos (responden) su tristeza
» Murmurada de tantos arroyuelos ,
» Que à las aguas , las plantas y las flores
» Dió vida, dió esperanzas , dió colores.

» En esta fuente , cuya márgen pisa
» Tal vez con breve estampa el pié de nieve ,
» En la del agua retrató su risa ,
» Y con sus rosas su hermosura bebe :
» Tuviera el valle nueva flor narcisa ,
» Pues á mirarse Fílida se atreve ;
» Pero turbò el cristal, llorando enojos ,
» El claro aljófar de sus verdes ojos. »

No pudiendo Lisardo resistirse
A tanto amor, y por ventura amado,
Con dulces ansias intentó morirse
Sobre las hierbas del florido prado :
Que imaginando un ángel consumirse,
Que debiera vivir bien empleado,
Por lo menos gozándola un discreto,
Su desesperacion puso en efeto.

Las ninfas y pastores, que le oyeron,
Viendo que su pastor se les moria,
Bajaron á llorarle, y le cubrieron
De quantas flores en el prado habia;
Y en el papél de un álamo escribieron,
Para memoria de aquel triste dia :
Ninfas de Manzanares, y Pastores,
Ya no hay amor, que aqui murió de amores.

Oyó las quejas la serrana hermosa,
Y llegando al lugar adonde estaba,
A frio labio le aplicó la rosa,
Que los divinos suyos animaba;
Y fué aquella virtud tan poderosa
Que le dió vida al tiempo que espiraba;
Y desde entonces ninfas y pastores
A desmayos de amor aplican flores.

AMARILIS.

Adonde el claro Henares se desata
En blando aljófar (nuevo amante Alféo),
Atenas Española se retrata,
Fértil de sabios en mayor licéo :
Alamos blancos, que de verde y plata
Viste el abríl con lúbrico rodeo,
Ciñen sus canas entre peces y ovas,
Estrados de sus húmidas alcobas.

En esta parte pues, adonde el cielo
Tanta ciencia infundió como mas pura
Oposicion de su celeste velo,
Sus ciencias igualó con la hermosura :
Nació mi luz, y el inmortal desvelo
Del alma de mi pluma, que segura
Caminaba á la fama en su alabanza :
Tal premio un estudioso amor alcanza.

A competir la luz, que el sol reparte
Nació, pastores, Amarílis bella,
Para que hubiese sol quando él se parte,
O fuese el mismo sol aurora de ella
Benévola miró Venus á Marte,
Sin luz opuesta de contraria estrella;
Pero la envidia (si en el cielo cupo)
Turbó su claridad quando lo supo.

Crióse hermosa quanto ser podia
En la primera edad belleza humana;
Porqué quando ha de ser alegre el dia,
Ya tiene sus albricias la mañana :
Aprendió gentileza y cortesia,
No soberbio desden, no pompa vana;
Venciendo con prudente compostura
La arrogancia que engendra la hermosura.

Trece veces el sol en la dorada
Esfera devanó los paralelos,
Por cuya senda cándida, esmaltada
De auroras, baña en luz tierras y cielos;
Quando á ser hermosura desdichada
La destinaron, por sus claros velos,
Quantos aspectos hay infortunados,
Quanto mas resistidos mas ayrados.

20.

No porque tengan fuerza las estrellas
Contra la libertad del alvedrio;
Mas porque al bien, ó al mal inclinan ellas,
Y no ponemos fuerza en su desvío:
Por vér las partes de Amarílis bellas
A los campos bajó de nuestro rio
Ricardo, un labrador de la montaña
Que fue defensa del honor de España.

Rudo y indigno de su mano hermosa,
A pocos dias mereció su mano,
No el alma, que negó la fé de esposa,
En cuyo altar le confesó tirano.
Aquella noche infausta y temerosa,
Con tierno llanto resistida en vano,
En triste auspicio del funeste empleo,
Mató el hacha nupcial triste Himenéo.

Las Gracias asistieron, roto el lazo,
Que en triangular firmeza las añuda:
La madre del Amor, sin darle abrazo,
La paz del matrimonio puso en duda:
Llegado el tiempo al amoroso plazo,
Con vergonzosa nube, la desnuda
Fuerza cubrió, que aunque muger la nombra,
Faltaba el alma, y abrazó la sombra.

Desde este dia fué Amarílis llanto,
No fué Amarílis: su mortal tristeza
Aumentó su hermosura, con espanto
Del orden que le dió Naturaleza:
Bajaba de la noche el negro manto,
Y era nacar de perlas su belleza:
Llorábalas el alba en sus despojos,
Y eran racimos de cristal sus ojos.

En un jardin se celebraba un dia
De gallardos pastores un tornéo
Donde el Amor á Marte competia,
Y daba la virtud premio al deseo:
Las letras escribió la fantasia,
Intérpretes ocultos de su empleo,
Hallando el accidende en los favores
De las galas y plumas los colores.

Aqui Amarílis presidió, hermosura
Entre quantas vinieron á la fiesta,
Como envidiada, de envidiar segura,
Fingiendo risa, dulcemente honesta:
Como sale, despues de noche escura,
La pura rosa en el boton compuesta
De aquel pomposo purpurante adorno,
De verdes rayos coronada entorno,

O como, al nuevo sol, la dormidera
Desata el nudo al desplegar las hojas,
Formando aquella hermosa y varia esfera,
Ya cándidas, ya nácares, ya rojas :
Asi me pareció, y asi quisiera
Decirle con la lengua mis congojas ;
Mas quisieron los ojos atrevidos
Anticiparse á todos los sentidos.

En vano entonces las deidades llamo,
Aunque de Venus el favor persuma :
Qual pájaro se queja del reclamo,
Despues que el árbol le prendió la pluma ;
Que en la liga tenáz y el firme ramo
Se prende mas, se enlaza y se despluma :
Porque las alas que volar previenen,
Pensando que le sueltan, le detienen ;

Asi mis ojos libertad buscaban
De la nueva prision en que se vian,
Pues por librarse de mirar, miraban ;
Y pensando salir, se detenian :
Quando las alas de Icaro abrasaban
Rayos del sol, la cera derretian,
Y este regalo (cuyo egemplo sigo)
Pensaba que era amor, y era castigo.

Mas fácil cosa fuera referiros

Las varias flores de esta selva amena,

O las ondas del Tajo, en cuyos giros,

Envuelto en su cristal, besa la arena,

Que las ansias, temores y suspiro

De la esperanza de mi dulce pena;

Hasta que yá, despues de largos plazos,

Gané la voluntad, que no los brazos.

Su mano, alguna vez que la fortuna

Estaba de buen gusto, me fiaba,

Con que pensaba yo, que de la luna

La humilde mia posesion tomaba;

Con dulce voz (que no igualó ninguna)

Mis animosos versos animaba,

Que en ella presumí, y aun hoy lo creo,

Que eran de Ovidio y los cantaba Orféo.

Contento de esta vida, y ya perdida

La esperanza de verla mas dichosa,

La dura muerte mejoró mi vida :

Que alguna vez la muerte fue piadosa :

Mató la de Ricardo aborrecida,

Sacando de este Argel su indigna esposa;

Y mi deseo, que su fin alcanza,

Naciendo posesion, murió esperanza.

Qué vida fuese la dichosa mia ,
De la pasada os diga la aspereza ,
Porque no mereció tanta alegria
Quien antes no pasó tanta tristeza :
¡ O quantas veces me enojaba el dia ,
Sacando de mis brazos su belleza :
Y quantas veces le quisiera eterno
Por largas noches el oscuro hibierno !

El parabien me daban los pastores
Del Tajo , Manzanares , y Xarama ,
Refiriendo en sus fiestas mis amores ,
Aquellos que á Helicon fueron por fama :
Parecíame á mí que hasta las flores ,
Que riza el prado sobre verde lama ,
« Viva el constante Elisio » me decian ,
Que duplicados ecos repetian.

Lo mismo el valle humilde, el arrogante
Monte aplaudir en alta voz pretende :
Qual suele el vulgo bárbaro arrogante
Con *victor* celebrar lo que no entiende.
Si en las fuentes miraba mi semblante
Quando encendido el sol velos desprende,
Me parecia hermoso ; qué locura !
Y era que imaginaba en su hermosura.

Mas como en esta vida no hay alguna
Que se pueda alabar hasta la muerte,
Y con tantos egemplos la fortuna
Su fácil inconstancia nos advierte,
Volvió su condicion tan importuna
Contra mi bien, que de la misma suerte
Que me le dió, me le quitó; y aun creo
Que fué mayor que el bien el mal que veo.

Habia yo querido en tiernos años
A una villana hermosa y ignorante,
Con poco amor : no sé si con engaños,
Pero no amaba yo á mi semejante.
Ausencia, que de casos tan estraños
Siempre es autora, y nunca fué constante,
Enseñóla á querer otro sugeto,
Fiando mis agravios al secreto.

Dejé con esto justamente à Fabia,
Que se quejaba, habiéndome ofendido,
Porque quien vuelve á amar á quien le agravia,
Poco tiene de honrado y bien nacido.
No fué de mi temor prevencion sabia
Buscar para su amor tan justo olvido :
Sobraba breve tiempo de por medio :
Que para poco amor poco remedio.

Bastaba para olvido solamente
Volver sus dulces ojos á mirarme
La divina Amarílis , accidente
Que pudo á un tiempo elarme y abrasarme
Tanto, que á ser posible que lo intente
Del alma que dí á Fabia desnudarme,
Le diera una alma nueva, á su despecho ;
Que no hubiera servido en otro pecho.

Mas Fabia, con deseo de venganza ,
(Duro animal es la muger con ella)
Mi vida , mi remedio, mi esperanza
Como caballo indómito atropella :
Por castigar mi súbita mudanza
Y con envidia de Amarílis bella ,
Corrió zelosa , y no miró arrogante
Quantos brillar aceros vió delante.

Enfin, con los hechizos que sabia ,
Y un pastor estrangero le enseñaba ,
Que en la luna carácteres ponia ,
Los espiritus fieros invocaba :
Las bellas luces donde yo me via ,
Y en los hermosos ojos respetaba
De Amarílis el sol , cegó de suerte
Que se pudo vengar de Amor la muerte.

Quando yo ví mis luces eclipsarse,
Quando yo ví mi sol oscurecerse,
Mis verdes esmeraldas enlutarse,
Y mis puras estrellas esconderse,
No puede mi desdicha ponderarse,
Ni mi grave dolor encarecerse,
Ni puede aqui sin lágrimas decirse,
Cómo se fué mi sol al despedirse.

Los ojos de los dos tanto sintieron,
Que no sé quáles más se lástimaron,
Los que en ella cegaron, ó en mí vieron;
Ni aun sabe el mismo Amor los que cegaron:
Aunque sola su luz oscurecieron,
Que en lo demas bellísimos quedaron,
Pareciendo al mirarlos que mentian,
Pues mataban de amor lo que no vian.

Pensaba yo, con esta, que no hubiera
Desdicha, que á la nuestra se igualára,
Quando Fabia cruel intenta fiera
Del alma oscurecer la lumbre clara:
Es el entendimiento la primera
Luz que la enciende y voz que la declara:
Es su vista y sus ojos, ¿pues qué intento
Mas fiero, que cegar su entendimiento!

Quando á Amarílis ví sin él , pastores ,
Pues que no le perdí , no os lo encarezca
Mis lágrimas , mis penas , mis dolores :
Pues no es razon que crédito merezca :
Egemplo puede ser mi amor de amores ,
Pues quiere Amor que mas se aumente y crezca ,
Que si en amar defectos se merece ,
Ese es amor , que en las desdichas crece.

¿ Quien creyera , que tanta mansedumbre
En tan súbita furia prorrumpiera ?
Pero faltando la una y la otra lumbre
De cuerpo y alma , ¿ qué otro bien se espera ?
Que en no habiendo razon , que el alma alumbre,
Ni vista al cuerpo en una y otra esfera ,
Solo pudo quedar lo que se nombra
De viviente mortal , cadáver sombra.

Aquella , que gallarda se prendia ,
Y de tan ricas galas se preciaba ,
Que á la aurora de espejo le servia ,
Y en la luz de sus ojos se tocaba ,
Furiosa los vestidos deshacia ,
Y otras veces estúpida imitaba
(El cuerpo en yelo , en éxtasis la mente)
Un bello mármol de escultor valiente.

Asi por nuestros montes discurria,
Hiriendo á voces los turbados vientos ,
Aquella , cuya voz , cuya harmonia
Cantando , suspendió los elementos :
Furiosa Pitonisa parecia
En los mismos furores, quando atentos
Esperaba de Febo las funestas ,
O alegres , siempre equívocas respuestas.

Las aves , campos , flores y arboledas ,
Que primero la oyeron , ripitiendo
Los ecos de su voz las altas ruedas
Por donde forma el Tajo dulce estruendo ,
Apenas pueden detenerse quedas ,
Como entonces oyendo , ahora huyendo :
Solo la escucho yo, solo la adoro ,
Y de lo que padece me enamoro.

Las diligencias finalmente fueron
Tantas , para curar ton fieros males ,
Que la vista del alma le volvieron
Que penetra los orbes celestiales :
Quando mis ojos Amarilis vieron ,
(Juzgando yo sus penas inmortales)
Con libre entendimiento , gusto y brío ,
Roguéle á Amor , que me dejase el mio.

Mas como el bien no dura , y en llegando
De su breve partida desengaña ,
Huesped de un dia , pájaro volando ,
Que pasa de la propia á tierra estraña :
No eran pasados bien dos meses , quando
Una noche , al salir de mi cabaña,
Se despidió de mí tan tiernamente
Como si fuera para estar ausente.

— « Elisio , caro amigo » me decia,
» Lo que has hecho por mí te pague el cielo
» Con tanto amor, lealtad y cortesía ,
» Fé limpia , verdad pura , honesto zelo. »
» — ¿ Que causa » dije yo « señora mia ,
» Qué accidente, qué intento , qué desvelo
» Te obliga á despedirte de esta suerte ,
» Si tengo de volver tan presto á verte ? »

— «Siempre con esta pena me desvío
» De tí » me respondió ; » ¿ Mas quién pensára
Que el alba de sus ojos en rocio
Tan tierno á media noche me bañára ?
» Adios, » dijo llorando: « Elisio mio : »
— «Espera, » respondi, «mi prenda cara : »
No pudo responder, que con el llanto,
Callando habló , mas nunca dijo tanto.

Yo triste, aquella noche infortunada,
Principio di mi mal, fin de mi vida,
Dormí con la memoria fatigada,
Si hay parte que del alma esté dormida,
Mas quando, de diamantes coronada,
En su carroza, de temor vestida,
Mandaba al sueño, que esparciese luego
Cuidado al vicio, á la virtud sosiego,

Suelto el caballo, desgreñado y yerto,
Medio desnuda Lícida me nombra,
Pastora de Amarílis : yo despierto,
Y pienso que és de mi cuidado sombra :
Si á pintaros à Lícida ne acierto,
No os espanteis, porque aun aqui me asombra.
« Tú bien se muere (dijo) : Elisio advierte,
» Que está tu vida en brazos de la muerte. »

« —No puede ser (le dije) pues yo vivo. »
Y mal vestido parto á su cabaña :
Pastores, perdonad, si el exesivo
Dolor en tiernas lágrimas me baña :
Apenas el estruendo compasivo,
Y el dudoso temor me desengaña,
Quando me puso un miedo en cada pelo
El triste horror, y en cada poro un yelo.

En no menos rigor turbados miro
De Amarílis pastoras y vaqueros;
Y ella espirando : ¡ ay Dios! ¿ como no espiro
Osando referir males tan fieros ?
Estaban en el último suspiro
Aquellos dos clarísimos luceros;
Mas sin faltar , hasta morir hermosa ,
Nieve al jazmin y púrpura á la rosa.

Llégo á la cama , la color perdida ,
Y en la arteria vocal la voz suspensa :
Que apenas pude vér restituida
Por la grandeza de la pena inmensa :
Pensé morir, viendo morir mia vida ;
Pero mientras salir el alma piensa ,
Ví que las hojas del clavel movia ,
Y detúbose á ver que me decia.

Mas ¡ ay de mí! que fue para engañarme ,
Para morirse sin que yo muriese ,
Ó para no tener culpa en matarme ,
Porque aun alli su amor se conociese ;
Tomé su mano en fin para esforzarme ;
Mas como ya dos veces nieve fuese ,
Templó en mi boca aquel ardiente fuego ;
Y en un golfo de lágrimas me anego.

Salgo de allí, con erizado espanto,
Corriendo el valle, el soto, el prado, el monte ;
Dando materia de dolor á quanto
Ya madrugaba el sol por su orizonte :
« Pastores, aves, fieras, haced llanto :
» Ninguno de las selvas se remonte. »
(Iba diciendo) y á mi voz turbados,
Secábanse las fuentes y los prados.

No quedó sin sin llorar pájaro en nido,
Pez en el agua, ni en el monte fiera,
Flor que á su pié debiese haber nacido,
Quando fué de sus prados primavera :
Lloró quanto es amor : hasta el olvido
A amar volvió, porque llorar pudiera ;
Y es la locura de mi amor tan fuerte,
Que pienso que lloró tambien la muerte.

Podrán volver atrás quantas corrientes
Al mar conducen caudalosos rios,
Quando con mas furor derriban puentes,
Vistiendo de ovas árboles sombrios,
¡ O Amarílis ! primero que las fuentes,
Que precipita de los ojos mios
Aquel justo dolor, que de tu ausencia
Hace al partirse el alma competencia.

Por la fé que te dí, que no haya cosa
Que me alegre jamás, ni me entretenga,
Hasta que de esta vida trabajosa
Tu Elísio, y tu pastor descanso tenga.
Tú, mi señora, en tanto en paz reposa
Que espíritu inmortal á verte venga :
Porque no puedo yo volver á verte,
Si no tiene de mí piedad la muerte.

SONETO EN CULTO.

—

CEDIENDO á mi descrédito anhelante,
La mesticia que tengo me defrauda;
Y aunque el favor lacónico me aplauda,
Preces indico al celestial turbante.

Obstento al móvil un mentido Atlante:
Húrtome al Léte en la corriente rauda,
Y al candor de mi sol, eclipse en cauda,
Ajando voy mi vida naufragante.

Afecto aplausos de mi intonso agravio,
En mi valor brillante, aunque tremendo,
Livando intercalár gémino labio:

¿ Entiendes, Fabio, lo que voy diciendo?
— ¡ Y cómo si lo entiendo! — Mientes, Fabio:
Que yo soy quien lo digo, y no lo entiendo.

—————

21.

LUPERCE

ET BARTHÉLEMY D'ARGENSOLA.

———

La renommée ne sépare point les deux frères aragonais, poëtes fameux, chez lesquels caractère, talent, instruction, style, tout, hormis la carrière civile, fut pareil, et que la mort seule sépara. Il reçurent le jour de Jean Léonard, originaire de Ravenne, secrétaire de l'empereur Maximilien, et de Doña Alphonsine d'Argensola, dont le nom espagnol leur est resté. Ils naquirent à Barbastro, les années 1565 et 1566, firent leurs premières études à l'université de Huesca, et les perfectionnèrent à Barcelone, sous le fameux dialecticien André Scoto, professeur d'éloquence et de langue grecque.

L'aîné, Lupercio, fut secrétaire de l'impératrice Marie d'Autriche, gentilhomme de la chambre de l'archiduc Albert, et historiographe de S. M. C.

pour la couronne d'Aragon. Il mourut à Naples
en 1613, secrétaire d'état de la vice-royauté,
sous le vice-roi comte de Lémos. Il avait été
appelé à cet emploi éminent et grave à l'âge de
35 ans; avant sa 21e. année, il avait composé
ses trois tragédies, *Isabelle*, *Phyllis* et *Alexan-
drine*. Il fut marié à Doña Marianne d'Albion,
et en eut un fils, Don Gabriel Léonard d'Albion, éditeur des œuvres de son père et de son
oncle.

Barthélemy Léonard entra dans les ordres,
fut chapelain de la même impératrice veuve,
fille de Charles-Quint, retirée dans un couvent
de la capitale. Il accompagna son frère à Naples, en revint après sa mort, reprit la vie philosophique, que lui avait fait abandonner l'a-
mour fraternel, et mourut à Taragone en 1631. Il
avait été aussi historiographe d'Aragon; on doit
à sa plume la continuation des Annales de Zu-
rita, et une Histoire de la conquête des Molu-
ques, écrite en 1609, d'après le désir du puissant
Mécènes des deux frères, le comte de Lémos,

à cette époque président du conseil des Indes.

Les deux Argensolas exercèrent une espèce de magistrature sur leurs contemporains. Leur érudition, la sévérité de leur morale, peut-être aussi la protection du comte de Lémos, secondèrent en cela leur talent poétique. Leur mérite fut reconnu par des éloges sans nombre. Ils ont excellé dans l'épître, et obtenu le titre d'Horaces espagnols.

Un écrivain, dont il nous arrivera rarement d'attaquer les idées ni comme poëte, ni comme critique, Don Manuel Quintana, a combattu avec une sévérité que nous croyons devoir réfuter, cette concession d'un titre qu'il prend trop à la lettre. La vivacité, la variété, la concision, la philosophie, l'aimable abandon, la grâce, l'urbanité qui charment et désolent dans le modèle, nul doute que les Argensolas n'en soient bien loin. Le sont-ils autant que l'atmosphère de Philippe II le fut de celle d'Auguste? Du reste, quel est celui de nos poëtes qui en a approché au même point? On ne doit apprécier

que relativement de pareilles qualifications que
chaque littérature confère dans son sein. C'est
ainsi que Pope a été appelé l'Homère anglais,
que Lord Byron écrivait à Anacréon-Moore, et
que l'on a dit en France, par un rapprochement plaisamment aimable, l'abbé Virgile. Si
l'on agrandit encore le cercle de la lice, on ne
doit juger de même qu'entre concurrens; et lorsque, reprochant à Molière quelques bigarrures,
Boileau prononce que, sans elles, l'auteur du
Misanthrope eût remporté le prix de son art,
Voltaire demande, avec raison, à qui le donner.
Revenant donc à nos Argensolas, nous con-
cluons qu'ils garderont sans injustice le nom
d'Horaces espagnols, jusqu'à ce qu'un autre
poëte espagnol y ait plus de droits. Quant à celui
de Properce, ajouté par Lopé de Véga dans son
Laurier d'Apollon, on doit y voir seulement
une rime riche au nom de Luperce, qui s'est
trouvée sous la plume de notre poëte expéditif.

On accorde aux Argensolas la finesse, l'élégance, la facilité, la clarté, la correction, la

convenance, toute la philosophie que nous pou-
vions en attendre, et une pureté de langage qui
a fait dire à Cervantes que ces Aragonais étaient
venus en Castille donner des leçons de castillan.

Les sonnets les plus fameux de notre Parnasse étant d'eux, c'est par là, aussi-bien que
par une pièce philosphique, que nous avons cru
devoir les faire connaître. Ici, et partout ailleurs,
si nos lecteurs ne trouvent point que les échantillons offerts répondent aux opinions émises sur
nos auteurs, ils comprendront bien sans doute
qu'ils ne doivent accuser que la traduction.

Il n'y aura pas toutefois de notre faute, si
notre deuxième sonnet de Lupercio paraît man-
quer de proportion entre ses parties : ce reproche a été fait à l'original dont on a admiré sépa-
rément la belle description que développent les
onze premiers vers, et le trait que renferme le
dernier : la pensée morale où l'auteur voulait
en venir eût produit son effet tout aussi bien
avec une préparation moins étendue.

Le discours de Barthélemy a cela de remarquable que les sentimens désintéressés dont le poëte y fait profession, se montrèrent dans sa conduite aussi-bien que dans ses vers; et en dédaignant les faveurs du pouvoir, ce n'était pas à des succès au-dessus de sa portée que renonçait l'ami du vice-roi de Naples, et frère de son premier ministre. Nous avons abrégé cette pièce qu'un recueil moderne offre aussi par fragmens; car la liberté dont nous usons envers nos auteurs pour les produire à l'étranger a été déjà mise en usage dans les collections nationales, et cela quoique l'économie rhythmique du texte se trouve souvent dénaturée par les omissions.

SONNET.

Porte ailleurs, ô sommeil, image de la mort,
De tes songes menteurs le prestige bisarre :
Cruel, ne me dis plus que le ciel me sépare
De l'objet adoré, seul appui de mon sort.

Sur sa pourpre de Tyr, si jamais il y dort,
Tourmente le repos du despote barbare,
Ou d'un froid tremblement va fatiguer l'avare,
Dans son lit rétréci tenant son coffre-fort.

Que l'un ait vu forcer par le peuple en furie
Et ses portes d'airain et sa garde aguerrie,
Ou l'esclave tirant un poignard suborné ;

Que l'autre, par surprise, à la merci des armes,
Pour défendre son or se débatte obstiné :
Mais épargne à l'amour ces injustes alarmes.

SONNET.

—

L'automne a desséché les pampres qu'il entraîne;
Du signe pluvial redoublent les efforts;
L'Èbre s'irrite enfin de ses ponts, de ses bords,
Et, superbe vainqueur, s'empare de la plaine.

Montrant les pics blanchis à la rive lointaine,
La neige a de Mont-Caye envahi les abords,
Et le soleil dans l'ombre engloutit ses trésors,
Quand du pâle horizon il s'élevait à peine.

Les champs et le rivage étalent des débris;
L'inclémence des airs repeuple les abris
Du port majestueux et de l'humble cabane;

Cependant qu'Alidor, à sa honte assidu,
Baigne d'indignes pleurs les foyers de Rosane :
Eh! que ne pleure-t-il le temps qu'il a perdu!

L'ILLUSION EXCUSABLE.

———

Je l'avoûrai, Don Jean, puisqu'il faut vous le dire :
Les lis et l'incarnat dont mes yeux sont épris
      Appartiennent à Donne Elvire,
En cela seulement qu'elle en paya le prix.

Mais convenez aussi qu'on n'a vu nulle fable
D'un si joli mensonge orner la fausseté,
Et qu'en vain chercherais-je une égale beauté
      Sur un visage véritable.

De mon illusion que l'on s'étonne peu;
Telle charme en trompant la Nature elle-même :
    Lève les yeux, et vois comme l'on aime
    Ce bleu du ciel qui n'est ni ciel ni bleu.

LE BONHEUR MAL APPRÉCIÉ.

—

Est-il un mariage où l'on ne soit lesé,
Surtout si dans la dot la beauté fut comprise ?
Article à priser mal aisé,
Qui, la veille enivrant, le lendemain dégrise.

Madame vous traite de vieux,
Ou pèche elle-même par l'âge :
Elle est ou coquette ou volage,
Ou bien quelque chose de mieux.

Rends grâce, Dorilas, à la folle Julie,
Qui de la plus grande folie
Te sauve en te manquant de foi ;

Tu pleures, connaissant celle qui nous occupe,
De ce qu'un autre fut sa dupe ?
Ami, tâche d'en rire, ou je rirai de toi.

LE CHAGRIN SANS REMÈDE.

Devant les traits flétris que lui rend son miroir,
Lise, belle jadis, s'écrie, au désespoir :
    « Forme enchanteresse et fragile
» De la commune, hélas! et périssable argile,
    » Beauté, que la commune loi
» Te condamne à mourir! mais à vieillir, pourquoi ? »

QUE LUI FAUT-IL?

Chez les femmes d'autrui que va chercher Damon ?
    Nous savons qu'il en possède une.
La sienne serait-elle ou trop blonde ou trop brune ?
Non—Est-elle trop maigre ou trop forte ?—Encor non.
  — Est-elle gauche ? — Un modèle de grâce.
    — Méchante ? — Un ange de bonté.
—Est-elle sotte, laide ? — Aucune ne surpasse
    Ni son esprit ni sa beauté.
— Lui dit-on que dans telle ou dans telle autre place
Il pourra trouver mieux ? — Ce serait le fâcher.
—Eh bien, que lui faut-t-il ? —Le tourment de chercher.

SONETO.

Imágen espantosa de la muerte ,
Sueño cruel , no turbes mas mi pecho ,
Mostrándome cortado el nudo estrecho ,
Consuelo solo de mi adversa suerte.

Busca de algun tirano el muro fuerte ,
De jaspe las paredes , de oro el techo ;
O al rico avaro , en el angosto lecho ,
Haz que temblando con sudor despierte.

El uno vea el popular tumulto
Romper con furia las herradas puertas ,
O al sobornado siervo el hierro oculto ;

El otro sus riquezas descubiertas ,
Con llave falsa , ó con violento insulto ;
Y déxale al amor sus glorias ciertas.

SONETO.

—

Llevó tras sí los pámpanos Octubre,
Y con las nuevas llúvias insolente
No sufre Ibero márgenes ni puente,
Mas antes los vecinos campos cubre.

Moncayo, como suele, ya descubre
Coronada de nieve la alta frente,
Y el sol apenas vemos en oriente
Quando la opaca sombra nos le cubre.

Sienten el mar y selvas ya la saña
Del aquilon, y encierra su bramido
Gente en el puerto, y gente en la cabaña :

Y Fabio, en el umbrál de Táis tendido,
Con vergonzosas lágrimas le baña,
Debiéndolas al tiempo que ha perdido.

Yo os quiero confesar, Don Juan, primero,
Que aquel blanco y carmin de Doña Elvira
No tiene de ella más, si bien se mira,
Quel el haberle costado su dinero.

Pero tambien que me confieses quiero
Que es tanta la beldad de su mentira,
Que en vano á competir con ella aspira
Belleza igual en rostro verdadero.

¿ Mas qué mucho que yo perdido ande
Por un engaño tal, pues que sabemos
Que nos engaña así Naturaleza ?

Porque ese cielo azul, que todos vemos ,
Ni es cielo, ni es azul. ¡ Lástima grande
Que no sea verdad tanta belleza!

<hr>

¿ Quién casamiento ha visto sin engaños,
Y mas si en dote cuentan la hermosura?
Cosa que hasta gozarla solo dura,
Y os deja al despertar con desengaños.

22.

O menos es la hacienda, ó mas los años :
Y al fin la que parece mas segura
No está sin una punta de locura,
Y á veces con remiendos de otros daños.

Mucho debes á Julia, Fabio amigo,
Que de tantos peligros te ha librado,
Con negarte la fé que te debia.

¿Tú de que engaña al otro eres testigo,
Y lloras no haver sido el engañado?
Ríete, sino quieres que me ria.

⸻⊙⊙⸻

·Viéndose en un fiel cristal
Ya antigua Lice, y que el arte
No hallaba en su rostro parte
Sin estrago natural ;
Dixo : hermosura mortal,
Pues que su orígen lo fué,
Aunque el mismo Amor le dé
Sus flechas para rendir,
Viva obligada á morir ;
Pero á envejecer ¿ porqué ?

⸻⊙⊙⸻

El que tiene muger moza y hermósa
¿ Qué busca en casa de muger agena?
¿ La suya es menos blanca? ¿ es mas morena?
¿ Es fria, floja, flaca? — No hay tal cosa.

— ¿ Es desgraciada? — Nó, sino graciosa.
— ¿ Es mala? — No por cierto, sino buena:
Es una Venus, és una Sirena,
Un fresco lirio, y una blanca rosa.

— ¿ Pues qué busca? ¿ dó vá? ¿ de dónde viene?
¿ Mejor que la que tiene piensa hallarla?
¿ Ha de ser su buscar en infinito?

— No busca él muger, que ya la tiene:
Busca el trabajo dulce de buscarla,
Que es el que enciende al hombre el apetito.

CONTRE LES DÉSIRS AMBITIEUX.

———

Voila donc les conseils que tu viens me donner,
Toi, ma Silphide, aussi! Je dois m'en étonner ;
Tu me connais : quel jour m'as-tu vu, tributaire
Du procureur avide, ou du pédant notaire,
Faire exiger un terme, ou racheter un cens,
Ou porter à Mercure un usuraire encens ?
De calculs, de procès, qu'un autre s'embarrasse ;
Qu'un autre sollicite ; à notre heureux Parnasse
On trouve à moissonner avec plus d'agrément :
Vous pouvez donc partir, ma chère.

                  — Doucement ;
Tu ne dois pas, mon cher, condamner sans entendre :
Te voilà calme, écoute : on est loin de prétendre
Qu'il te faille à la fraude appliquer ton esprit,
Pour faire dire aux lois ce que nul n'y comprit.
Vos profits sont à Rome : ai-je dit que tu partes,
Dût, paisible en ses flots autant que sur les cartes,
Le golfe de Narbonne inviter ton esquif ?
Que si maître Pandolphe au mode expéditif

Eut recours, et revient présider un chapitre,
Dieu sait des deux Simons lequel scella son titre.
Le Digeste t'ennuie, et les chiffres surtout
T'inspirent, je le sais, un éternel dégoût ;
Tout trafic te rendrait odieux à toi-même,
Aussi rien de pareil n'entre dans mon système :
Je cède à tes penchans ; avec tes grands amis,
Aristote et Tacite, il te sera permis
De converser souvent ; mais encor faut-il vivre.
Et, d'abord, trouves-tu si mal fait de poursuivre
Un débiteur retors, qui cherche le moyen
D'augmenter son bien-être, en dérangeant le tien ?
Si tu peux décemment te faire plus de rente,
Garde d'y renoncer : l'époque est différente
De ces jours où la soif s'en tenait à son eau,
Et, plus tard, la sagesse habitait un tonneau :
Maintenant, fruit vermeil qui réjouis l'automne,
Ce n'est que de ton jus que se remplit la tonne.
Notre philosophie, aujourd'hui, chez les grands
S'en va faire admirer des dédains apparens ;
Et loin de rejeter les faveurs d'Alexandre,
Ce sont piéges adroits qu'elle cherche à leur tendre
    Toi, désire marcher dans un juste milieu :
Pèse, en te rappelant deux sœurs qu'aimait un Dieu,
Le système de Marthe et celui de Marie ;

L'un à l'autre, je pense, assez bien se marie,
Et toute femme peut, en sachant s'occuper,
Cultiver son esprit et soigner un souper.

Tu veux te dérober au profane vulgaire;
Mais la fortune? On voit que tu ne songes guère
Aux biens que sur la foule elle jette au hasard :
Ils ne vont pas heurter qui se tient à l'écart.

De s'en remettre aux soins que prend la Providence
Montre beaucoup de foi, mais trop peu de prudence.
N'attends pas qu'un oiseau t'apporte, à point nommé,
Suspendu d'un cheveu ton mets accoutumé :
Pourvois pour toi toi-même : en mainte docte feuille
Ton savoir a brillé; plus d'un prince t'accueille;
Si Rome t'effarouche, il est une autre cour
Dont tu peux sans scrupule exploiter le séjour.
Du plus parfait succès je ne fais aucun doute,
Et surtout parle haut, afin que l'on t'écoute.
Moi, je me tais : j'ai peur de tes sourcils froncés,
Et de tes durs regards.

      — Ils vous disent assez
Qu'à vos intentions j'ai dû rendre justice,
Quand j'ai de vos conseils supporté le supplice.
Que voulez-vous de moi? Que j'apprenne à ployer,
Me fasse des penchans ou les prenne à loyer?
Moi, de soins agité?... Que je brigue et je flatte?..

Plutôt, se dégageant de son alcôve plate,
La tortue au galop devancera les daims.

Rome n'est nullement l'objet de mes dédains;
Je m'y rends volontiers; non que de mes suppliques
Je m'apprête à joncher les seuils apostoliques;
Mais je veux constater l'intervalle incertain,
Que le Pomœrium a pris sur l'Aventin;
Et, partout entouré de traces immortelles,
Exciter mon esprit à voler sur des ailes,
Qui nous fassent franchir les barrières du temps.

Mais non; c'est à Madrid que déjà tu m'attends.
Dans cette autre Babel, à la foule idolâtre
Je demande de l'eau, l'on me donne du plâtre;
Madame Hypocrisie a, dès le premier jour,
Pris soin de me fournir un costume de cour.
Pourtant plus d'un mécompte amène la détresse:
Je veux me retirer; mais l'adroite traîtresse
Prête au puissant ministre une si douce voix,
Qu'une autre illusion m'enchaîne une autre fois.
Les jours passent, jamais votre moment n'arrive,
Ou bien il vous apporte une faveur chétive,
Qui vous tient en haleine en vous donnant la peur
D'en voir se dissiper l'inconstante vapeur.

Laisse-moi donc jouir de ma douce retraite:
Ma pensée, y vivant plus libre et moins distraite,

Sans peine, tu le vois, s'accorde avec mes goûts :
Pourquoi chercher au loin des biens qui sont en nous ?
Ils ne s'arrêtent plus dans l'âme ambitieuse.

  Supposons à souhait : aimable officieuse ,
La Fortune me vient demander l'agrément
Que cette déité requiert si rarement :
Je vais nager dans l'or ; une mitre, d'emblée,
Me tombe sur la tête, encor qu'un peu fêlée.
En serai-je plus sûr d'écouter la raison ?
L'hôtel épiscopal, devenu ma prison,
M'offrira-t-il la paix ? Non : du haut de sa roue,
Même en vous y fixant, la Fortune vous joue ;
Et ses dons, appelés pouvoir, richesse, honneurs ,
Ne sont que noirs soucis et leurres suborneurs.

SONNET.

Dis, Père universel, pourquoi, dans ta justice,
Souffrir que l'équité succombe tant de fois,
Alors que triomphans le mensonge et le vice
S'élèvent, applaudis, jusqu'au trône des rois?

Qui soutient le méchant? Quel pouvoir est complice
De la rébellion qui résiste à tes lois,
Et veut que sous le joug obscurément gémisse
Le zèle qui t'honore attentif à ta voix?

Partout d'iniques mains se chargeant de trophées,
Partout du malheureux les plaintes étouffées,
Et de son oppresseur le bonheur effrayant.

Je m'égarais ainsi, quand je vis apparaître
Une nymphe du ciel qui me dit, souriant :
« La terre est-elle donc le centre de ton être? »

CONTRA LOS DESEOS AMBICIOSOS.

———

¿ Esos consejos dás, Euterpe mia?
Tu plática me deja de manera
Que no sé si te llore, ó si me ria.

. . . .

¿ Cuándo á pleitos me viste aficionado,
En el estruendo judicial suspenso,
Entre el procurador y el abogado?
¿ O cuándo de mohatras cargué un censo?
¿ O cobrar usurario en las calendas?
¿ O sahumar á Mercurio con incienso?
¡ Yó embarazarme en cambios, ó en contiendas!
¿ Por cual razon? ni en tu gentil Parnaso
Crecieron por litigio las haciendas.
Quédate, musa, en paz.

— A paso, á paso,
Que no quiero sufrir que me condenes
Hasta que mas capaz estés del caso.

. . . .

¿ Ya te aplacaste? pues escucha, y precia

Estos consejos , que te háran mas rico
Que los suyos neutrales á Venecia.

No entiendas que á las fraudes te dedico
De los negocios , ni para que aprenses
Las leyes justas con sentido inico ;

Ni á seguir el tropél de las forenses
Discordias : ni á esgrimir sus artificios ,
Paraque siempre en sus astucias pienses.

Ni á Italia has de pasar por beneficios ,
Para darles asalto con la capa
De que son subrepticios ú obrepticios.

Para engañarlo no verás al Papa ,
Aunque te llame el golfo de Narbona
Tan pacífico en sí , como en el mapa :

Que si Micer Pandolfo trae corona ,
Y prebendado ha vuelto ya , Dios sabe
Cual Simon le ayudó , Mago ó Barjona.

. . . .

No te hago mercader , aunque ya entiendo
Que hay de tu profesion en este abismo ,
A quien , por ser cual es , no reprehendo.

Sé bien tu inclinacion , y que á ti mismo
Odio mortal cobraras , obligado
A vivir con las reglas del guarismo.

Y mas si en el dinero mal ganado ,

Usuras, cambios, prendas, quitamientos
Hubieses de poner zelo y cuidado.

 Menos vulgares son mis pensamientos :
Que la cumbre de honor, á que te incito,
Huye medios torcidos y violentos.

 No evito yo á Aristóteles, ni evito
A su maëstro, á Livio, ni á Cornelio
Tácito, ni otros gustos te limito.

 . . . .

 Más, forzoso es tratar de la vivienda,
Dar vuelta por tu casa, y por la plaza, .
Para aumentar ó conservar tu hacienda.

 Y perdone Platon, mientras das traza
En cobralla del otro por sentencia,
Si con cavilaciones la embaraza.

 Y cuando sin lesion de la conciencia
Subir puedas la renta, que la subas,
Con prudencia : que agora (y por prudencia)

 No habitan los Diógenes en cubas,
Ni ellas reciben sino el estupendo
Néctar ¡ ó gran Setiembre ! de tus uvas.

 Nuestra filosofia anda pidiendo
Limosnas en el hábito escamada,
(Digo en trapos cocidos de remiendo) :

 Y aunque á los ricos su modestia agrada,

Rabia de hambrienta , y muerde las paredes,
Esqueleto de seca y descarnada.

    Y la que soltó al aire las mercedes ,
Que el insigne Alejandro le ofrecia ,
Les arma agora cautelosas redes.

.   .   .   .

    En efecto , lo acierta el que asegura
De la fiel Marta aquella parte buena,
Aunque Maria insista en la mas pura.

    Bien que , pues son hermanas, y sin pena
Se avienen entre sí , muy bien se puede
Filosofar y aderezar la cena.

.   .   .   .

    No contradigo que huyas el profano
Vulgo con Trimegisto que te endiosa,
Con tal que te gobiernes como humano ;

    Que la Fortuna , ó no reparte cosa
Sabiendo á quien la dá , sino así á bulto,
O hasta que se le quita no reposa.

    Y si tú no eres uno del tumulto
De los que la frecuentan, si imaginas
Que la traerás á tí viviendo oculto ,

    A turbia voz de condicion le atinas ,
O esperas que otra escelsa Providencia
Te cargue de riquezas repentinas.

Agráviate en justicia y en prudencia
Quien piensa que de justo ó presumido
Esperas, en la fé de tu conciencia,

Que otro Abacuc, de un pelo suspendido,
Te traiga los manjares, por el viento,
A punto, sin tardanza y sin olvido.

Asíque muda estilo y argumento
Y no te admires de que yo te exorte,
Que animes tus acciones con aliento :

Siguiendo de ellas la que mas te importe :
Y que acudas solícito á dar voces
A Roma, ó, si te place, á nuestra corte.

Estudios tienes, príncipes conoces,
Por cuyo beneficio en pocos dias
Podrá bien ser que el premio dellos goces.

. . . .

· Mas yo quiero callar, pues te aparejas
A responderme, y rato ha que te veo
Morder los labios y arquëar las cejas.

— Señal, o Euterpe, que con el deseo
Que muestras de mi bien, con animarme,
Mas que con el consejo me recreo.

Di ¿ qué quieres que haga ? ¿ He de formarme
De nuevo ? ¿ he de alquilar inclinaciones ?
¿ O puedo de mis ansias despojarme ?

Que puesto que á lo activo me aficiones
A costa de mi genio , es á gran costa,
Gran obra , y mas los medios que propones.

Mas fácilmente correrá la posta
Una tortuga , y por sufrir el yelo
Sacudirá de sí su alcoba angosta ,

Que pueda yo (y perdone tu buen zelo)
Ser industrioso y ágil , como dices ,
Contre la inclinacion que me dió el cielo.

. . . .

El pasaje de Roma no condeno ;
Mas sino para risa de curiales ,
¿ Para qué seré yo en Italia bueno ?

Porqué , en vez de afilar los memoriales
Para herir los Datarios , precediendo
Tributo y humildad á sus umbrales ,

Curioso me verias inquiriendo
Donde fué el primer muro , y el Pomerio ,
Que al Aventíno monte va escediendo.

. . . .

Y el ánimo inflamando en esta historia,
Lo librara del tiempo que ahora corre ,
Con la dulzura de mejor memoria.

Pues vóyme á nuestra corte, ó á la torre
Que edificó Babél , y de su traje

Madama Hipocresia me socorre.

Entro en la variedad de su lenguaje ;
Pídoles agua, y dánme cal y arena,
Y sufro bien este primer ultraje.

Quiérome retirar ; mas la Sirena
Por voz de algun ministro me detiene,
Cuando entre dulces esperanzas suena.

Pasan los años, pero nunca viene
El vuestro, y cuando viene, dános cosa
Que ni arma á vuestro talle, ni os conviene,

O por ser desigual ó vergonzosa,
O para siempre estar sobre las alas,
Conservando una gracia peligrosa.

.   .   .   .

Por esto no te admires, si me escluyo
Del tráfago, y me apelo á mi retrete,
Donde á mi soledad me restituyo :

Donde si la Fortuna me acomete
Con cuanto poseyeron Craso y Creso,
No habrá prosperidad que me inquïete.

Mi pensamiento, yá no como preso
Sino como consorte y grato amigo
Reprueba los que vuelan con esceso ;

Y en la continuacion de estar conmigo,
No es fácil de creer cuán de su agrado
Sigue el mismo dictámen que yo sigo.

¿ De qué sirve picarle á que irritado
Aperciba las velas y los remos
Para buscar sosiego á nuestro estado,
   Si entre nosotros mismos le tenemos ?
¡ O execrable ambicion que nos encantas,
Paraque ni él parezca ni le hallemos !

. . . .

   Pero pongamos caso que me pida
El *si* Fortuna , que le pide á pocos,
Y con rentas y cargos me convida :
   Y que con una mitra me hacen cocos,
Y coronan mi frente (aquesta frente,
Vaso de muchos pensiamentos locos) :
   ¿ Tendré por eso el ánimo obediente
A la razon? Desterraré la harpia ,
Y con ella tambien la sed ardiente?
   ¿ Piensas tú que en el cargo ó prelacia
Tranquilidad del ánimo perfeta ,
Segun hoy está el mundo , hallar podria ?
   Ni la Fortuna dá , aunque la prometa ,
Al que aspira á subir hasta su cumbre
De sus descansos posesion quïeta ;
   Sino solicitud y pesadumbre ,
Bascas mortales, y en su imperio ciego
Lazos de no creida servidumbre.

. . . .

SONETO.

DIME, Padre comun, pues eres justo,
¿ Porqué ha de permitir tu providencia
Que, arrastrando prisiones la inocencia,
Suba la fraude á tribunal augusto?

¿ Quién da fuerzas al brazo, que robusto
Hace á tus leyes firme resistencia ?
¿ Y qué el zelo, que mas las reverencia,
Gima á los piés del vencedor injusto ?

Vemos, que vibran victoriosas palmas
Manos inicas ; la virtud gimiendo
Del triunfo en el injusto regocijo.

Esto decia yo, quando riendo
Celestial ninfa apareció, y me dixo :
¿ Ciego, es la tierra el centro de las almas ?

DON FRANCISCO GOMEZ
DE QUEVEDO VILLEGAS

Bardos del.   *lith de Langlumé*

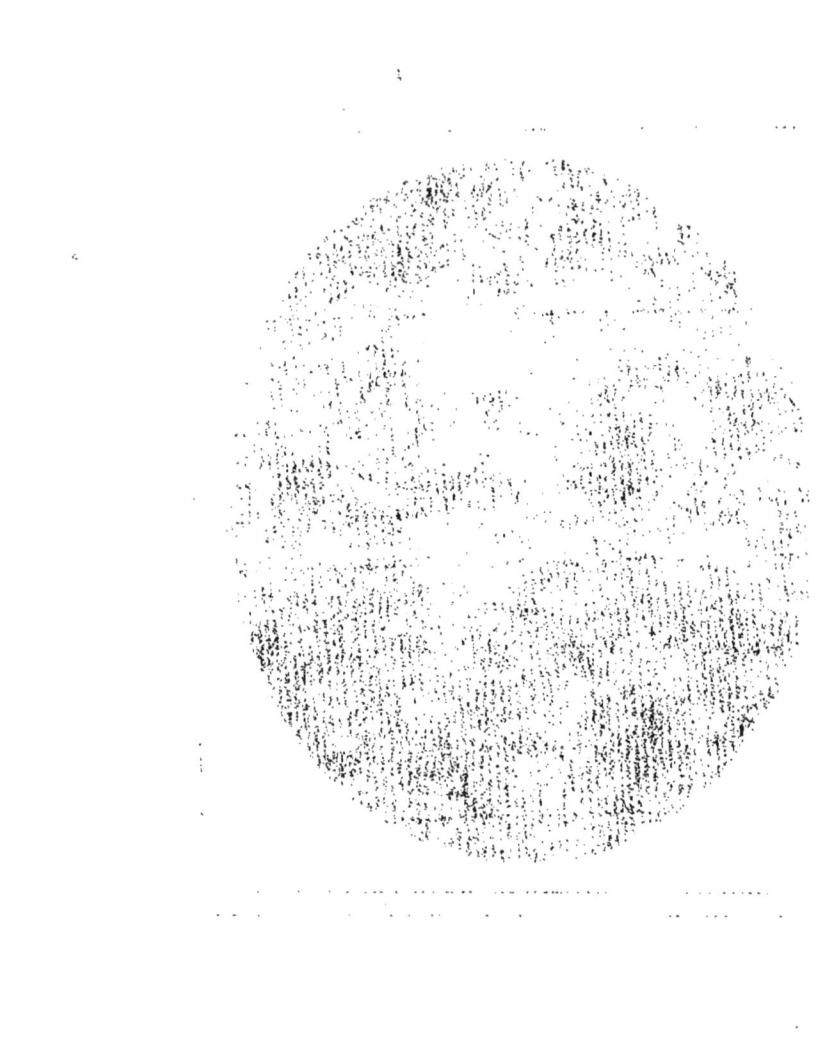

QUÉVÉDO.

Don Francisco Gomez de Quévédo Villégas, chevalier de l'ordre de Saint-Jacques, secrétaire du roi, seigneur de Torre-Juan-Abad, naquit à Madrid l'an 1580, de Pedro Gomez de Quévédo, secrétaire de la reine Doña Anne, femme de Philippe II, et de Doña Marie de Santivañez, dame de la même souveraine. Il fit ses études à l'université d'Alcalà, et reçu, à l'âge de quinze ans, docteur en théologie, il étendit ses connaissances au droit civil et au droit canon, à la médecine, à l'histoire naturelle, aux langues savantes, aux langues vivantes, aux mathématiques, aux systèmes philosophiques, en un mot à tout ce qu'il était possible d'apprendre. Ses productions poétiques montrèrent de suite

une verve que n'a eue au même point aucun
autre poëte espagnol : en vers et en prose, son
talent s'est exercé sur tous les sujets : il a employé tous les tons, imprimant partout les cachet de l'originalité et de la force. Mais quel
conflit le pouvoir de son instinct particulier,
et la dépravation du goût général n'ont-ils pas
opéré dans ce grand écrivain! quels monstres
sont nés dans leur accord ! « Cet homme extraor-
» dinaire, qui tantôt se livre tout entier au genre
» pitoyable de son époque, tantôt lance les
» traits de son inépuisable raillerie contre les
» extravagances que son exemple vient d'auto-
» riser ; qui souvent déploie dans ses écrits la
» sévère raison de cet Épictète qu'il a traduit,
» ou sait exciter le sourire par une plaisanterie
» du meilleur ton, et souvent les remplit de
» bizarres sophismes, de bons mots forcés, du
» jargon des halles ; qui écrivait indifféremment
» des traités ascétiques où respire une dévotion
» digne d'un ermite du désert, ou bien des cru-
» dités auprès desquelles la licence de Pétrone

» et de Meursius [1] passerait pour de la pudeur ;
» qui, dans plusieurs de ses productions, fait
» croire à un esprit sans culture, sans aucune
» idée des classiques, et n'obéissant qu'aux im-
» pulsions d'une nature sauvage, et dans d'au-
» tres montre un immense savoir, une éton-
» nante érudition ; qui se plaît à fouler aux
» pieds les règles de l'art, de même qu'à fournir
» des modèles de régularité [2]. »

[1] Meursius : nom de guerre que prit le dauphinois
Chorier, auteur du Dix-septième Siècle. Il trouva plus
gai de mettre ses gaietés graveleuses sous le nom de
notre Louise Sigée de Tolède : *Aloysiæ Sigeæ To-
letanæ Satyra sotadica de arcanis Amoris et Ve-
neris.*

[2] Nous avons emprunté ce morceau à un de nos
Espagnols, qui a offert lui-même assez de rapprochement avec l'auteur dont il peignit ainsi les traits, en
chargeant un peu les couleurs. Il fut versé dans toutes
les connaissances de notre époque, cultiva la littérature et la poésie, mania en maître plusieurs langues
vivantes et anciennes ; et, tour à tour, continuait
Spinosa, sainte Thérèse de Jésus ou ce Pétrone qu'il cite.

Mais de quelle réputation n'a pas dû jouir dans son temps, un écrivain de cette trempe, chez qui les plus grands défauts passaient alors pour des beautés et dont la fécondité approcha de celle de Lopé de Véga? « Miracle de la na- » ture, ornement et gloire de son siècle, le pre

Voici à ce sujet le passage curieux que nous avons trouvé dans des notes du *Catulle* de M. Noël. « En 1800, il a » été publié à Strasbourg un prétendu fragment de » Pétrone, trouvé à l'abbaye de Saint-Gall, et dédié à » l'armée du Rhin. Ce fragment est censé remplir la » lacune que l'on soupçonne dans le passage de Pé- » trone, où Enclope regarde par les trous de la porte » avec Quartilla les jeux de Giton et de la petite » Pannychis. Le style de l'auteur original est imité » avec assez d'art pour justifier la méprise des savans » du Nord qui ont félicité la littérature de cette décou- » verte. On m'a assuré que ce badinage est dû à un » jeune Espagnol, nommé Marchena, connu dans la » révolution française par son attachement aux dépu- » tés de la Gironde, victimes du terrorisme, et di- » stingué par la prodigieuse variété de ses connaissan- » ces. Son fragment est accompagné de notes tant soit

» mier des poëtes, le plus docte en toutes
» sciences, le plus grand génie du monde. »
Tels sont les titres que lui ont donnés des
écrivains distingués de différentes parties de
l'Europe, parmi lesquels Juste Lipse joignit une
amitié constante aux témoignages de sa consi-

» peu badines qui n'entrent point dans le plan de cet
» ouvrage, etc. » M. Marchena a fait une collection
de morceaux de poésie et d'éloquence espagnoles dans
laquelle il a inséré un assez grand nombre de vers de
sa composition; nous connaissions de lui avant cette
publication la tragédie de *Polyxène* et une *Épître*
philosophique adressée au géomètre espagnol Lanz;
mais nous ne nous attendions pas à y voir une ode
du même auteur sur le sujet du sonnet de sainte
Thérèse. Quoi qu'il en soit, M. Marchena nous semble
s'être fait illusion sur son talent poétique : ce don
n'accompagne pas nécessairement le savoir et l'éloquence, ni même l'imagination et le génie. C'est dans
le discours préliminaire de sa collection, et encore
dans l'exorde subséquent que, malgré des taches dont
nous aurons à parler, se montre avec avantage le
véritable et beau talent de Don José Marchena.

dération. Lopé de Vega demande qu'il *naisse des mondes où puisse s'étendre la gloire du savant, spirituel, grave, doux, sublime Quévédo, prince des lyriques au défaut d'Apollon.* Ces honneurs accordés par les contemporains, la postérité les eût sans doute confirmés à Quévédo dans la même proportion qu'à Lopé, si la fatalité qui les atteignit tous deux, agissant chez le premier sur un caractère plus décidé, ne l'eût entraîné beaucoup plus loin dans les écarts.

Mais revenons au personnel de notre poëte, qui, dans les vicissitudes de sa vie, présentera une image des inégalités de ses productions, et presque une explication des tons si opposés qui, à chaque instant, les font croire de divers auteurs.

Plein de cœur comme de génie, et habile, comme Lopé de Véga, à manier l'épée non moins que la plume, Quévédo eut à soutenir plus d'un combat particulier, fruit des haines que lui suscitèrent sa gloire ou ses bons mots.

Le premier de ces combats, où succomba son
adversaire, l'oblige à s'expatrier ; on le voit alors
paraître avec éclat sur la scène politique, et
jouer en Sicile et à Naples, auprès du vice-roi,
duc d'Ossuna, le rôle que Lupercio Argensola
avait joué sous le comte de Lemos. Il rentre
deux fois dans sa patrie, revêtu du titre d'ambassadeur, en vertu de missions extraordinaires auprès de Philippe III. Il est enveloppé dans la
disgrâce de son protecteur, et long-temps privé
de sa liberté ; il la recouvre, revient à la cour,
et reçoit le titre de secrétaire du roi ; mais il a
la modération de refuser le ministère des affaires étrangères, et ensuite l'ambassade de Gênes,
que lui offre Philippe IV.

C'est en vain qu'il a cherché le repos dans la
retraite de son petit domaine seigneurial : il cir-
cule des écrits satiriques qui lui sont attribués,
et alors recommence contre Quévédo une persécution beaucoup plus terrible que la première. Les détails en font mal. Dépouillé de ses
biens, vêtu et nourri d'aumônes, jeté dans un

cachot au-dessus duquel passe une rivière, l'hu-
midité couvre son corps d'ulcères qu'il est obligé
de cautériser lui-même.

Une exposition touchante de sa situation arrête enfin l'attention du comte-duc d'Olivarès :
on le traite avec moins d'inhumanité ; son innocence est finalement reconnue, par la découverte du coupable; on a trouvé dans une cel-
lule les libelles originaux ; mais l'illustre
acquitté va mourir des infirmités contractées
pendant son long emprisonnement. Il mourut
l'année 1645, âgé de soixante-cinq ans ; il en
avait passé quinze dans les tribulations.

Nous nous dispenserons, comme nous avons
fait pour Lopé de Véga, et nos lecteurs nous
dispenseront, sans doute, d'entrer dans des
spécifications sur les ouvrages trop nombreux
de cet écrivain; le catalogue de ce que l'on connaît de lui tiendrait plusieurs pages : on estime
l'ensemble à vingt-quatre mille grandes feuilles,
et son ami Gonzales de Salas, éditeur d'une
grande collection, dit que le public jouit à

peine du vingtième de ce qui, à sa propre connaissance, est sorti de la plume de Quévédo.
L'exagération, figure favorite de notre poëte,
pourrait s'être glissée dans cette assertion de
son ami.

C'est, comme nous venons de l'indiquer,
une tendance constante vers l'hyperbole qui caractérise généralement les écrits de Quévédo,
surtout dans le genre familier. En voici un échantillon, non dépouillé de quelqu'autre trait caractéristique, moins d'accord avec le bon goût :

LE MALENCONTREUX.

Ma mère me fit d'aventure :
Mieux valait qu'elle n'en fît rien.
Quand je naquis, dame Nature
Venait de boire, et dormait bien.
Le jour et la nuit eurent guerre
Pour savoir qui ne m'aurait pas.
Mes parens ont quitté la terre :
Prions Dieu qu'ils restent là-bas,
De peur qu'ils n'engendrent encore.

Mon sort est plus noir qu'ellébore :
Si l'on veut qu'il gèle toujours ,
Que l'on m'équipe à la légère ;
Qui cherche à prolonger ses jours
Me prête à rente viagère.
Femme stérile accouchera,
Qui de m'adopter traitera.
Le toit de tout comble qui tremble
Attend que je vienne à passer ;
Il faut que toujours je ressemble
A quelqu'un que l'on doit rosser :
Sur ma tête et sur mes épaules
Pleuvent ainsi tuiles et gaules.
Si l'on me vise, on est adroit;
S'il faut me guérir, on se blouse ;
Nulle vieille, dans mon endroit,
Qui ne m'aime et ne soit jalouse ;
Tout braque me vient quereller ;
Tout sot s'acharne à me parler ;
Nul pauvre qui ne me demande ,
Nul riche qui ne me commande ;
Point de route sûre pour moi ;
Pas un hasard qui me seconde :
J'ai pour amis des gens sans foi ,
Et pour ennemis tout le monde.

PARIOME *adrede mi madre,*
¡Ojalá no me pariera!
Aunque estaba quando me hizo,
De gorja Naturaleza.

Un miércoles con un martes
Tuvieron grande revuelta,
Sobre que ninguno quiso
Que en sus términos naciera.

Murieron luego mis padres:
Dios en el cielo los tenga,
Porque no vuelvan acá,
Y á engendrar mas hijos vuelvan.

Tal ventura desde entonces
Me dexaron los planetas,
Que puede servir de tinta,
Segun ha sido de negra.

De estériles soy remedio,
Pues, con mandarme su hacienda,
Les dará el cielo mil hijos,
Por quitarme las herencias.

Como imágen de milagros
Me sacan en las aldeas,
Si quieren sol, abrigado,

Y desnudo, porque llueva.
De noche soy parecido
A todos quantos esperan
Para molerlos à palos,
Y asi inocente me pegan.

Aguarda hasta que yo pase,
Si ha de caer una teja;
Aciértanme las pedradas,
Las curas solo me yerran.

No hay necio que no me hable,
Ni vieja que no me quiera,
Ni pobre que no me pida
Ni rico que no me ofenda.

No hay camino que no yerre,
Ni juego donde no pierda,
Ni amigo que no me engañe,
Ni enemigo que no tenga, etc.

———

Nous placerons encore ici une pièce du genre épigrammatique, qui porte sur l'objet éternel des plaisanteries de notre auteur, et, en général, des satiriques célibataires.

LE NOUVEAU SAINT.

Voici donc le rapport que l'on demande à Rome,
  Pour canoniser ce brave homme :
Si quelque peccadille est à charge au procès,
  Purgée on l'a vue à l'excès.
Il dut, près de six ans, choyer sa belle-mère,
  Et constamment dépendit d'un beau-frère ;
  Il n'eut qu'un fils, benêt et fanfaron ;
Il logea chez un bègue, auprès d'un forgeron ;
  Languit souffrant de corps et d'âme ;
  Jamais n'eut en poche un écu.
Vous savez son martyre : il fut pauvre, et prit femme ;
Voulez-vous un miracle ? Il ne fut pas c...

    ———

  Esta es la informacion, este el proceso
 Del hombre que ha de ser canonizado,
 En quien, si es que vió el mundo algun pecado,
 Advirtió penitencia con exceso.

  Doce años en su suegra estuvo preso,
 A muger y sin sueldo condenado :
 Vivió bajo el poder de su cuñado :
 Tuvo un hijo no más, tonto y travieso.

  Nunca rico se vió con oro o cobre :
 Vivió siempre contento, aunque desnudo,

    24.

No hay incomodidad que no le sobre;
Vivió entre un herrador y un tartamudo:
Fué mártir, porque fué casado y pobre;
Hizo un milagro, y fué : no ser cornudo.

———

Deux pièces du même auteur, que nous pla-
çons dans le corps de notre recueil, contrastent
ensemble non moins qu'avec celles qui précèdent. Toutefois la deuxième appartient à
la tradition combattue par plusieurs critiques,
laquelle attribue à Quévédo les poésies publiées
sous le nom du *Bachelier Francisco de la Torre.*
Elles se trouvent comprises dans la section de
la muse Euterpe au Parnasse de Quévédo ; car
il a été formé un Parnasse des ouvrages seuls
de ce poëte. Mais de tous les genres qu'il cultiva le satirique fut vraiement le sien , et principalement le burlesque : il amuse infiniment
malgré l'abus des jeux de mots. Quévédo a
beaucoup traduit , et beaucoup écrit en prose :
ses traductions sont préférables à ses compositions originales , et sa prose à ses vers.

SUR LA CUPIDITÉ.

Tu confias ta vie au pin que la forêt
  Livrait aux campagnes humides.
Loïve, à quels périls, séduit par l'intérêt,
  T'ont porté ses voiles avides?
  Sur quels flots n'essuyas-tu pas
La colère des vents, l'inclémence des astres?
  Quel bord n'a connu tes désastres?
Mais l'or a pour tes yeux d'invincibles appas:
  A peine échappé du trépas,
  Débris du naufrage, ou peut-être
  Par la tempête dédaigné,
Plutôt que de jouir du champ qui t'a vu naître,
Tu poursuis de nouveau le rivage éloigné :
Enfin, au long travail du fer et du salpêtre,
Se montre encor cet or de ta sueur baigné.

  Cesse de torturer la terre,
Respecte les secrets de son auguste sein ;
Mortel, où sont tes droits pour lui livrer la guerre?
  Renonce au funeste dessein

D'emporter ce trésor dont ton âme est déçue :
On se creuse une tombe à lui faire une issue.

  Enfouis la source des maux

Que l'homme éprouve seul parmi les animaux.

  Pour la cacher à notre race

La Nature chercha des abîmes profonds,

  Jeta dessus d'immenses monts,

Et par de vastes mers en effaça la trace.

Mais tu reviens chargé des trésors d'Occident ;

L'aquilon de ton or reconnaît l'ascendant :

  Les vagues cèdent au prestige ;

Et c'est peu que Neptune obéisse à ta loi :

  Ta nef fend l'espace : que dis-je ?

  Par le plus étrange prodige ,

  Le port vient au devant de toi.

J'y consens ; mais dis-nous : ton or, tout l'or du monde

Peut-il du temps qui fuit embarrasser le cours ?

  Ajoutera-t-il à tes jours

Une année, un matin, une heure , une seconde ?

Non ; mais ton héritier dévore un autre sort :

Tu n'as fait qu'acheter des souhaits pour ta mort.

L'AMANT MATINAL.

STANCES.

Puisqu'enfin le printemps a déridé l'année,
 Et que la terre fortunée,
 Reprenant ses propres couleurs,
Où la cachait la neige, est couverte de fleurs;
 Que se réveillent reverdies
 Les plantes naguère engourdies;
 Que l'oiseau retrouve sa voix,
Écouté par la plaine, abrité par le bois;
 Viens, Almide, avant que l'aurore
 N'ait passé, n'ait tout fait éclore :
 Que la terre à ton pied charmant
Doive, plutôt qu'au jour, son nouvel ornement.

Viens, et pour te mirer cherche cette fontaine,
 Qui s'échappe encore incertaine,
 Et, fuyant le joug de l'hiver,
Tombe dans le courant qui l'entraîne à la mer;

Viens : déjà les ondes pressées
Qui , sans te voir , seront passées ,
S'en plaignent comme elles s'en vont ;
Tandis que sous tes yeux les autres souriront ;
Et sous tes yeux d'autres arrivent
Qui vont poussant d'autres qui suivent ,
Et toutes de tout leur pouvoir
S'efforcent de hâter le bonheur de te voir.

Le chantre du matin se désole à t'attendre :
Toujours , pour te les faire entendre ,
Il garde les sons les plus doux ,
Et l'Aurore en conçoit des sentimens jaloux.
Les colombes à notre vie
Pourront aussi porter envie ,
Et ces modèles , à leur tour ,
Trouver, en nous voyant, des exemples d'amour.
Viens donc , et de nous vont apprendre
Leurs voix un langage plus tendre ,
Leurs becs , des baisers enflammans ;
Leurs ailes essaîront nos doux embrassemens.

A LA CODICIA.

—

Diste crédito á un pino
A quien del ocio rudo avara mano
Truxo del monte al agua peregrino,
O Lóiba ciego, de tu paz tirano :
    Viste, amigo, tu vida
Por la codicia á tanto mar vendida,
    Arrojóte violento
Adonde quiso el albedrio del viento.
¿ Qué condicion del Euro y Noto ignoras?
¿ Qué mudanzas no sabes de las horas?
Vives, y no sé bien si despreciado
    Del agua, ó perdonado :
    ¿ Qué tierra tan estraña
No te forzó á besar del mar la saña?
    Mucho te debe el oro,
    Si despues que saliste
Pobre reliquia de naufragio triste,
En vez de descansar del mar seguro,
A tu codicia hidrópica obediente

Con villano azadon en cerro duro
Sangras las venas al metal luciente.
     ¿ Que fatigas la tierra ?
Dexa en paz los secretos de esta sierra :
¿ Qué te han hecho, mortal, de estas montañas
Las escondidas, y ásperas entrañas,
A quien defiende apenas negra hondura?
Mira, que a un tiempo mismo estás abriendo
Al metal punta, á ti la sepultura.
     ¡ Ay ! no lleves contigo
Metal de la quietud siempre enemigo ;
Pues la Naturaleza, viendo que era
Tan contrario á la santa paz primera,
Por dañoso y contrario á quien le estima,
Y por mas escondernos sus lugares,
     Los montes le echó encima,
Y sus sendas borró con altos mares.
Doy, que á tu patria vuelvas al instante.
Quel el occidente dexes saqueado,
     Y quel el mar sosegado,
     Con amigo semblante,
Debaxo del precioso peso gima,
Quando sus fuerzas líquidas oprima
La soberbia y el peso del dinero ;
Doy, que te sirva el viento lisongero,

Si su furor recelas,
Doy, que respeta el cáñamo á tus velas;
Y si temes del mar el deconcierto,
(Bien que imposible sea)
Doy, que te sale á recibir el puerto.
Si pobre casa tienes, que te vea
Rico; ¿ dime si acaso
En tus montones de oro
Tropezará la muerte, o tendrá el paso;
O añadirá á tu vida tu tesoro,
Un año, un mes, un dia, una hora, un punto?
No lo podrás hacer, ni el mundo junto :
Esto, pues, si no puede, á qué esperanza
Truecas segura paz en tal tardanza?
Dexa, no cabes mas el metal fiero,
Vé que sacas consuelo a tu heredero;
Y que juntas tesoro, si se advierte,
Para comprar deseos de tu muerte.

CANCION.

———

Pues quita Primavera al año el ceño,
   Y el verano risueño
Restituye á la tierra sus colores,
Y adonde vimos nieve, vemos flores;
   Y las plantas vestidas
   Gozan las verdes vidas,
Dando á la voz del pájaro pintado
Las ramas sombras, y silencio el prado:
   Sal, Aminta, que quiero
   Que viéndote primero
Agradezca sus frutos este llano
Mas á tu blando pié que no al verano.

Sal por verte al espejo de esta fuente,
   Pues, suelta su corriente
Del cautiverio líquido del frio,
Perdiendo el nombre aumenta el suyo al rio.
   Las aguas que han pasado
   Oirás por este prado

Llorar no haberte visto con tristeza:
Mas en las que miráre tu belleza
  Verás alegre risa ,
  Y como las dan prisa
Murmurándo la suerte á las primeras ,
Por poderte gozar las venideras.

Ven , que te aguardan yą los ruiseñores ,
  Y los tonos mejores ,
Porque los oigas tú , dulce tirana ,
Los dejan de cantar á la mañana.
  Tendremos embidiosas
  Las tórtolas dichosas ;
Pues , viéndonos de gloria y gusto ricos ,
Imitarán los labios con los picos ;
  Aprenderémos de ellas
  Soledad y querellas ,
Y en pago aprenderá de nuestros lazos
Su voz requiebros , y su pluma abrazos.

RIOJA.

Don Francisco de Rioja, né à Séville, avant l'année 1600, fut inquisiteur, bibliothécaire du roi Philippe IV, et son historiographe.

Aucun écrivain de son temps ne se vit autant caressé par les bonnes grâces du premier ministre, comte-duc d'Olivarès; Rioja n'en passa pas moins de longues années de sa vie dans les prisons d'état. Ami de Quévédo, il partagea sa persécution.

Le sort accorda du moins à Rioja, après son élargissement, quelques années pour jouir de sa liberté, et d'une retraite riante qu'il s'était arrangée dans la ville même de Séville. Il la quitta à regret, appelé de nouveau dans la capitale, où il termina ses jours l'année 1659.

Les goûts simples, la philosophie qui respire dans la belle épître que nous avons traduite de cet auteur, n'attendirent pas chez lui la leçon de l'adversité : Lopé de Véga, mort avant la persécution des deux amis, a loué l'An-

daloux pour ses qualités aussi bien que pour
son talent.

Rioja offre le phénomène d'Aréthuse traver-
versant d'une onde pure l'eau saumâtre des mers.
On ne conçoit pas comment l'intime ami de
Quévédo, ayant débuté dans la carrière au milieu de la dépravation croissante du goût, a pu
conserver la manière qui distingue ses poésies.
Il n'en a laissé qu'un petit nombre, dont nous
donnons les deux plus marquantes, justement
célèbres. Quoique la troisième, qui finit par un
trait d'un goût moins arrêté que le reste, ait
été ajoutée pour varier les tons, on pourra remarquer dans toutes trois une idée principale,
toujours présente à l'imagination de notre pen-
seur poëte. Nous commencerons par l'Épître, qui
paraît avoir eu pour but d'engager un homme
en place à se retirer par suite de quelques désagrémens : sans en contester le mérite reconnu,
on pourrait y désirer plus d'unité dans l'ensemble, et quelquefois plus de clarté et de
liaison.

EPITRE MORALE.

———

FABIEN, de la cour les espérances vaines
Sont pour l'ambitieux le trépas dans les chaînes,
Après que les soucis ont blanchi ses cheveux.
Nul mortel ne s'élève à d'honorables vœux,
Nul ne mérite un nom marqué par notre estime,
Si, honteux de ses fers, il n'y porte la lime.
Le vulgaire des cours, facile à se courber,
Veut languir abattu plutôt que de tomber ;
Plutôt que devant l'homme il ne courbe la tête,
L'homme de quelque orgueil se livre à la tempête.
Ces orages du sort planent sur nos berceaux,
Ils peuvent éclater, mais ils passent : tes eaux,
Guadalquivir fougeux, redeviennent captives,
Encor que jusqu'aux monts tu recules tes rives.
Au revers qui menace on voudrait résister,
Mais le sage en triomphe en sachant l'accepter.
Nous méritons le prix : n'importe qui le gagne ;
Cédons-le sans regrets. Les trésors de l'Espagne,
Le pouvoir autrichien, de même que nos droits,

Tu le vois, sont livrés aux favoris adroits ;
L'arbitraire odieux, l'intérêt, l'imposture,
Émanés du méchant, infectent l'âme pure ;
Quittons ces lieux : reviens aux champs qui t'ont nourri.
Où l'antique Romule offre un si doux abri ;
Où, lorsque sur nos corps s'étendra la poussière,
Plus d'une voix dira : « Qu'elle leur soit légère ! »
Où les mets savoureux ne te manqueront pas,
Sans que l'oiseau du Phase ait orné le repas.

Cherche enfin ton repos, comme, au golfe d'Icare,
Le prudent nautonier sollicite le phare :
Modeste en tes désirs, à ces hommes si fiers
Dis : « Ce que je dédaigne est autant que j'acquiers. »
Le rossignol heureux au nid qui le recueille,
Aime à charmer le bois où le cache une feuille,
Mais ne saurait flatter, mélodieux encor,
Les oreilles d'un prince, en des treillages d'or.
L'idole à qui tu fais hommage de ta vie,
En acceptant le don, se rit de ton envie.
Ah ! songe à ce qu'elle est, cette vie : un seul jour,
Où le soleil à peine a commencé son tour,
Que déjà dans la nuit sa lumière est cachée ;
C'est l'herbe, fraîche à l'aube, à midi desséchée ;
Le fleuve, incessamment englouti dans les mers,
Ne sentirai-je pas qu'en vivant je la perds ?

Rien du passé ne reste, et du temps qui va suivre,
Incertain que je suis, qu'ai-je encor? Dois-je vivre?
La mort me suit; du moins apprenons à mourir.

Les roses du printemps ont cessé de fleurir;
Les pompes de l'été, les trésors de l'automne,
Les glaces de l'hiver, tout finit, rien n'étonne;
Tout meurt, et rien ne semble annoncer notre mort :
O triste aveuglement, où notre âme s'endort !

C'en est fait : la Raison, à l'homme destinée,
M'appelle, m'apparaît, de rayons couronnée ;
Je veux la suivre. L'or, sous des voûtes d'argent;
Ébouit dans l'Asie un despote indigent :
Il n'en a pas assez pour acheter le vice :
La vertu coûte moins. Qu'un autre vous ravisse,
Trésors qu'il faut chercher sous d'ardens horizons :
Il me suffit d'un siége auprès de mes tisons,
D'un livre et d'un ami ; qu'une chère frugale
Alimente mon être, et, d'une main égale,
Que le sommeil y verse un passager oubli,
Jamais par les regrets ni la crainte assailli.
Que du noble en mes mœurs j'imite la noblesse,
Le peuple en mes habits, sans désordre qui blesse :
Par les trous d'un manteau bien souvent a percé
La vanité qui but dans le vase cassé.

Ne crois pas qu'à ce point présumant de moi-même,

25.

Je prétende honorer cette vertu suprême ,
Par la pratique autant que le font mes discours ;
Je le voudrais : le ciel m'offrira son secours ;
Ce n'est pas tout à coup que le fruit se colore :
On le voit s'essayer, faible épreuve de Flore.

   A Dieu ne plaise , enfin , que j'imite jamais
Ces prêcheurs de sagesse et prôneurs de leurs faits,
Maussades histrions , portans de place en place
Leur appareil lugubre et leur morne grimace.
Si, parmi les parfums qui le vont épurer ,
A peine entendons-nous le zéphyr respirer ;
Dans le creux des roseaux, oh! combien il résonne !
Épris des titres vains que le vulgaire donne,
Ainsi marche à grand bruit le fourbe ambitieux ;
Ainsi l'homme de bien passe silencieux.
En silence, toi-même, et telle que t'apporte
La flèche, au vol muet, ô mort ! touche ma porte :
Elle n'est pas d'airain ; du salpêtre bruyant,
Garde pour d'autres lieux l'appareil foudroyant.

   Oui : de la vérité je respire l'essence :
A l'art de la parole, à sa vaine puissance,
Je n'aurai pas cédé , par moi-même déçu :
C'est un courage vrai que mon cœur a reçu.
Pourquoi s'en étonner ? La vertu serait-elle
Moins forte que l'erreur, ou moins noble, ou moins belle ?

Quoi! la cupidité, méprisant les hasards,
Se lance aux flots troublés, la colère aux poignards ;
L'ambition se rit de tous les maux ensemble ;
Seulement à bien faire il faudra que je tremble !
Oh! mon illustre ami : de toi-même vainqueur,
Daigne t'associer à l'effort de mon cœur :
Dégagés de liens, de faux biens qu'on adore,
Vivons, tant que pour nous le temps existe encore.

ÉLÉGIE.

—

CET affligeant tableau, Fabien, que tu vois,
Ces décombres, ami, ces friches, autrefois
     Furent la célèbre Italique :
Là fut la colonie où l'heureux Scipion
     Fit triompher sa république.
     De l'invincible nation
Voilà tout ce qui reste : à peine des vestiges,
Des souvenirs ; peut-être, errantes à l'entour,
Des ombres, qui n'ont pu renoncer au séjour,
Où jadis leur exemple inspirait des prodiges.
Ce plateau fut la place ; un temple orna ces lieux,
     Et les Thermes délicieux
     Tourbillonnent dans cette poudre ;
     La tour qui menaçait les cieux,
Là, cédant à son poids, vint encor se dissoudre.

L'enceinte impitoyable où furent en honneur
De sanguinaires dieux, le noble amphithéâtre
Ecroulé, dégradé par la ronce jaunâtre,

Dit même en ses débris son antique grandeur.

> Quoi ! déserte a verdi l'arène ?
>
> Quoi ! le grand peuple n'y fait pas
>
> Retentir sa voix souveraine ?

Là rugit le lion : mais où sont les combats,

Et le souple lutteur, et le nerveux athlète ?

Les dieux de cette enceinte, où sont-ils ? Son squelette

Répond, et seul aux yeux montre encor le passé ;

> Il parle encore à l'esprit oppressé,
>
> Et le présent n'est qu'un trait effacé.

C'est ici que naquit ce foudre de la guerre,

Orgueil de notre Espagne, heureux, triomphateur,

Trajan, que prosternée a révéré la terre,

Et l'Océan soumis à son joug protecteur.

Inquiet Adrien, émule de sa gloire,

Lélius, Théodose, ici de vos berceaux

> S'est balancé l'or et l'ivoire :
>
> Souvent les jardins, les arceaux,

Aujourd'hui lac infect, ou stériles monceaux,

Vous ont vus de jasmins tresser vos diadèmes :

> Retraite d'immondes lézards,
>
> Là gît le palais des Césars ;
>
> Tout a péri, les marbres mêmes

Que voua le burin à leurs titres suprêmes.

Telle tomba Pergame en ses jours glorieux;
Ainsi, noble patrie et des rois et des dieux,
Rome, fille de Mars, et toi, savante Athène,
Chef-d'œuvre de Pallas, le nom vous reste à peine :
Du Sort vous n'avez pu surmonter le pouvoir,
Ni toi, par ta valeur, ni toi, par ton savoir.

Mais, pourquoi détourner l'intérêt que réclame
Le triste exemple offert à nos yeux attendris?
  Verrais-tu pas la fumée et la flamme?
   Entends-tu des pleurs et des cris?
Des villageois voisins une croyance antique
Fait dire aux sombres nuits : ITALIQUE !.. ITALIQUE !..
  Et l'écho répète : ITALIQUE !..
ITALIQUE !... « A ce nom, » disent-ils, « on peut voir,
  » Du sein de leurs vastes décombres,
» Sortir en gémissant les colossales ombres : »
Tant le vulgaire aussi demande à s'émouvoir.

A LA ROSE.

—

FLEUR éclante et pure,
Rivale du matin,
Peux-tu sourire ainsi connaissant le destin
Que t'a fait la nature ?
N'attends aucuns retards
Qui puissent le suspendre,
Ni de ta pourpre tendre,
Ni de tes mille dards.
La fraîcheur t'environne,
Ta tige a reverdi,
Mais l'éclat du midi
Va flétrir ta couronne.
L'Amour en traça le dessin ;
L'or de ses cheveux s'entremêle
Au duvet de son aile,
Qui relève ton sein.
Charmante image de lui-même,
O belle et fugitive fleur !

Tu reçus, grâce à lui, ta brillante couleur
D'une goutte du sang d'une mère qui l'aime.
Mais que font sa faveur et celle de Cypris ?
      A peine tu viens de paraître,
      Que déjà volent tes débris ;
Et les pleurs de l'Aurore ont plus coulé, peut-être,
Pour ta prochaine mort que pour te faire naître.

EPISTOLA MORAL.

———

FABIO, las esperanzas cortesanas
Prisiones son dó el ambicioso muere,
Y donde al mas astuto nacen canas.

Y el que no las limare o las rompiere
Ni el nombre de varon ha merecido,
Ni subir al honor que pretendiere.

El ánimo plebeyo y abatido
Elija en sus intentos temeroso,
Primero estar suspenso que caido :

Que el corazon entero y generoso,
Al caso adverso inclinará la frente,
Antes que la rodilla al poderoso.

Mas triunfos, mas coronas dió al prudente,
Que supo retirarse, la Fortuna
Que al que esperó obstinada y locamente.

Esta invasion terrible é importuna
De contrarios sucesos nos espera,
Desde el primer sollozo de la cuna :

Dexémosla pasar, como á la fiera
Corriente del gran Bétis, quando ayrado

Dilata hasta los montes su ribera.

Aquel entre los heroes es contado ,
Que el premio mereció, no quien le alcanza ,
Por vanas conseqüencias del estado.

Peculio propio es yá de la privanza
Quando de Austria fué , quanto regia ,
Con su temida espada y fuerte lanza.

El oro, la maldad , la tirania
Del iniqüo procede , y pasa el bueno :
¿ Qué espera la virtud , o en qué confia?

Ven y reposa en el materno seno
De la antigua Romúlea, cuyo clima
Te será mas humano y mas sereno.

Adonde , por lo menos , quando oprima
Nuestro cuerpo la tierra , dirá alguno :
« Blandea le sea, » al derramarla encima :

Donde no dexarás la mesa ayuno ,
Quando te falte en ella el pece raro ,
O quando su pavón nos niegue Juno.

Busca , pues , el sosiego dulce y caro,
Como en la obscura noche del Egeo
Busca el piloto el eminente faro :

Que si acortas y ciñes tu deseo ,
Dirás : lo que desprecio he conseguido ;
Que la opinion vulgar es devaneo.

Mas precia el ruiseñor su pobre nido
De pluma y leves pajas , mas sus quejas
En el bosque repuesto y escondido ,

Que agradar lisongero las orejas
Del algun Príncipe insine , aprisionado
En el metal de las doradas rejas.

Triste de aquel que vive destinado
A esa antigua colonia de los vicios ,
Augur de los semblantes del privado.

Cese el ansia y la sed de los oficios ;
Que acepta el don , y burla del intento
El ídolo á quien haces sacrificios.

Iguala con la vida el pensiamento ,
Y no te pasarás de hoy á mañana ,
Ni quizá de un momento á otro momento.

Casi no tienes ni una sombra vana
De nuestra antigua Itálica , y esperas :
¡ O error perpetuo de la suerte humana !

Las enseñas Grecianas, las banderas
Del Senado, y Romana Monarquia
Murieron y pasaron sus carreras.

¿ Que es nuestra vida mas que un breve dia,
Dó apenas sale el sol , quando se pierde
En las tinieblas de la noche fria ?

¿ Que es mas que el heno, á la mañana verde,

Seco á la tarde? ¡ O ciego desvario !

¿ Será que des este sueño me recuerde?

  ¿ Será que pueda ver que me desvio

De la vida viviendo , y que está unida

La cauta muerte al simple vivir mio ?

  Como los rios en veloz corrida

Se llevan á la mar , tal soy llevado

Al último suspiro de mi vida.

    ¿ De la pasada edad qué me ha quedado ?

¿ O qué tengo yo á dicha en la que espero ,

Sin ninguna notícia de mi hado ?

  ¡ O si acabase , viendo como muero ,

De aprender á morir , antes que llegue

Aquel forzoso término postrero !

  Antes que aquesta mies inutil siegue

De la severa muerte dura mano ,

Y á la comun materia se la entregue.

  Pasáronse las flores del verano ,

El otoño pasó con sus racimos ,

Pasó el invierno , con sus nieves , cano.

  Las hojas que en las altas selvas vimos ,

Cayeron , y nosostros , á porfia ,

En nuestro engaño inmóviles vivimos.

        . . . .

        . . . .

Mas ya aquella, que solo al hombre es dada,
Sacra razon y pura me despierta,
De esplendor y de rayos coronada;
   Y en la fria region dura y desierta
De aqueste pecho enciende nueva llama,
Y la luz vuelve á arder que estaba muerta.
   Quiero, Fabio, seguir á quien me llama,
Y callado pasar entre le gente,
Que no afecto los nombres ni la fama.
   El soberbio tirano del oriente,
Que maziza las torres de cien codos,
Del cándido metal, puro y luciente,
   Apenas puede yá comprar los modos
Del pecar; la virtud es mas barata,
Ella consigo mesma ruega á todos.
   Pobre de aquél que corre y se dilata
Por quantos son los climas y los mares,
Perseguidor del oro y de la plata.
   Un ángulo me basta entre mis lares,
Un libro y un amigo, un sueño breve
Que no perturben deudas ni pesares.
   Esto tan solamente es quanto debe
Naturaleza al parço y al discreto,
Y algun manjar comun, honesto y leve.
   No, porque así te escribo, hagas conceto

Que pongo la virtud en exercicio,
Que aun esto fué difícil á Epiteto.

Basta al que empieza aborrecer el vicio,
Y el ánimo enseñar á ser modesto,
Despues le será el cielo mas propicio.

Despreciar el deleyte no es supuesto
De sólida virtud, que aun el vicioso
En sí propio le nota de molesto.

Mas no podrás negarme quán forzoso
Este camino sea al alto asiento,
Morada de la paz y del reposo.

No sazona la fruta en un momento
Aquella inteligencia, que mensura
La duracion de todo á su talento:

Flor la vimos primero hermosa y pura,
Luego materia acerba y desabrida,
Y perfecta despues, dulce y madura.

Tal la humana prudencia es bien que mida,
Y dispense y comparta las acciones,
Que han de ser compañeras de la vida.

No quiera Dios que imite estos varones,
Que moran nuestras plazas, macilentos,
De la virtud infames histriones:

Esos inmundos, trágicos, atentos
Al aplauso comun, cuyas entrañas

Son infaustos y oscuros monumentos.

¡ Quán callada, que pasa las montañas
El aura respirando mansamente!

¡ Qué gárrula y sonante por las cañas!

¡ Que muda la virtud por el prudente!
¡ Que redundante y llena de rüido
Por el vano ambicioso y aparente!

Quiero imitar al pueblo en el vestido,
En las costumbres solo á los mejores,
Sin presumir de roto y mal ceñido.

No resplendezca el oro y los colores
En nuestro trage, ni tampoco sea
Igual al de los dóricos cantores.

Una mediana vida yo posea,
Un estilo comun y moderado,
Que no lo note nadie que lo vea.

En el plebeyo barro mal tostado
Hubo ya quien bebió tan ambicioso
Como en el vaso múrino preciado :

Y alguno tan illustre y generoso
Que usó, como si fuera plata neta,
De cristal trasparente y luminoso.

Sin la templanza ¿ viste tú perfeta
Alguna cosa? ¡ ó muerte! ven callada,
Como sueles venir en la saeta ;

No en la tonante máquina preñada
De fuego y de rumor, que no es mi puerta
De doblados metales fabricada.

Así, Fabio, me muestra descubierta
Su esencia la verdad, y mi albedrío
Con ella se compone y se concierta.

No te burles de ver quanto confio,
Ni al arte de decir vana y pomposa
El ardor atribuyas de este brio.

¿ Es por ventura menos poderosa
Que el vicio, la virtud? ¿ es menos fuerte?
No la arguyas de flaca y temerosa.

La codicia en las manos de la suerte
Se arroja al mar, la ira á las espadas;
Y la ambicion se rie de la muerte:

¿ Y no serán siquiera tan osadas
Las opuestas acciones, si las miro
De mas ilustres genios ayudadas?

Ya, dulce amigo, huyo y me retiro
De quanto simple amé, rompí los lazos:
Ven y verás al alto fin que aspiro,
Antes quel el tiempo muera en nuestros brazos.

CANCION.

A LAS RUINAS DE ITALICA.

Estos, Fabio, ¡ay dolor! que ves ahora
Campos de soledad, místio collado,
Fueron un tiempo, Itálica famosa :
Aqui de Cipion la vencedora
Colonia fué, por tierra derribado,
Yace el temido honor de la espantosa
    Muralla, y lastimosa,
    Reliquia es solamente
    De su invencible gente.
Solo quedan memorias funerales
Donde erraron ya sombras de alto exemplo :
Este llano fué plaza, allí fué templo;
De todo apenas quedan las señales :
Del gimnasio, y las termas regaladas
Leves vuelvan cenizas desdichadas ;
Las torres que desprecio al ayre fueron
A su gran pesadumbre se rindieron.

Este despedazado anfiteatro,
Impio honor de los dioses, cuya afrenta
Publica el amarillo xaramago,
Ya reducido á trágico teatro,
¡ O fábula del tiempo ! representa
Quanta fué su grandeza, y es su estrago.
    ¿ Cómo en el cerco vago
    De su desierta arena,
    El gran pueblo no suena ?
¿ Donde, pues fieras hay, está el desnudo
Luchador ? ¿ Dónde está el atleta fuerte ?
Todo despareció, cambió la suerte
Voces alegres en silencio mudo :
Mas aun el tiempo dá en estos despojos
Espectáculos fieros á los ojos,
Y miran tan confuso lo presente,
Que voces de dolor el alma siente.

    Aquí nació aquel rayo de la guerra,
Gran padre de la Patria, honor de España,
Pio, felice, triunfador Trajano;
Ante quien muda se postró la tierra,
Que vé del sol la cuna, y la que baña
El mar tambien vencido gaditano.
    Aquí de Elio Adriano,

De Teodósio divino,
De Sílio peregrino,
Rodaron de marfil y oro las cunas.
Aquí ya de laurel, ya de jazmines
Coronados los vieron los jardines,
Que ahora son zarzales y lagunas.
La casa para el César fabricada,
¡ Ay! yace de lagartos vil morada:
Casas, jardines, Césares murieron,
Y aun las piedras que de ellos se escribieron.

Fabio, si tú nos lloras, pon atenta
La vista en lenguas calles destruidas,
Mira mármoles y arcos destrozados,
Mira estatuas soberbias que violenta
Némesis derribó yacer tendidas,
Y ya en alto silencio sepultados
        Sus dueños celebrados.
        Así á Troya figuro,
        Así á su antiguo muro,
Y á ti, Roma, á quien queda el nombre apenas,
¡ O patria de los dioses y los reyes !
Y á ti, á quen no valieron justas leyes,
Fábrica de Minerva, sábia Atenas :
Emulacion ayer de las edades,

Hoy cenizas, hoy vastas soledades:
Que no os respetó el hado, no la muerte,
¡Ay! ni por sabia á ti, ni á ti por fuerte.

¿Mas para que la mente se derrama
En buscar al dolor nuevo argumento?
Basta exemplo menor, basta el presente;
Que aun se vé el humo aquí, se vé la llama,
Aun se oyen llantos hoy, hoy ronco acento:
Tal genio, o religion fuerza la mente
  De la vecina gente,
  Que refiere admirada,
  Que en la noche callada
Una voz triste se oye, que llorando:
Cayó ITALICA, dice; y lastimosa
Eco reclama ITALICA en la hojosa
Selva que se le opone resonando
ITALICA; y el claro nombre oido
De ITALICA, renuevan el gemido
Mil sombras nobles de su gran rüína:
Tanto aun la plebe á sentimiento inclina.

A LA ROSA.

———

Pura, encendida rosa,
Émula de la llama
Que sale con el dia,
¿Cómo naces tan llena de alegria,
Si sabes que la edad que te dá el cielo
Es apenas un breve y veloz vuelo:
Y no valdrán las puntas de tu rama,
Ni tu púrpura hermosa,
A detener un punto
La execucion del hado presurosa?
El mismo cerco alado
Que estoy viendo riente,
Ya temo amortiguado,
Presto despojo de la llama ardiente.
Para las hojas de tu crespo seno,
Te dió Amor de sus alas blandas plumas,
Y oro de su cabello dió á tu frente.
O fiel imágen suya peregrina:
Bañóte en su color sangre divina
De la deidad que dieron las espumas:

Y esto purpúrea flor , esto no pudo
Hacer menos violento el rayo agudo.
Róbate en una hora ,
Róbate licencioso su ardimiento
El color y el aliento :
Tiendes aun nó las alas abrasadas ,
Y ya vuelan al suelo desmayadas :
Tan cerca, tan unida
Está al morir tu vida
Que dudo si en sus lágrimas la Aurora
Mustia tu nacimiento ó muerte llora.

VILLÉGAS.

—

Don Estevan Manuel de Villégas était Castillan. Il naquit à Naxera en 1595 ; il fut élevé à Salamanque, et c'est au collége qu'il composa tout ce qu'il a fait de mieux. A l'âge de 20 ans il parut sur l'horizon poétique comme un météore éblouissant. Nul poëte n'a poussé aussi loin l'arrogance. A la tête de l'édition de ses premières œuvres, on vit l'auteur représenté sous l'emblème d'un soleil levant, dont l'éclat faisait pâlir les étoiles, avec l'épigraphe : *Sicut sol matutinus, me surgente, quid istæ ?* Or, les clartés subalternes qui devaient s'évanouir étaient les Rioja, Quévédo, Góngora, Lopé de Véga, Argensola, tous jouissant à cette époque de la plénitude de leur réputation. Il est vrai de dire que le petit recueil que présentait le jeune présomptueux donnait de bien hautes espérances.

Elles se perdirent dans la carrière du mauvais
goût, où Villégas entra de suite, et s'enfonça
autant qu'un autre, oubliant les exemples d'Argensola, qui lui avait servi de maître, et les
modèles dont il avait tiré un si grand parti. Ses
premiers essais sont des traductions d'Anacréon,
d'Alcée et de Théocrite. Elles ont servi à lui
conserver une célébrité bien acquise ; leur charme
enchantera toujours quiconque aimera les vers
espagnols. Villégas y joignit quelques imitations : nous en avons choisi une où l'auteur pré-
tend avoir imité en même temps le rhythme
antique.

C'est principalement à Villégas que l'on a
accordé les prétentions combattues dans notre
avant-propos. Les éditeurs du *Parnasse Espagnol*, où ont été insérées ses églogues originales
en vers hexamètres, assurent que l'on y trouve
le même nombre et la même mesure que dans
la poésie latine et dans la grecque. Cela est d'autant plus difficile à admettre, qu'en fait, on ne
voit point trois de ces prétendus hexamètres

consécutifs qui puissent se rapporter à un système rhythmique quelconque ; il s'ensuit que
non-seulement ce ne sont point des hexamètres,
mais que ce ne sont pas des vers :

Seis veces el verde soto coronó su cabeza
De nardo de amarillo trébol de morada vïola ,
En tanto que el dulce pecho de mi casta Licóris
Al rayo del fuego mio deshizo su yelo.

Nous voyons bien le même mode observé
dans les finales : *coronó' sŭ căbēza. morādă
vïola ; cāstă Lĭcóris ; deshīzŏ sŭ yĕlo ;* mais
dans tout ce qui précède, nous n'avons plus
que du vague ; d'où il résulte quelque chose
de semblable à des lignes de prose rimées. Si
l'on met à la torture une de ces lignes pour la
renfermer dans ce qu'on appellera six pieds, ce
ne sera qu'en qualifiant de longue ou de brève
telle espèce de syllabe qui devra devenir le contraire, pour se prêter à la même opération sur
le vers suivant. Ajoutons qu'à chaque pas on se

trouvera en contradiction avec le système qui a présidé à la disposition régulière des finales. Mais quand même Villegas eût apporté dans la confection de ses vers métriques autant d'attention à imiter que nous pensons qu'il y a mis d'insouciance, il y eût toujours existé contre sa réussite l'obstacle commun rappelé dans notre avant-propos : le manque d'une idée claire sur l'objet d'imitation. Le même inconvénient se fait sentir dans la composition suivante, non moins accueillie par la littérature italienne que les hexamètres de Villégas l'ont été en Espagne :

Mentre Diana celebra e la Dea di Gnido celebra,
  Questa belleza, quella pudicizia,
Grida la vera Fama : « Celebrate Marta Bonano:
  » Questa é belleza, questa é pudicizia. »

Nous croyons voir ici des indices de plus de soin que dans la composition espagnole ; on pourrait dire du premier vers qu'il a rencontré juste ; mais le quatrain toscan éprouve ensuite un surcroît de malheur attaché au pentamètre, qui est le vers antique que les systèmes modernes ont le plus de peine à résoudre : une erreur de principe, qui s'est jointe aux aberrations des habitudes, pèse plus particulièrement sur la construction caractéristique du pentamètre.

L'auteur de cet ouvrage craint d'être tombé dans le travers qu'il vient de reprocher à son compatriote Villégas, en laissant apercevoir qu'il présume avoir tiré quelque lumière de ses méditations sur la matière dont il s'agit. En effet, il trouverait, dans sa manière de comprendre la versification des anciens, un moyen de la réduire à un principe simple et général, d'après lequel les versifications modernes ne s'en éloigneraient pas autant qu'on l'a cru. La solution de la question principale, qui demanderait à être l'objet d'un traité spécial, montrerait ce que (abstraction faite de la rime) la traduction ci-après a de plus que la pièce originale, et ce qui lui manquerait encore pour avoir droit au titre métrique porté par toutes deux.

La petite pièce de Villégas que nous avons imitée, en second lieu, passe pour le modèle de ces compositions naïves ; la couleur nationale est très-fortement prononcée dans notre troisième échantillon, qui nous paraîtrait mériter le prix de son genre.

Villégas ne fut pas heureux : après avoir sollicité en vain un emploi du gouvernement, il vécut de longues années dans la retraite, sans aisance, et complétement négligé par la renommée, qu'il crut asservir. Il mourut l'année 1664, âgé de soixante-quatorze ans.

AU ZÉPHYR.

STROPHES SAPHIQUES.

Doux précurseur du printemps et des ris ,
Hôte assidu des bosquets refleuris ,
Chastes amours de Vénus et de Flore ,
    Fils de l'Aurore ,

A ma bergère , ô suave Zéphyr ,
Sur ton duvet nuancé de saphir ,
Toi , qui pour elle as connu mes alarmes ,
    Porte ces larmes.

Nise autrefois écoutait mes douleurs ;
Nise autrefois a pleuré de mes pleurs ;
Mais ajourd'hui mon amour , pour salaire ,
    Craint sa colère.

Puissent les dieux , de ta grâce charmés ,
Puissent les cieux , par ton souffle embaumés ,
Calmes , sourire aux terrestres espaces ,
    Lorsque tu passes.

Sans que jamais le nuage du soir
Sur ton duvet ait le temps de s'asseoir ;
Sans que jamais le frimas, ni la grêle
Touche ton aile.

L'OISEAU DÉSOLÉ.

CANTILÈNE.

J'AI vu sur un ormeau
Gémir un tendre oiseau :
Hélas ! on lui saccage
L'abri de ses beaux jours :
Un rustre en dure cage
Emporte ses amours.
L'oiseau, de branche en branche,
Sa peine amère épanche
En sons mélodieux,
Pour que les vents pieux
A la céleste enceinte
Portent la triste plainte,
Portent les doux adieux.

Puis on la croit éteinte ,
Et puis l'ardente voix
Éclate une autrefois.
L'inhumain qui l'afflige
Poursuit : il vole après ,
Ou bien sautille auprès :
Ou bien, de tige en tige ,
Autour de lui voltige.
Il semble, avec douceur ,
Redire au ravisseur :
« Rends-moi mon bien unique ;
» Retourne sur tes pas. »
Et que le dur rustique
Répond : « Je ne veux pas. »

LES RUSTIQUES PAR ACCIDENT.

—

ROMANCE.

PHILIS se met en campagne ;
Les nymphes suivent ses pas ;
Bacchus aussi l'accompagne ;
L'Amour ne la quitte pas.

La troupe qui l'environne
Va pour elle vendanger ;
Que la jeune vigneronne
Enrôle aussi l'étranger.

Zélio, vite une blouse
Et ma casquette des bois :
Rendons la ville jalouse
De nos amours villageois.

Que j'aurai cœur à l'ouvrage,
Si j'arrive sous tes yeux ;
Belle enfant, trois du village,
Tu verras, ne font pas mieux.

Je veux que rien ne m'échappe,
Pour qui grapille en dernier,
Lorsque tombera la grappe
De ma serpette au panier.

Ne crains pas que l'on méprise
Ni l'emploi, ni les habits :
Un dieu fréquenta l'Amphryse,
Entre vaches et brebis.

Il cessa de faire gloire,
Humilié dans ses vœux,
Et de sa lyre d'ivoire,
Et de l'or de ses cheveux ;

De l'art de la médecine,
Surtout, qui fut sans pouvoir
Contre la flèche assassine
D'un enfant privé de voir.

Souvent jusqu'à la frontière
Ses soins l'ont fait se porter,
Portant dans sa pannetière
Et sa lyre et son goûter.

Que de fois sa sœur superbe
L'aura vu le cœur peiné,
Soit qu'il soupire sur l'herbe
Les regrets de sa Daphné ;

Soit que la crème jaunisse
Sous sa main blanche à ravir,
Soit qu'il aide une génisse,
Dont le pas tarde à gravir;

Soit qu'un beuglement réponde
Aux accords du dieu du jour:
Tel jadis l'a vu le monde;
Zélio, c'est notre tour.

Sors le troupeau dans la plaine;
Allons, courage au travail:
Vers une heure, à la fontaine;
La nuit tombante, au bercail.

Chacun sur notre théâtre
Nous montrerons, de concert,
Qu'un vendangeur et qu'un pâtre,
Plus il aime, et mieux il sert.

AL CÊFIRO.

SAFICOS.

Dulce vecino de la verde selva,
Huésped eterno del abril florido,
Vital aliento de la madre Venus,
    Céfiro blando.

Si de mis ansias al amor supiste,
Tú, que las quexas de mi voz llevaste,
Oye, no temas, y á mi ninfa dile,
    Dile que muero.

Fílis un tiempo mi dolor sabia,
Fílis un tiempo mi dolor lloraba,
Quísome un tiempo; mas agora temo,
    Temo sus iras.

Así los dioses con amor paterno,
Así los cielos con amor benigno,
Nieguen, al tiempo que feliz volares,
    Nieve á la tierra.

Jamás el peso de la nube parda,
Quando amanece en la elevada cumbre,
Toque tus ombros, ni su mal granizo,
Hiera tus alas

EL PAXARILLO.

CANTILENA.

Yo ví sobre un tomillo
Quexarse un paxarillo,
Viendo su nido amado,
De quien era caudillo,
De un labrador robado.
Víle tan congojado,
Por tal atrevimiento,
Dar mil quexas al viento,
Para que al cielo santo,
Lleve su tierno llanto,
Lleve su triste acento.

Ya con triste armonia,
Esforzando el intento,
Mil quexas repetia;
Ya cansado callaba,
Y al nuevo sentimiento
Ya sonoro volvia :
Ya circular volaba ;
Ya rastrero corria ;
Ya pues, de rama en rama,
Al rústico seguia ,
Y saltando en la grama,
Parece que decia :
« Dáme, rústico fiero ,
» Mi dulce compañia : »
Y que le respondia
El rústico : « No quiero. »

ROMANCE.

—

A mejorar la vendimia
Salieron Fílis la bella,
Y Amor y Baco, deidades
Que la rinden obediencia.

Las Gracias tres desceñidas
Van con las Ninfas compuestas,
Y entre las aras del gusto
El donayre y la belleza.

¡ Ay Dios, quán dulce camina
Entre la pompa soberbia
La hermosa! ¡ mal haya, Celio,
Quien mas paráre en la aldea!

Toma el sombrero de rua,
Dame la parda montera,
Que Amor, con ser cortesano,
Ya canta toscas endechas.

Ay , si me permite el cielo ,
Llegar adonde me veas ,
¡ Con quánto gusto al trabajo
Daré , muchacha , mis fuerzas !

Por tres labradores diestros ,
El alma se fia en ellas ,
Trabajaré sin cansarme ,
Como yo presente os tenga.

! O quántas cepas viudas ,
Serán por mis manos hechas ,
Quando caygan sus racimos
Desde el cuchillo á la cesta !

Usar acciones villanas ,
No lo tendré por afrenta ,
Que el sol las usó en Amfriso ,
Entre las vacas y ovejas.

¡ Qué poco le aprovecharon
Sus astutas diligencias ,
Ni el dulce son de su lira ,
Ni el oro de sus madejas !

Contra la pasion del alma
Nada valieron sus yerbas ,
Que al arte de medecina
Venció de Amor la saeta.

Del gran mayoral Admeto
Trató las anchas dehesas,
Llevando el zurron al lado
Con la lira y la merienda.

Texiendo mimbres estaba,
Mientras las vacas le dexan,
Y de la leche esprimida
Natas cuaja, y queso encella.

¡ O quántas veces la hermana
Le vió bañada en vergüenza,
Con el becerro en los brazos
Subir las ásperas cuestas !

¡ Y quántas veces los toros,
Quando el cantaba en las peñas,
Interrumpieron sus voces
Con bramidos de fiereza !

Y ni por eso olvidaba
La dulce imagen de aquella
Que por ser laurel sin alma,
Le dió la suya á sus huellas.

Animo pues al trabajo :
Saca el ganado á la vega,
Llévale al agua en paciendo,
Y al redil quando anochezca.

Y sepa el Amor en ambos,
Yo en mi viña, y tú en tu selva,
Que un labrador y un vaquero
Sirven mas, quanto mas penan.

FIN DU PREMIER VOLUME.

TABLE ANALYTIQUE

DES MATIÈRES

CONTENUES DANS CE VOLUME.

INTRODUCTION. — TEMPS ANCIENS.

NOTES A L'INTRODUCTION.

NOTES HISTORIQUES.

———

ESPAGNE POÉTIQUE. — PREMIÈRE DIVISION.

DEUXIÈME DIVISION.

FIN DE LA TABLE.